A CHACUN SON DEW

Né en 1936 à Whitton, dans le Middlesex, Peter Lovesey garde de son enfance le terrible souvenir du jour de 1944 où, rentrant de l'école, il trouva la maison familiale complètement détruite par un V1; mais, miraculeusement, tous les siens en avaient réchappé.

C'est sa totale inaptitude à pratiquer aucun sport qui, pour compenser, l'incita à écrire sur ce sujet, à propos duquel il fit de savantes recherches au British Museum, où il fut particulièrement intéressé par l'époque victorienne. De ce fait, il a publié plusieurs ouvrages sur la question et, simultanément, une série de romans policiers ayant pour fond les sports tels qu'on les pratiquait à la fin du siècle dernier (cf. *Le 26e round,* sur la boxe à poings nus, publié par Le Masque); ainsi est né le sergent Cribb, que l'on retrouve dans une demi-douzaine d'histoires — dont *Trois flics dans un canot* (Grand Prix de Littérature policière, 1985) — qui ont fait l'objet d'une série pour la télévision britannique.

Peter Lovesey s'est marié en 1959, alors qu'il étudiait à l'université de Reading, et sa femme Jacqueline a collaboré avec lui pour l'adaptation de ses romans à la télévision. Ils ont deux enfants, Kathleen et Philip.

Peter Lovesey était principal du Collège d'enseignement postscolaire d'Hammersmith lorsque, en 1975, il démissionna pour vivre exclusivement de sa plume.

Paru dans Le Livre de Poche :

Deux flics dans un canot.

PETER LOVESEY

A chacun son Dew

TRADUIT DE L'ANGLAIS
PAR PHILIPPE BARBIER

LE LIVRE DE POCHE

Titre original :

THE FALSE INSPECTOR DEW

"En dehors de l'affaire de Jack l'Éventreur, je n'ai jamais été mêlé à ce qu'on appelle un crime inexpliqué."

Ex-inspecteur en chef Walter Dew,
J'ai arrêté Crippen
(Blackie and Son, 1938[1])

1. Howley Harvey Crippen (1862-1910), chirurgien dentiste reconnu coupable du meurtre de sa femme qu'il avait empoisonnée puis démembrée. Il s'enfuit d'Angleterre avec sa maîtresse Ethel à bord d'un paquebot à destination du Canada. Tous deux furent appréhendés au terme de leur traversée. On considère généralement que c'est à cette occasion que la télégraphie sans fil a joué pour la première fois un rôle dans une enquête criminelle.

AVERTISSEMENT

Soixante ans se sont écoulés et personne n'a élucidé le mystère du faux inspecteur Dew.

On croyait fermement que la seule preuve avait été détruite, anéantie sur les ordres du commissaire principal de la Police Métropolitaine de Londres. Mais Scotland Yard ignorait l'existence d'un autre dossier qui se trouvait dans les archives de la compagnie Cunard. Il contenait les déclarations du commandant et de certains officiers du *Mauretania,* ainsi qu'un radiogramme de première importance, rédigé par le commandant puis transmis aux bureaux de la Cunard le 9 septembre 1921 à 21 h 30, et enfin télégraphié à Scotland Yard à titre d'information.

Cette reconstitution des événements commence le lendemain matin, au moment où le commissaire trouve le message sur son bureau.

PREMIÈRE PARTIE

Le vagabond

1

PAQUEBOT MAURETANIA. 9 SEPT. 1921.

SUITE DÉCÈS SUSPECT À BORD AVONS DEMANDÉ ENQUÊTE À INSPECTEUR PRINCIPAL DEW DE SCOTLAND YARD.

A.H. ROSTRON, COMMANDANT.

L'inspecteur Dew ! Le commissaire principal se souvenait de lui. C'était l'homme qui avait interrogé le docteur Crippen. Cette enquête remontait à 1910. Il était absolument certain que Dew avait quitté la police la même année.

Il prit un crayon et écrivit sous le message : *qu'est-ce que c'est que ces âneries ? Les comédiens c'est votre domaine.* Puis, un sourire aux lèvres, il l'adressa à son adjoint.

Ce jour-là, le commissaire adjoint se trouvait à la gare de Waterloo avec Charlie Chaplin. Un cordon de deux cents policiers lui prêtait main-forte. Chaplin revenait à Londres après neuf ans passés en Amérique. Il était parti avec la troupe d'artistes de music-hall Karno et revenait, devenu l'un des hommes les plus célèbres du monde. Des milliers de personnes s'étaient rassemblées à la gare.

Lorsque, dans un nuage de fumée, le train entra en gare, le commissaire adjoint et ses lieutenants se précipitèrent vers le compartiment réservé à Chaplin. Ils se saisirent de lui comme d'un prisonnier et le poussèrent le long du quai. De l'autre côté de la barrière où attendait la foule, la ligne bleue tenait bon. On enfourna Chaplin dans une limousine. Peu de gens l'aperçurent.

Le commissaire adjoint roulait en tête dans une voiture de police vers l'hôtel Ritz. À Piccadilly, ils retrouvèrent la foule des grands jours. Ils prirent un chemin détourné par St-Jame's et Arlington Street.

Chaplin et son cousin étaient assis, très pâles, dans la Lanchester, portes verrouillées et vitres remontées. Des visages souriants se collaient aux vitres. Les voitures progressaient pas à pas. La densité des policiers augmenta. On pria Chaplin de descendre devant une entrée latérale de l'hôtel, mais il refusa. Il revenait chez lui en triomphateur. Lorsqu'il n'était qu'un humble artiste de music-hall, il avait souvent rêvé de s'installer au Ritz. La foule était venue le voir prendre sa place parmi les hommes riches et célèbres, le petit va-nu-pieds chez les nantis. Il déclara qu'il entrerait seulement par la grande porte.

Les voitures se frayèrent un chemin dans Piccadilly. Chaplin sortit et, debout sur le marchepied, salua la foule qui se précipita sur lui. Le commissaire adjoint était désespéré. Grâce à un don stupéfiant ou à son entraînement, Chaplin domina son public. On écouta son discours, très simple, dans un silence solennel et on l'acclama. Puis on le laissa entrer dans l'hôtel, mais ses admirateurs ne se dispersaient toujours pas. Les véhicules étaient immobilisés sur deux lignes, de Hyde Park Corner à Piccadilly Circus. Chaplin occupait la suite royale du palace. Ses fenêtres étaient ouvertes. Il prit des œillets dans un vase et les lança à la foule. Des heures s'écoulèrent avant que la police pût se retirer.

Tard dans la soirée, le commissaire adjoint

revint à Scotland Yard. Il devait ranger son bureau. Il avait faim et mal aux pieds. Il parcourut rapidement son courrier et lut le radiogramme ainsi que le commentaire humoristique de son supérieur: *les comédiens c'est votre domaine.* Il ne sourit pas.

Walter Dew était bien vivant dans sa mémoire. À son avis, il n'avait pas été un grand policier, en dépit de sa réputation. Il négligeait les preuves et son cœur était beaucoup trop tendre. Il avait aussi témoigné trop de sympathie au criminel Crippen. Le jour où son pourvoi en appel avait été rejeté, Walter Dew avait quitté la police. À cette époque, il n'avait que quarante ans environ. Le commissaire adjoint n'avait jamais vu un homme aussi heureux de prendre sa retraite. Il était allé vivre à Worthing, sur la côte. C'était étrange de le voir réapparaître maintenant sur un paquebot, proposant ses services pour mener une enquête.

Mais Dew était une énigme et, en mer, le commandant faisait la loi. Il serait intéressant de voir si l'inspecteur principal Dew se montrerait à la hauteur de sa réputation.

Que pouvait faire d'autre Scotland Yard, aujourd'hui, sinon en prendre bonne note?

Le commissaire cocha le message, le jeta dans une corbeille et, l'ayant chassé de son esprit, sortit à la recherche d'un taxi.

Le lendemain, un employé classa le radiogramme dans un dossier.

2

L'homme qui allait devenir le faux inspecteur Dew s'appelait Baranov. Sa vie n'avait été marquée par aucun incident exceptionnel jusqu'au 7 mai 1915, date à laquelle il avait été involontairement mêlé à l'un des événements les plus notoires de la première guerre mondiale.

Au large de la côte sud de l'Irlande, la mer était au calme plat, l'eau d'un vert pur et transparent. Dans la lumière du soleil miroitait l'énorme coque du paquebot *Lusitania* de la compagnie Cunard, qui glissait vers le port de Queenstown avec près de deux mille passagers et membres d'équipage à son bord, ainsi qu'une cargaison secrète de deux cent vingt tonnes de munitions et soixante-six tonnes d'explosifs à base de coton-poudre. On avait donné l'ordre au navire de détourner sa route en direction de Queenstown, un sous-marin allemand ayant été signalé sur son parcours.

À 14 h 10, l'homme de veille, dans le nid de pie, vit un sillage scintillant fendre l'eau à tribord. D'après sa direction et sa vitesse, il ne pouvait s'agir que d'une traînée de bulles d'air comprimé dégagé par le moteur d'une torpille. Sans aucun doute, celle-ci allait frapper le bateau. Il poussa un cri en direction de la passerelle de commandement. Le commandant William Turner avait pris comme d'habitude son déjeuner sur la passerelle.

Vétéran de la marine à voile, il n'aimait pas beaucoup la vie mondaine qu'on menait à bord des paquebots modernes. La veille, il s'était armé de courage pour dîner en compagnie des passagers de première classe. Après le repas, au fumoir, ceux-ci s'étaient livrés à un véritable interrogatoire. Leur porte-parole, un dénommé Baranov, était un vieil artiste de music-hall qui rentrait en Angleterre avec son fils. Baranov père avait une jambe dans le plâtre et un comportement agressif. Il voulait savoir pourquoi les stewards avaient masqué les hublots, pourquoi les chaloupes de sauvetage, accrochées à leurs bossoirs, avaient été parées au dehors, et pourquoi les officiers interdisaient aux passagers d'allumer leur cigare sur le pont. Le commandant Turner lui avait expliqué qu'il s'agissait des précautions de routine habituelles dans une zone de combat, ce qui n'avait pas semblé rassurer Baranov.

La torpille frappa le *Lusitania* un peu en avant de la passerelle de commandement. Une masse d'eau, de fumée et de débris boucha la vue du commandant. Il cria au maître de manœuvre de fermer toutes les portes étanches qui n'étaient pas déjà verrouillées. Il vérifia sur les instruments de bord qu'il n'y avait ni incendie ni voie d'eau dans les soutes. Le bateau gîtait de quinze degrés.

Une seconde explosion, plus violente, secoua le *Lusitania*. Il ne s'agissait pas d'une autre torpille, c'était la cargaison secrète qui détruisait le navire de l'intérieur. Le commandant Turner donna l'ordre de mettre les chaloupes à la mer et, horrifié, sentit de la fraîcheur sur son visage à travers la fumée et la poussière: chose incroyable, le bateau continuait d'avancer. Aussi longtemps qu'il serait en mouvement, les embarcations de sauvetage ne pourraient pas être mises à la mer sans danger.

L'ingénieur-mécanicien George Little reçut l'ordre de faire machine arrière toute, afin de stopper la progression du navire. Il fut saisi de terreur : un défaut avait été relevé lors de la dernière inspection des soupapes de la turbine à pression inférieure et le commandant avait été prévenu que faire machine arrière à toute vapeur pouvait avoir de dangereuses conséquences. Cependant, Little n'avait pas le choix. Il obéit. Une secousse immédiate brisa l'un des principaux tuyaux qui amenaient la vapeur. Abasourdi et effrayé, Little refit machine avant au maximum. La secousse avait réduit la pression mais le *Lusitania* continuait d'avancer.

Les repas durent longtemps sur un paquebot, et un grand nombre de passagers de première classe se trouvaient dans la salle à manger Louis XVI, blanche et or, lorsque la torpille avait frappé le bateau. Walter Baranov était assis avec son père près de l'escalier. Il fut le premier à sortir pour voir ce qui se passait. Le pont avant était déjà recouvert d'eau. Il était évident que le navire allait couler. Walter Baranov se fraya un chemin jusqu'à son père qui était resté à table. Celui-ci, acrobate de profession, était tombé du haut d'une corde pendant sa tournée en Amérique et s'était fait une fracture compliquée de la jambe. Son fils, chirurgien dentiste dans l'armée, avait obtenu une permission pour le raccompagner en Angleterre. Retardés à cause des béquilles du père, ils furent les derniers à quitter la salle à manger.

La scène qui se déroulait sur le pont devait hanter les survivants pour le restant de leurs jours. L'inclinaison du bateau rendant les chaloupes de tribord inaccessibles, tout le monde se ruait à bâbord. Lorsque le capitaine Anderson, l'officier responsable, eut placé ses hommes à leurs postes, les onze chaloupes conventionnelles et les treize canots pliants qui se trouvaient dessous étaient déjà bondés de passagers affolés. Jusqu'à quatre vingts dans chaque embarcation. Pour éviter un dangereux mouvement vers l'intérieur, chacune des chaloupes était équipée d'une chaîne qui reliait son plat-bord au pont. L'officier Albert Bestic demanda de l'aide pour faire passer la première d'entre elles par-dessus le flanc du bateau. Elle pesait presque cinq tonnes à vide. Son chargement humain était d'un poids équivalent.

Tandis que les volontaires commençaient à pousser, quelqu'un détacha la chaîne.

La chaloupe oscilla vers les volontaires impuissants, puis alla d'écraser sur les personnes assises en dessous, dans le canot. Les débris des deux embarcations, et une centaine de blessés hurlant de douleur, glissèrent en avant suivant l'inclinaison du navire, et allèrent se fracasser sur la passerelle de commandement.

Quelques secondes plus tard, la même catastrophe se répétait avec la chaloupe suivante. Alors que les officiers criaient aux passagers de descendre, trois autres embarcations tombèrent sur le pont et allèrent à toute allure s'écraser sur l'amas sanglant de bois éclaté et de corps désarticulés.

La stewardess Katherine Barton se trouvait au-dessous, sur le pont B, occupée à vérifier si les passagers de première classe avaient tous été alertés. Un grand nombre de portes étaient ouvertes. Le plus riche passager à bord, Alfred Vanderbilt, avait quitté la cabine 8, le metteur en scène Carl Frohman ne se trouvait pas dans la 10, mais du bruit venait de la 12, la cabine de luxe de Mme Delia Hawkman, une personnalité new-yorkaise. La stewardess regarda à l'intérieur et aperçut quelqu'un devant la coiffeuse. Ce n'était pas Mme Hawkman mais un jeune homme râblé, vêtu d'un costume sombre. Il était en train de vider un coffret à bijoux dans ses poches. Katherine Barton l'interpella. Le pillard se retourna et lui lança le coffret à la tête.

Dans le même couloir, ignorant ce qui s'était passé, le steward Hamilton était en train d'inspecter les cabines impaires. Il entendit claquer une porte et vit venir vers lui un jeune homme qu'il ne connaissait pas. Hamilton lui rappela qu'il devait prendre un gilet de sauvetage, mais le jeune homme l'écarta sans un mot et courut vers l'escalier. Hamilton reprit son inspection. Arrivé au bout du couloir, il se rendit compte que Katherine Barton n'avait pas poursuivi sa vérification jusqu'à la fin. Il revint sur ses pas et constata que la porte 12 était verrouillée. L'hôtesse se trouvait à l'intérieur, étendue sur le sol, sans connaissance, saignant de la bouche et du nez. Tous deux, Hamilton et Katherine Barton, furent parmi les survivants.

Sur le pont supérieur, le capitaine Anderson avait réussi à persuader un nombre suffisant de passagers de quitter une chaloupe afin de la faire passer par-dessus le bastingage. Lorsqu'elle eut atteint le niveau du pont promenade, d'autres personnes essayèrent de monter dedans. Ceux qui se trouvaient déjà à l'intérieur les repoussèrent avec les rames. Quelqu'un dans l'embarcation cria aux hommes d'équipage de laisser descendre. Mais la corde à laquelle était suspendu l'arrière de la chaloupe se rompit et l'embarcation se renversa, projetant tous ses occupants à la mer. Elle continua de se balancer un moment, puis la corde qui retenait la proue lâcha à son tour. Les cinq tonnes de la chaloupe plongèrent sur les passagers.

Trois autres embarcations éclatèrent sur les rivets en saillie du flanc bâbord du *Lusitania*.

Le capitaine Anderson était au nombre des morts.

Un New-Yorkais, Isaac Lehmann, était allé chercher un revolver dans sa cabine. Il se dirigea vers une chaloupe, bourrée de passagers, qui n'avait pas été mise à la mer. Un marin se tenait à côté d'elle, une hache à la main, attendant pour trancher les cordes que le pont ait atteint le niveau de la mer. Lehmann insista pour qu'on libérât l'embarcation sans délai. Il sortit son arme et menaça de tirer. Le marin détacha la chaîne qui retenait la chaloupe et celle-ci plongea sur le canot placé au-dessous puis, comme les autres embarcations, glissa sur le pont. Environ trente personnes furent écrasées. Lehmann survécut.

Un certain nombre de passagers et de membres de l'équipage refusèrent de se ruer vers les chaloupes. On aperçut Alfred Vanderbilt et Mr. et Mrs. Carl Frohman en train d'attacher des gilets de sauvetage à des berceaux où l'on avait couché quelques bébés après le déjeuner. Vanderbilt, les Frohman et les enfants furent noyés.

Environ quinze minutes après la première explosion, la proue du *Lusitania* heurta le fond rocheux de l'océan. La poupe se souleva largement au-dessus de l'eau alors que les hélices tournaient encore. Des centaines de passagers se trouvaient encore à bord. Certains essayèrent en vain de détacher d'autres chaloupes. D'autres attendirent calmement que l'arrière du navire s'enfonçât pour se jeter dans les vagues. Parmi eux se trouvaient Walter Baranov et son père. Ils se maintinrent à la surface jusqu'à ce qu'une chaloupe les recueillît.

Une chaudière éclata et l'une des quatre énormes cheminées s'affaissa dans un nuage de vapeur et d'étincelles. Quelques secondes plus tard, le bateau lui-même avait disparu. Son commandant, William Turner, resta cramponné à la passerelle jusqu'à ce que les vagues le balaient. Il fut l'un des survivants. Lorsqu'il comparut devant la commission d'enquête du ministère du Commerce, on lui reprocha sa lâcheté.

Au total, le nombre de survivants du *Lusitania* s'éleva à sept cent soixante-quatre. La plupart d'entre eux étaient tombés ou avaient sauté à l'eau, puis avaient grimpé à bord de la demi-douzaine de chaloupes qu'on avait réussi à mettre à la mer. D'autres s'étaient laissés flotter, s'accrochant à des débris. Un officier et sa mère s'étaient hissés sur le piano à queue du grand salon.

Mille deux cent une personnes avaient trouvé la mort. Longtemps encore, des corps s'échouèrent sur les plages d'Irlande. Les recherches étaient encouragées par des primes proposées par la compagnie Cunard ou par les parents des disparus. On offrit une livre sterling pour chaque corps découvert, deux livres pour chaque Américain, et mille livres pour Alfred Vanderbilt.

DEUXIÈME PARTIE

Les feux de la rampe

1

La deuxième phase de la création du faux inspecteur Dew commença au printemps 1921.

Assise dans le fauteuil du dentiste, Alma Webster avait les yeux fixés sur la main droite de Mr. Baranov mais ne voyait pas la sonde qu'il tenait. Elle contemplait les beaux poils blonds qui foisonnaient depuis ses doigts jusqu'à ses manchettes. Au poignet, ils étaient plus denses et plus vigoureux.

Elle l'aimait à la folie.

C'était son troisième rendez-vous pour un traitement qui devait durer au moins six semaines. “Vous n'avez aucun souci à vous faire”, lui avait expliqué Mr. Baranov. “Pour une jeune femme de — quel âge avez-vous ? Vingt-quatre ans ? — vos dents sont en excellente condition. Une carie par ci par là, c'est tout. Aucune extraction n'est nécessaire. Je suis pour la conservation des dents, Mlle Webster, pas pour leur arrachage. Je travaille lentement et je ne m'en excuse pas. Cela empiètera sur votre précieux temps mais vous avez ma parole que vous ne serez pas déçue par le résultat.”

Alma ne regrettait pas son précieux temps. Son aversion pour les soins dentaires s'était pratiquement dissipée lorsqu'elle avait pénétré pour la première fois dans le cabinet d'Eaton Place. Il était meublé comme un salon du palais d'Hiver avec un lustre scintillant, un feu de bois flamboyant dans une énorme cheminée de brique et de cuivre, des tableaux aux cadres dorés représentant des cosaques à cheval et chassant, un tapis afghan couleur d'or et des fauteuils de cuir destinés à des personnes de la taille de Chaliapine. Un arôme de cigarettes balkaniques volait dans l'air. Mr. Baranov était en train d'écrire, assis derrière un bureau en bois d'ébène. Il s'était immédiatement levé, avait souri et s'était incliné légèrement. Lorsque leurs regards s'étaient croisés, Alma avait senti un picotement sous sa peau, une sorte d'étrange excitation.

Elle n'avait pas repris le docteur à propos de son âge. Elle avait vingt-huit ans.

À quinze ans, elle avait découvert les romans sentimentaux d'Ouida. Ils étaient devenus ses biens les plus chers. Elle avait été stupéfaite en découvrant tout ce qu'elle avait en commun avec Vere Herbert, l'héroïne de *Moths*. Elle aussi avait la passion des livres et des beaux paysages. Elle aussi était tout à fait inconsciente de sa beauté. Elle aussi avait eu une mère indigne qui connaissait à peine son existence. Et elle comprenait avec une surprenante lucidité qu'il n'y avait que deux sortes d'hommes au monde : les modèles de vertu, comme le brillant et vulnérable ténor, Corrèze, et les brutes, comme le prince Zouroff, résolues à obtenir ce qu'elles voulaient d'infortunées jeunes filles. Il avait fallu une œuvre d'une grande vigueur pour détrôner Ouida dans le cœur d'Alma mais en fin de compte Ethel M. Dell y était parvenue. Elle atteignait l'apogée dans *The Way of an Eagle*, au moment où, tandis que Nick demande Muriel en mariage sur le sommet d'une montagne, un météore tombe du ciel.

C'était avant la guerre de 1914. Celle-ci avait tout changé. Alma avait cessé de lire des romans et s'était mise au travail. Comme les femmes employées dans les usines de munitions, elle avait fait couper ses cheveux. À la Jeanne d'Arc. Elle-même ne travaillait pas dans une usine d'armement car il n'y en avait pas où elle pût se rendre par l'autobus. Elle s'occupait de la correspondance du *Richmond and Twickenham Times*. Lorsqu'elle était rentrée chez elle après s'être fait couper les cheveux, elle s'était regardée dans une glace et s'était aperçue que son visage avait changé. Il n'était plus beau. Il avait quelque chose d'héroïque. Ses yeux creux, avec leurs paupières sombres, semblaient capables de regarder avec compassion ce qu'il y avait de pis au monde. Elle avait remarqué que son nez, vu de profil, était légèrement trop long, mais comme elle ne détournait plus la tête avec timidité en présence du sexe opposé, c'était sans importance. Sa bouche avait cessé de ressembler à l'arc de Cupidon. Elle était petite et ferme. Elle avait le teint pâle et ne portait ni boucles d'oreilles ni colliers. Elle vivait seule à Richmond Hill dans une maison blanche de trois étages qui avait appartenu à sa tante Laura. La nuit, elle tricotait des chaussettes et des passe-montagnes pour les soldats du frond.

Lorsque l'armistice était arrivé, Alma avait eu des difficultés à s'adapter. Elle avait appris quelle conduite on devait avoir dans un pays en guerre. Elle ne s'était pas appauvrie et n'avait pas vraiment besoin de travailler. Elle avait cessé sa collaboration au journal. Mais, bientôt, elle avait repris une occupation à temps partiel, trois jours par semaine, chez une fleuriste près de la gare. Elle se sentait de nouveau utile. Elle pouvait réconforter les personnes en deuil qui venaient commander des couronnes et des gerbes. Elle leur disait que son mari n'était pas revenu de France. Elle aimait aussi cette boutique parce que les gentlemen, qui portaient des guêtres et avaient une canne à la main, s'y arrêtaient pour acheter une fleur qu'ils plaçaient à leur boutonnière. Elle commença à mettre un peu de rouge à joues. Elle était si pâle au milieu des roses.

C'était Mrs. Maxwell, la gérante, qui avait conseillé à Alma d'aller voir Mr. Baranov lorsqu'elle s'était plainte d'avoir mal aux dents. Il y avait plusieurs dentistes à Richmond mais Mrs. Maxwell ne pouvait en recommander aucun avec certitude. Elle ne comprenait pas pourquoi la plupart des jeunes filles montraient si peu de sérieux dans le choix de leur dentiste. Si une perle de votre collier était abîmée, vous n'iriez pas chez un bijoutier de Richmond High Street pour la faire remplacer. Vous iriez à Londres, à Bond Street ou Regent Street. Or, vos propres dents ne sont-elles pas bien plus précieuses qu'un collier de perles ?

Mr. Baranov avait tout de suite fait une très forte impression sur Alma. Il était absolument différent des jeunes gens qui avaient peuplé ses rêves jusqu'alors. Il n'était pas jeune du tout. Il devait avoir au bas mot quarante-cinq ans. Ses cheveux et sa moustache avaient des reflets argentés. Ses paupières faisaient des plis là où la peau se chevauche. Ses joies et ses souffrances étaient inscrites dans de petites rides aux coins des yeux et de la bouche. Une expression de profonde sérénité brillait dans son regard. Il était parfaitement heureux dans son travail.

Lors de ce premier rendez-vous, il avait fait asseoir Alma dans un fauteuil et grâce à quelques questions posées avec beaucoup de courtoisie, il avait obtenu d'elle l'histoire de ses soins dentaires. Puis, il avait parlé de ses honoraires. Elle écoutait à peine. Elle n'entendait que le son mélodieux de sa voix, lent et vibrant comme un prélude de Rachmaninov.

Elle était envoûtée. Assise sagement, les mains gantées de blanc serrées sur son sac en crocodile, elle imaginait ce qui se passerait si, submergée par l'émotion, elle s'évanouissait au moment où il lui dirait de se lever. Serait-il assez rapide pour la rattraper? La prendrait-il dans ses bras et la porterait-il sur le divan? Et lorsqu'elle serait étendue, à demi consciente, avec son visage contre sa poitrine, entendrait-elle les battements de son cœur?

« Êtes-vous prête, mademoiselle Webster?

— Prête?

— Pour l'examen. Bien sûr, si vous vous sentez nerveuse, nous pouvons continuer à parler.

— Oh! non. Je suis tout à fait prête. Merci.

— Parfait. Voyons ce qu'il y a à faire. »

À ce signal, l'assistante avait écarté le rideau de velours rouge foncé qui se trouvait derrière le bureau de Mr. Baranov. C'était une orientale d'un âge indéterminé, aux traits déplaisants, vêtue d'un uniforme bleu pâle immaculé. À son attitude solennelle, on voyait qu'elle n'était ni la femme ni la maîtresse du docteur.

Derrière le rideau, le fauteuil de dentiste reposait sur une dalle de marbre noir. Au-dessus et autour de lui, une rangée d'appareils dentaires et d'éclairages réglables. Il y avait aussi une table roulante en acier recouverte d'un tissu bleu pâle. Mr. Baranov lui avait désigné le fauteuil avec un sourire rassurant. Le tissu bleu pâle était un peignoir qu'on lui posa sur les épaules.

Assise, elle ne voyait plus la table roulante chargée d'instruments ni l'assistante orientale. Elle voyait seulement Mr. Baranov, vêtu maintenant d'une veste de lin blanc. Il s'approcha et la regarda d'un air approbateur. Elle soutint son regard sans rougir. Elle n'était pas gênée. Elle savait tout sur les hommes et les femmes. Elle avait lu Marie Stopes.

« Si vous voulez bien... »

Alma regarda Mr. Baranov droit dans les yeux. Celui-ci pointa le doigt sur sa mâchoire.

« Ah ! oui. »

Comme il lui enfonçait la sonde dans la bouche, quelque chose brilla sur sa main dans la lumière électrique. Une alliance en or. Alma sursauta.

« Je ne vous fais pas mal, j'espère ?

— Non.

— Ça va bien ?

— Tout à fait bien. »

Il lui avait retiré un peu de rouge de la joue quand elle avait bougé. Une tache rose ornait maintenant son articulation, au-dessus de l'alliance.

Elle avait gardé son calme. Sa femme était probablement morte, abattue par les Bolcheviks. Sa constitution fragile n'avait peut-être pas supporté leur long voyage vers l'exil après la Révolution. La pauvre ! Et pauvre Mr. Baranov, seul avec son chagrin dans un pays étranger !

Alma connaissait la souffrance, elle avait été sa compagne pendant des années. Le lundi de Pâques 1914, à vingt ans, elle était allée se promener avec sa meilleure amie, Eileen, parmi les jonquilles de Kew Gardens. Elles portaient toutes les deux des chapeaux blancs avec des bords souples très larges qui flottaient à chacun de leurs mouvements, et ne prêtaient pas attention aux gros nuages qui s'accumulaient au-dessus de leurs têtes. Lorsque les premières gouttes de pluie avaient transpercé leurs robes de coton, elles se trouvaient sur la rive ouest du lac, loin des bâtiments et des serres. Avec des cris de panique simulée, elles avaient couru sous la pluie torrentielle jusqu'à l'abri d'un if. Elles s'étaient regardées et s'étaient mises à rire nerveusement. Leurs chapeaux neufs penchaient comme des suroîts.

Soudain, elles s'étaient tues. Quelqu'un toussotait poliment. C'était un jeune homme, coiffé d'une casquette et vêtu d'un costume de tweed, qui tenait un grand parapluie à la main. Il était aussi beau que le prince de Galles. Il souleva sa casquette et leur dit qu'il s'appelait Arthur. Il leur offrit de les accompagner jusqu'à l'entrée du jardin si elles ne voyaient pas d'inconvénient à ce qu'ils se serrent tous les trois sous son parapluie. Se mettant de nouveau à rire sottement, elles l'avaient pris chacune par un bras.

Il pleuvait toujours lorsqu'ils avaient atteint la porte Victoria. Arthur avait tenu à les inviter à prendre le thé au *Maids of Honour,* de l'autre côté de la rue. Ils s'étaient assis sur une banquette près de la fenêtre, tandis que la pluie ruisselait le long des petits carreaux. Arthur leur raconta qu'il était venu de Peterhouse, Cambridge, pour les vacances de Pâques. Il s'ennuyait chez lui. Aussi venait-il à Kew presque tous les après-midis, avait-il ajouté en posant sa main sur celle d'Alma. Elle avait senti un instant la pression de ses doigts. Son pouls s'était accéléré.

La nuit suivante, Alma dormit à peine. Le matin, elle enfila son tailleur rose pâle, mit ses bas de soie blancs et prit l'autobus pour Kew. Sous l'if, elle attendit deux heures, puis elle fouilla le parc à la recherche d'Arthur jusqu'à ce que la cloche retentisse. Elle était désespérée. Elle y retourna le vendredi. Il pleuvait et il ne s'y trouvait pas. Ses vêtements étaient fichus. Dans l'autobus, elle avait pleuré en silence.

Rentrée chez elle, elle prit un bain. Elle resta étendue dans l'eau chaude, désespérant de jamais connaître l'amour, convaincue qu'elle avait été choisie par le sort pour être privée de la bienheureuse compagnie des jeunes gens. L'eau s'était refroidie. Elle en sortit et enfila son peignoir. On sonna à la porte. C'était son amie Eileen qui voulait savoir si elle irait à la répétition de la chorale. Elle lui répondit qu'elle était allée se promener à Kew et qu'elle était trop fatiguée.

Par amour-propre, et pour satisfaire la curiosité d'Eileen, elle inventa une histoire qui devait beaucoup à Ethel M. Dell. Elle lui raconta qu'Arthur lui avait secrètement donné rendez-vous sous l'if. Que lorsqu'elle s'y était rendue, il ne s'y trouvait pas. Elle avait alors entendu prononcer doucement son nom au-dessus de sa tête. Il était assis dans l'arbre. Sans rien ajouter il avait sauté à terre, l'avait brusquement enlacée et embrassée avec passion et fureur. D'abord pétrifiée, son sang s'était remis brusquement à circuler et, réunissant plus de forces qu'elle ne pensait en avoir, elle l'avait repoussé. Elle ne s'était pas sauvée. Elle lui avait fait face et, les lèvres brûlantes, la poitrine soulevée par l'émotion, elle l'avait regardé avec une expression qui lui avait fait honte. Le visage cramoisi, il lui avait expliqué que sa beauté l'avait bouleversé. Jamais, auparavant, il n'avait commis un acte aussi inconvenant, il lui en demandait pardon, mais il ne pouvait promettre que cette scène ne se reproduirait pas tant sa passion pour elle était incontrôlable. Son honnêteté avait surpris Alma. Derrière la brutalité de son geste et la candeur de ses propos, elle avait été sensible à la vitalité de cet homme qui la tenait dans ses bras. Elle s'était laissée fléchir jusqu'à lui permettre de l'accompagner au salon de thé. Là, il lui avait demandé d'être sa cavalière au bal de mai de Cambridge. Comme hypnotisée par son regard irrésistible, elle avait accepté.

Pour donner de la consistance à son rêve, elle persuada Eileen de l'accompagner, le lendemain après-midi, chez Gosling's pour acheter du tissu pour une robe de bal. Son désespoir en avait été allégé de manière inimaginable.

Elle avait continué de feindre. À la fin du mois de mai, elle avait fait à Eileen le compte-rendu du bal. Arthur s'était comporté de manière irréprochable jusqu'aux premières heures du jour où, sur un bateau à fond plat, au-dessous de Magdalene Bridge, il avait effleuré sa joue de ses lèvres et lui avait demandé à voix basse de devenir sa femme. Impulsivement, elle l'avait attiré contre elle et lui avait offert ses lèvres frémissantes. Elle en avait presque oublié de dire oui. Leurs fiançailles devaient rester secrètes jusqu'à Noël, date à laquelle les parents d'Arthur devaient revenir d'Amazonie où ils étaient missionnaires.

Alma s'étonnait elle-même de l'aisance avec laquelle elle entrait dans le détail. Elle avait déjà pensé à l'explication qu'elle donnerait pour n'avoir pas reçu de bague de fiançailles à Noël. Les parents d'Arthur auraient disparu dans la jungle. Arthur prendrait la tête de l'équipe de secours et attraperait une maladie tropicale incurable. Ou bien il serait touché par une flèche empoisonnée.

Des événements réels fournirent à Alma une

intrigue plus passionnante encore. Au mois d'août de la même année, l'Allemagne envahit la Belgique et, le lendemain, la Grande-Bretagne entrait en guerre. À travers tout le pays, des milliers et des milliers de jeunes gens s'engagèrent. Des étudiants abandonnaient l'université pour se battre pour le Roi et la Patrie. Il ne faisait aucun doute dans l'esprit d'Alma qu'Arthur était l'un des leurs. En septembre, elle raconta à Eileen qu'elle avait reçu une lettre de France. Arthur avait été nommé officier dans les *Royal Fusiliers*. Elle savait qu'elle pouvait mettre fin à la supercherie dès qu'elle le souhaiterait en expliquant qu'il était tombé au champ d'honneur, mais elle n'était pas disposée à le faire. Elle voulait être de ces femmes courageuses qui prient pour que la vie de leur mari soit épargnée. Elle tricotait des passe-montagnes pour la Croix Rouge et elle avait déclaré au comité local qu'elle serait heureuse si sa contribution pouvait soulager la souffrance dans les tranchées du mari ou de l'amant de *n'importe quelle* femme. À la question d'un responsable, elle avait répondu sans hésiter que celui qu'elle avait promis d'épouser était là-bas, lui aussi.

Donc, à mesure que la guerre avançait, les états de service d'Arthur s'enrichissaient de nouveaux exploits. Il s'était battu dans les tranchées pendant deux ans. Alma lui avait accordé la Médaille Militaire pour sa bravoure à Neuve Chapelle. Vers la fin de l'année 1916, elle l'avait affecté aux forces aériennes, le *Royal Flying Corps*. On lui avait donné le commandement d'une escadrille et il détenait le record des raids audacieux sur l'Allemagne. Une des dames de la Croix Rouge, dont le frère travaillait chez Handley-Page, avait demandé à Alma quel avion Arthur pilotait. Celle-ci avait répondu qu'il n'abordait jamais ce genre de sujet dans ses lettres. Il évoquait avec passion les quelques précieuses journées qu'ils avaient passées ensemble avant la guerre. Il ne pensait qu'à revenir et à l'épouser.

Alma attendait l'armistice avec autant d'impatience que tout le monde et, lorsqu'il était arrivé, elle s'était rendu compte qu'Arthur était toujours en vie. Eileen était transportée de joie pour eux deux. Elle voulait savoir quand ils fixeraient la date du mariage. Alma réfléchit et déclara qu'il fallait attendre encore un peu. Arthur était à l'hôpital. Il avait attrapé la grippe qui sévissait en Europe. Dans sa lettre, il lui assurait que c'était un cas bénin mais terriblement inopportun.

Lorsque Eileen avait revu Alma, elle portait le deuil. Elle était incroyablement courageuse.

Elle pleurait la mort d'Arthur d'une manière que vraiment personne n'arrivait à comprendre. Il y avait un vide dans sa vie. Les gens étaient gentils. Ils l'exhortaient à sortir davantage. Une nouvelle époque avait commencé, celle des distractions publiques. Des cinémas, des dancings et des boîtes de nuit ouvraient de tous les côtés. Alma était encore jeune mais elle avait l'impression d'appartenir à un autre siècle. Elle ne s'intéressait pas aux garçons de vingt ans. Les jeunes gens ne l'impressionnaient pas.

« Ouvrez un peu plus, s'il vous plaît, dit Mr. Baranov. Prévenez-moi si je vous fais mal ».

Non, il ne lui ferait pas mal. Mr. Baranov était un merveilleux dentiste. Il serait un merveilleux amant.

« Certains de mes patients me demandent de les endormir — avec du chloroforme, n'est-ce pas ? — mais j'essaie de les convaincre que c'est inutile, qu'ils ne sentiront rien. »

Mr. Baranov appartenait au monde plus honorable de l'avant-guerre. Vous ne l'auriez pas vu dans un dancing. Son cadre naturel était les soirées privées où il devait briller par sa conversation. Sa voix sonore donnait un relief particulier à tout ce qu'il disait. Pour un Russe, il maîtrisait la langue d'une manière stupéfiante. Vous ne vous seriez pas douté qu'il était étranger. Il avait dû recevoir l'éducation d'un aristocrate, sans doute avec un précepteur anglais.

« Il y a un dentiste américain dans le Strand, dit Mr. Baranov, spécialisé dans les couronnes et les prothèses. Chaque semaine, il fait de la publicité dans *La Scène,* la revue théâtrale, en donnant la liste de ses clients les plus illustres, des comédiens et des comédiennes qu'il a soignés. Comme il le fait probablement avec leur autorisation, je n'y vois rien à redire. Bien sûr, moi-même, je m'y refuse. Je vous promets que vous ne trouverez pas votre nom dans le journal la semaine prochaine. Mais ce que je trouve inacceptable dans sa publicité — et dans d'autres du même genre — c'est son slogan "l'art dentaire américain sans douleur" ; comme si les Américains étaient les seuls à connaître une mystérieuse façon de soigner sans faire souffrir. Je vais vous révéler le secret de ces soins sans douleur : c'est ce bon vieux chloroforme, Miss Webster. Personnellement, je ne l'utilise qu'en dernier recours. Si vous prenez les précautions nécessaires, vous pouvez opérer en douceur. Rincez-vous, s'il vous plaît. »

On lui plaça un verre d'eau dans la main tandis que l'assistante approchait d'elle une petite cuvette en porcelaine.

« Laissez-moi jeter encore un coup d'œil », dit Mr. Baranov.

Alma avait confiance en lui. Il était certainement incapable de lui faire mal. Alors qu'il se penchait sur sa bouche pour l'examiner, elle sentit contre son bras droit la légère pression de sa cuisse et de son ventre. Elle essaya de rester détendue. Mais, tôt ou tard, il lui faudrait trouver un moyen de lui signifier qu'il était l'homme le plus adorable qu'elle avait jamais rencontré.

« Vous savez, certaines choses perpétrées au nom de l'art dentaire sont indéfendables. Je me souviens d'avoir lu, avant guerre, un article sur le docteur d'Holloway, celui qui avait assassiné sa femme. Crippen. Je ne pense pas que vous vous en souveniez. Vous deviez avoir des nattes à l'époque. Cette histoire avait fait sensation parce que, lorsque la police était venue chez lui — les commérages devaient aller bon train dans le voisinage — le docteur Crippen et, pardonnez-moi l'expression, sa maîtresse, avaient pris peur et avaient retenu deux places sur un bateau pour le Canada. La jeune femme, Ethel... je ne me souviens plus de son nom de famille, était déguisée en garçon et Crippen, qui avait rasé sa moustache et retiré ses lunettes, se faisait passer pour son père. Leurs déguisements ne devaient pas être très convaincants car le commandant découvrit qui ils étaient dès le premier jour de la traversée. Il avait envoyé un radiogramme et Scotland Yard avait dépêché un homme sur un bateau plus rapide pour les arrêter au terminus de leur voyage. L'inspecteur Dew. Rincez-vous, s'il vous plaît. »

Mr. Baranov régla l'éclairage tandis que son assistante préparait l'amalgame pour le plombage. Il se pencha de nouveau sur elle.

« C'est presque terminé. Je suppose que vous vous demandez ce que le docteur Crippen a à voir avec la chirurgie dentaire. Eh bien, avant le meurtre, il s'était associé avec un jeune américain. Ils avaient baptisé leur association : *The Yale Tooth Specialists.* Crippen, en principe médecin, s'occupait du côté administratif des choses et donnait un coup de main à l'occasion. Ethel tenait le rôle d'assistante. Mais venons-en au fait. Ethel souffrait de maux de tête. De névralgies. Ils décidèrent que ses douleurs étaient causées par ses dents, et ils les lui arrachèrent. Vingt et une dents en une seule fois. La pauvre fille avait votre âge. C'est criminel. J'aimerais me rappeler son nom. Il avait quelque chose d'exotique. »

Alma essaya de prononcer "Le Neve" sans remuer les lèvres.

« Oui, Miss Webster. Je sais que c'est un peu désagréable. Je vous demande encore quelques minutes de patience. »

Elle se souvenait de l'affaire Crippen. Les journaux en avaient été remplis pendant des semaines. C'était en 1910. Elle avait dix-sept ans et lisait Ethel M. Dell. Elle en avait été profondément affectée. Elle n'avait ressenti que de la pitié pour ces deux fugitifs qui, dix jours durant, avaient arpenté, dans leurs grotesques déguisements, le pont de ce sinistre petit paquebot tandis que, grâce à la perspicacité du commandant du navire et au miracle de la communication sans fil, tous les Tom, Dick et Harry capables de lire un journal savaient que l'inspecteur Dew les attendait à Toronto avec des menottes. Elle avait pleuré sur leur sort à l'annonce de leur arrestation. Elle avait essayé de deviner si elle aurait pu faire face à cette situation avec dignité. L'amour, seulement l'amour, avait dû leur en donner la force.

« Voilà ! dit Mr. Baranov en retirant les instruments de sa bouche. Essayez de ne pas manger de ce côté ce soir. Mon assistante va vous donner un autre rendez-vous. Qu'y a-t-il ?

— Je voulais dire que le nom de la femme était Le Neve, Ethel Le Neve.

— En effet. Vous avez une excellente mémoire.

— C'était dans tous les journaux en Angleterre.

— Oh ! Je m'en souviens.

— Vous étiez en Angleterre en 1910 ?

— J'y ai passé toute ma vie, répondit Mr. Baranov en souriant.

— Mais...

— Vous croyiez que j'étais Russe, n'est-ce pas ? C'est une supposition logique et vous n'êtes pas la première à la faire. Mon père s'appelait Henry Brown. Il travaillait comme funambule dans les music-halls. Il faisait une rapide pantomime, les bras en croix. "Le Grand Baranov". »

Alma était abasourdie.

« Alors vous êtes Anglais ?

— J'ai été baptisé sous le nom de Walter Brown. Comme vous êtes pâle !

— Votre père a choisi de s'appeler Baranov au music-hall ?

— Et j'ai adopté ce pseudonyme. Dans ma profession, une identité étrangère n'est pas un handicap. Les Anglais ne pensent pas qu'un bon dentiste peut s'appeler quelque chose comme Walter Brown. »

Elle était sans voix.

« Vous semblez me désapprouver, mais c'est tout à fait légal, vous savez. Pour mon père ce n'était qu'un nom de théâtre mais j'ai décidé de l'entériner par un acte unilatéral. J'étais sur le point de me marier et celle qui allait devenir ma femme, une comédienne elle aussi, y était tout à fait favorable. Lydia Baranov. Un joli nom pour une actrice, n'est-ce pas ? Peut-être avez-vous entendu parler d'elle ? Elle est assez connue. »

Sa femme était en vie.

Alma vacilla légèrement. Il fallait qu'elle sorte d'ici. Elle lui tourna le dos et traversa la pièce. Les larmes lui brouillaient la vue. L'assistante lui ouvrit la porte et lui mit dans la main une carte lui rappelant son prochain rendez-vous.

Dehors, dans la rue, elle la déchira et en jeta les morceaux dans la première bouche d'égout venue.

2

Une autre jeune femme apparaissait dans l'affaire. Elle s'appelait Poppy Duke.

L'observance du Jour du Seigneur jouait en sens inverse pour Poppy. Elle se reposait pendant six jours et travaillait le dimanche. Son lieu de travail était le marché aux puces de Petticoat Lane. Elle avait dix-huit ans, les yeux clairs, un sourire moqueur et des cheveux blonds naturels aux boucles fines et serrées. C'était une voleuse de première classe. Avec ses fines mains et ses longs doigts elle subtilisait un portefeuille en bousculant son propriétaire auquel elle adressait un: "Vous permettez?" Elle était capable d'ouvrir un sac à main et de retirer l'argent du porte-monnaie qui se trouvait à l'intérieur d'un mouvement continu, que ne remarquaient ni la femme ni le marchand qui essayait de lui soutirer cet argent de façon beaucoup plus légitime. On la tolérait dans le marché parce qu'elle passait pour une sorte de Robin des bois. Elle ne volait que les personnes qui venaient pour regarder plutôt que pour acheter. Et elle employait, pour retarder ou coincer ses victimes, jusqu'à une demi-douzaine d'enfants qu'elle payait généreusement.

Ce matin, elle avait à peine commencé quand elle avisa la proie idéale, un homme assez jeune, vêtu d'un costume élégant et coiffé d'un feutre, un trench-coat d'officier posé sur les épaules comme une cape. Il s'était arrêté devant une boutique où l'on servait du thé et avait créé des complications en présentant un billet d'une livre. Il prétendait n'avoir pas de monnaie.

« Eh bien, vous en avez maintenant, mon cher monsieur, dit la marchande en lui remplissant les mains de petites pièces. Allez-vous les compter ? »

Elle lui tendit sa tasse de thé. Il tenait encore son portefeuille à la main. Il le rangea dans la poche extérieure de son trench-coat et prit la tasse.

Poppy s'approcha. Elle n'allait pas laisser ça à un débutant. elle se mit dans la queue. De la main gauche, elle souleva le rabat de la poche et chercha à saisir le portefeuille.

Avec horreur, elle sentit qu'une main agrippait la sienne. Elle ne pouvait plus la sortir de la poche. l'homme se retourna et sourit. Il tenait toujours sa tasse de thé dans la main droite. C'était la gauche, passée sous la doublure du manteau, qui la retenait.

« Eh bien, Poppy, fit-il, j'aurais dit que c'était comme arracher ses bonbons à un petit enfant.

— Je me suis fait prendre la main...

— Sans nul doute, et je n'ai pas l'intention de te la rendre. Si tu veux éviter les ennuis, laisse-la où elle est et colle-toi à moi. Un taxi nous attend dans la rue.

— Vous m'emmenez ? Donnez-moi une chance, vieux frère !

— Marche et tais-toi, Poppy. »

Elle obéit. Elle avait peur que ses jeunes complices n'essaient de les bloquer et ne se fassent également arrêter. Seule, elle ne pouvait pas en prendre pour longtemps.

Lorsqu'ils eurent atteint le taxi, stationné dans Whitechapel High Street, il la lâcha. Elle s'attendait à ce qu'il lui passe les menottes mais il n'en fit rien.

« Alors, vous êtes un flic ou quoi ? » demanda-t-elle.

Il la poussa fermement dans la voiture et s'assit à côté d'elle.

« Poppy chérie, dit-il en souriant de nouveau, c'est ton jour de chance.

— Qu'est-ce que vous voulez dire ? Où m'emmenez-vous ?

— Choisir un cadeau, mon cœur.

— Je ne sais pas pour quel genre de fille vous me prenez, m'sieur.

— Du calme. Je t'emmène juste faire un tour. »

Ils roulèrent à travers la City et Holborn jusqu'à Oxford Street. Poppy lançait des regards furieux à son compagnon, essayant de deviner qui il était. Elle ne l'avait jamais vu au marché jusqu'à ce matin. Il était habillé comme un gentleman, ce qu'il n'était manifestement pas.

Le taxi tourna à gauche, dans Bond Street, et s'arrêta.

« Qu'est-ce qu'on fait ici ? demanda Poppy.

— Sors et je te montrerai. Mais conduis-toi bien, compris ? Nous sommes dans un quartier chic. »

Il dirigea Poppy, qui écarquilla grand les yeux, vers un magasin de mode comme elle n'en avait jamais vu que dans les magazines.

« Choisis une robe, dit-il. Pour une soirée.

— Attendez... Qu'est-ce que vous avez derrière la tête ?

— Je vais te le dire, Poppy, répondit-il tandis qu'ils regardaient tous les deux la vitrine. On m'a raconté que tu étais la plus astucieuse des pickpockets de Londres. Je veux louer tes services pour une soirée. C'est une réception, alors tu as besoin d'une robe. Que penses-tu de la noire, là-bas, avec les paillettes en argent ? Si tu travailles pour moi, tu dois avoir un uniforme décent. Et tu pourras le garder. D'accord ? »

3

Lydia était au téléphone dans sa grande maison de Putney Hill. Elle n'avait pas cessé de téléphoner depuis qu'elle était revenue de son audition. Elle hurlait. Elle reprochait leur incompétence à tous ses interlocuteurs. Elle disait qu'elle n'arrivait pas à comprendre pourquoi un problème aussi simple créait des difficultés aussi monumentales.

Au rez-de-chaussée, la porte d'entrée s'ouvrit et Walter pénétra dans le hall. Sylvia, la bonne, l'attendait comme d'habitude pour prendre son chapeau, son manteau et son parapluie.

La diatribe se poursuivait là-haut, au téléphone. Walter leva les yeux, puis regarda Sylvia et haussa les sourcils d'un air interrogateur. Celle-ci secoua la tête. Avec une grimace, il entra dans le salon, se servit un whisky et le but d'un trait.

Lorsqu'il monta au premier, Lydia était en train d'expliquer que son temps était trop précieux pour qu'elle le perde à parler avec des employés de bureau imbéciles et qu'elle comptait sur un appel du directeur demain matin, mais pas avant dix heures et pas après onze heures. Et elle raccrocha.

« Et comment s'est passée ta journée à toi ? demanda-t-elle à Walter d'une manière qui balayait la réponse avant même qu'elle soit formulée.

— Rien que des contrariétés, répondit-il. J'ai le plus grand mépris pour les gens qui me font perdre mon temps. Deux personnes ne sont pas venues à leur rendez-vous sans même s'excuser. Tu crois que les gens auraient l'élémentaire courtoisie de prévenir le cabinet de consultation ? De la part de Lady Burke, je pouvais m'y attendre. De notoriété publique, elle est terriblement distraite. Elle arrivera probablement demain, très agitée. Mais l'autre patiente, Miss Webster, a toute sa tête et elle devrait se conduire normalement. Nous lui avons donné rendez-vous le même jour et à la même heure pour les trois semaines à venir. C'est inexplicable.

— Si tu as fini, peut-être aimerais-tu savoir ce qui m'est arrivé *à moi* », dit Lydia.

Avec son expérience de la scène, elle n'avait aucun mal à éclipser les autres acteurs.

Ce matin, elle avait passé une audition pour un rôle mineur dans *The Gay Lord Quex,* au Richmond Theatre. Elle avait trente-quatre ans et n'avait pas joué dans un théâtre du West End depuis 1914.

« J'imagine que l'entrevue a été décevante, dit Walter.

— Décevante ? Tu veux dire ridicule ! Une vraie farce ! »

Si un metteur en scène avait vu Lydia dans cet état, il lui aurait assuré les premiers rôles pour le reste de sa carrière. Elle était transfigurée par l'outrage. Son teint, généralement pâle, était rose, comme fiévreux. Ses boucles noires dansaient à chaque mouvement brusque de sa tête, ses narines palpitaient et ses yeux bruns de gitane étincelaient de colère.

« Ce metteur en scène est fou. Je ne pourrais jamais travailler avec lui. Ce serait la fin de ma carrière. Il ne comprend rien à la pièce ni à Piñero.

— Qui a eu le rôle ?

— Une petite garce qui a joué six semaines dans une revue satirique. Ils m'ont proposé d'être sa doublure. Tu sais ce que cela signifie ? Je vendrais des chocolats pendant l'entracte ! Je leur ai dit que j'avais joué dans *The Second Mrs. Tanqueray*.

— Et qu'est-ce qu'ils ont répondu à ça ?

— Que c'était une comédie et que je n'avais pas l'expérience requise. Je suis tombée d'accord avec eux. Je leur ai dit qu'il était clair comme de l'eau de roche que le genre d'expérience qu'ils recherchaient était celle que l'on acquiert dans les troupes de girls, au music-hall, et que j'étais bien contente de ne pas être tombée aussi bas.

— Très juste.

— Là-dessus j'ai quitté le théâtre. J'étais si furieuse que j'ai oublié de reprendre mon press-book.

— Ils vont peut-être l'examiner et s'apercevoir de l'erreur qu'ils ont commise.

— Ça m'étonnerait. De toutes manières, la distribution est faite. D'ailleurs, je refuserais le premier rôle s'ils me le proposaient. J'ai mon amour-propre. Mais j'ai besoin de mes coupures de presse.

— Bien sûr.

— Walter, mon chéri...

— Oui, ma chérie ?

— Irais-tu les chercher pour moi ?

— Demain je n'aurai pas le temps. J'ai des rendez-vous toute la journée.

— Vas-y ce soir, alors. »

Il y eut un instant de silence.

« Il ne te faudra pas plus d'une heure. Je vais demander à la cuisinière de garder ton repas au chaud, dit-elle en lui donnant un petit baiser. Tu sais bien que je ne supporterais pas de perdre ces articles. »

Il reprit son chapeau et son manteau des mains de Sylvia.

De la fenêtre, Lydia le vit descendre la colline jusqu'à la station de taxis. Il impressionnait peut-être ses patients mais à la maison, il faisait tout ce qu'elle voulait. Par reconnaissance. Sans son argent et sa prévoyance, il serait encore en train de présenter son ridicule numéro d'extra-lucide dans de minables music-halls de province. Elle seule avait réussi à le persuader qu'il n'était pas fait pour la scène. Elle lui avait fait valoir les profits que l'on pouvait tirer de la profession de dentiste et, comme témoignage de sa confiance, l'avait épousé. Elle avait financé son apprentissage de mécanicien-dentiste, puis ses trois années d'études à l'hôpital de Newcastle-upon-Tyne. Walter n'avait jamais été aussi heureux de sa vie. Il avait trouvé sa vocation. Ils se voyaient rarement car elle jouait dans *The Second Mrs. Tanqueray*. Le théâtre l'épuisait et la comblait à la fois.

Leur vie conjugale se déroula ainsi comme une occupation à temps partiel, jusqu'à ce que Walter passe son examen final et devienne chirurgien-dentiste, en 1914. Il vint à Londres pour la cérémonie de la remise des diplômes et Lydia l'invita à déjeuner chez Frascati's. Des éclats de voix leur parvinrent de la cuisine. Le maître d'hôtel leur demanda s'ils connaissaient la nouvelle. Lloyd George avait fait une déclaration aux communes : le pays était entré en guerre contre l'Allemagne. On exhortait les célibataires de moins de trente ans à s'engager.

Walter était marié et il avait trente-neuf ans. Il se présenta au bureau de recrutement du Strand. Pendant les quatre années qui suivirent, il arracha des dents dans le nord de l'Écosse, pour le Roi et la Patrie. La guerre de Lydia fut moins exemplaire. Les bonnes pièces étaient rares et la plupart des comédiens valides s'étaient engagés. Elle joua à Woolwich dans *The Harbour Lights* avec, dans le rôle principal masculin, un vieux comédien si décrépit que quand il s'agenouillait pour lui déclarer son amour, il fallait ensuite qu'elle l'aide à se relever.

Vers 1917, elle était si découragée qu'elle quitta la scène. Elle passa son temps dans la grande maison de Putney Hill, qu'elle avait héritée de son père, à lire les critiques qu'on avait écrites sur elle avant la guerre. Sexuellement frustrée, elle tomba secrètement amoureuse du barbu qui vendait du thé chez Fortnum et Mason. Cela ne mena à rien. Les sous-marins allemands rendaient la vie plus dure en Grande-Bretagne. Il y avait pénurie de vivres. On parlait de rationnement. Amasser des provisions était devenu un délit. La femme de chambre de Lydia ne savait pas tenir sa langue. Lors d'une perquisition, la police trouva soixante-huit paquets de thé de chez Fortnum et Mason. On les leur confisqua, à l'exception de quelques-uns. Lydia eut à payer une amende de 10 livres, plus 7 livres de frais. Son nom parut dans les journaux. C'était la première fois qu'elle avait les honneurs du *Times*.

Walter monta dans le taxi en tête de file. Moins de vingt minutes plus tard, il réglait sa course devant le Richmond Theatre. Il était dix-neuf heures passées de quelques minutes. Le théâtre était silencieux. Les représentations ne commençaient pas avant vingt heures trente pour laisser aux spectateurs le temps de dîner et de s'habiller. Une pièce satirique était à l'affiche. Lydia avait raison. Le music-hall se mourait. La voyance avait disparu en même temps que les numéros d'animaux savants et que Dan Leno.

La fille qui tenait le bureau de location l'envoya au bar du premier étage. Il y avait foule. La fumée des cigares flottait dans l'air. À leurs attitudes et à leur manière de parler, Baranov comprit qu'ils étaient tous des professionnels, le metteur en scène de *The Gay Lord Quex* avec la nouvelle et radieuse distribution de la pièce.

Walter commanda un xérès sec et alla se placer près du groupe le plus important. En écoutant la conversation, il apprit que le metteur en scène répondait au nom de Jasper. Celui-ci avait la main posée sur l'épaule d'une jolie rousse qui éclatait de rire à chaque fois qu'il ouvrait la bouche. Elle portait une de ces robes à la mode, avec le dos nu. Elle paraissait dix ans de moins que Lydia.

Walter attendit que la conversation s'interrompît. Jasper demanda à la jeune femme si elle voulait un autre martini. Comme il se dirigeait vers le bar, Walter se présenta.

« Très joli nom, mon cher, dit le metteur en scène, mais je ne crois pas vous connaître.

— Ma femme, Lydia, a passé une audition avec vous, cet après-midi.

— La même chose, George ! cria Jasper au barman.

— Elle n'a pas eu le rôle.

— Mon cher, les auditions sont détestables, à tous points de vue. Je suis sûr que des erreurs sont commises de temps en temps mais nous n'ordonnons jamais d'autopsie. C'est comme ça.

— Elle a oublié son press-book. Chez vous.

— Ah! Je comprends. Mon Dieu, je me demande ce qu'on en a fait. »

La jeune femme au dos nu se retourna.

« Il est là-bas, chéri. J'étais en train de le lire. Eh bien, tu sais, cette femme a drôlement plus d'expérience que toi.

— À ta place je ne dirais pas cela, Blanche, dit une voix lourde d'insinuations.

— Certaines personnes ont l'esprit méphitique, répliqua Blanche, apparemment écœurée du monde entier.

— Voilà ton verre », dit sèchement Jasper.

Il prit Walter par le bras et le conduisit jusqu'à la table où se trouvait le livre.

« Lydia a fait une bonne audition. C'est une professionnelle, monsieur Baranov. Votre femme a du talent. S'il n'avait tenu qu'à moi...

— J'ai travaillé dans le spectacle, l'interrompit Walter d'une voix toujours égale. J'entends ce genre de déclarations hypocrites depuis que j'ai l'âge de trois ans. Si vous avez vraiment un soupçon d'intérêt pour la carrière de ma femme, faites-lui l'honneur de me dire la vérité. »

La réplique porta d'autant plus qu'elle était formulée dans des termes raisonnables.

Le bar fut soudain plongé dans le silence. Quelqu'un cria à travers la salle :

« Tout va bien, Jasper ?

— Oui, très bien, répondit celui-ci qui s'adressa ensuite à Walter : Si vous voulez vraiment le savoir, elle est trop mûre pour des rôles de jeune première et elle ne peut pas encore jouer les rôles de douairière ou de mère de famille.

Pour adoucir sa remarque, il ajouta :

« Pas pour longtemps. »

Walter se tut. Il prit le press-book.

« C'est toujours une période difficile dans la

carrière d'une comédienne, poursuivit Jasper. Peut-être pourrait-on la convaincre de travailler dans un autre domaine du théâtre. Ce serait la meilleure solution. Avec son expérience, elle doit s'y connaître en maquillage. Costumière, par exemple, si elle sait se servir de fil et d'une aiguille. »

Walter lui jeta un coup d'œil incrédule.

« Où puis-je trouver un taxi ?

— À cette heure-là, à la station. À droite en sortant du théâtre, puis encore à droite. Vous la remercierez d'être venue, n'est-ce pas ? »

Walter descendit l'escalier et suivit la direction indiquée. Il trouva un taxi à l'endroit désigné. La voiture avait à peine démarré que son regard fut attiré par une vitrine. Il tapota l'épaule du chauffeur.

« Pouvez-vous vous arrêter un instant ? Devant le fleuriste. Je veux acheter des fleurs pour ma femme.

— Faites vite mon vieux, je bouche la circulation. »

Walter examinait les bouquets lorsque la vendeuse sortit de l'arrière-boutique.

« Bonsoir, monsieur. Puis-je... Oh ! »

Elle s'interrompit, les yeux fixés sur lui.

« Oui, s'il vous plaît, je... euh... mais, vous êtes Miss Webster, n'est-ce pas ?

— Oui, murmura Alma.

— Walter Baranov, votre dentiste. Vous vous souvenez ? Vous n'êtes pas venue à notre rendez-vous, aujourd'hui. C'était volontaire ? »

Elle rougit et ne répondit rien. Walter était visiblement tout aussi embarrassé.

« Je suis désolé, dit-il. J'ai l'air de faire une enquête ; mais en vous voyant comme ça, par hasard, j'ai été si surpris...

— Ah ! »

Elle était en train de mettre en pièces la fleur qu'elle tenait à la main.

« Voyez-vous, ma femme a passé une audition au Richmond Theatre, aujourd'hui. Elle est comédienne.

— Oui, vous me l'avez dit.

— Elle avait oublié ce dossier avec toutes ses critiques. C'est très précieux. Je suis allé le chercher. »

Dehors le taxi actionna sa trompe.

« Je voudrais quelques roses... Une douzaine, je pense.

— De quelle couleur ? Elles sont toutes au même prix : trois shillings la douzaine. »

Il y avait plusieurs nuances de rose et de rouge, ainsi que des roses blanches et jaunes.

« Ça n'a pas d'importance ; des roses.

— Je peux vous faire un mélange. »

La trompe retentit de nouveau.

« Comme il vous plaira.

— Voulez-vous les choisir vous-même ? »

Il en sélectionna une douzaine de couleurs différentes qu'elle lui enveloppa. Il lui tendit l'argent.

« Merci. Je suis désolé, il faut que je me dépêche ; le taxi m'attend. »

Il souleva son chapeau.

« J'espère vous revoir, Miss Webster. »

Il avait quitté la boutique et le taxi avait déjà démarré quand Alma remarqua qu'il avait oublié le press-book sur le comptoir.

4

Pour faire la connaissance d'une autre femme de notre histoire, le décor se déplace à Paris.

Le vendredi soir, où qu'elle se trouvât, Marjorie Livingstone Cordell aimait prendre un bain chaud, de préférence turc, suivi d'un massage de tout le corps. Pour vous rendre la forme, c'était plus efficace qu'un café noir, des sels digestifs, un cocktail ou une promenade dans le parc — formules qu'elle avait toutes essayées. Elle était fière de sa réputation de femme pleine de vitalité. Elle animait toutes les réceptions et elle était conviée à beaucoup d'entre elles. Personne ne connaissait son âge mais elle en était à son troisième mariage et elle avait une fille de vingt-deux ans. Ce qu'elle aimait dans son massage du vendredi, c'est qu'elle se détendait complètement. À New York City, où elle habitait, elle disposait d'un merveilleux petit homme du Bronx aux mains de velours, qui en savait davantage sur ses espoirs et ses craintes que tous ses maris.

Ce soir, elle était étendue sur la table de massage du Carlton, à Paris, où elle était descendue avec son troisième mari, Livy. Ils passaient leurs vacances en Europe, cette année, parce que sa fille, Barbara, venait juste de finir des études d'histoire de l'art à la Sorbonne et ils voulaient rentrer avec elle à New York. Elle racontait sa vie, dans un anglais élémentaire, à l'Algérien qui était en train de lui assouplir les épaules. Il était très beau garçon, avec des cheveux brillants et une moustache fine comme un trait de crayon, mais son haleine sentait l'ail. Elle tourna son visage de l'autre côté.

« Voulez-vous vous occuper de mes chevilles, maintenant ? demanda-t-elle en remuant les pieds au cas où il n'aurait pas compris. Je suis vraiment reconnaissante au Bon Dieu de m'avoir donné d'aussi belles chevilles. Le croirez-vous ? Mes trois maris ont tous été attirés d'abord par mes chevilles. Grâce à des massages réguliers, elles sont toujours aussi fines. Bien... fantastique... Livy... une abréviation pour Livingstone... c'est mon troisième... un type formidable... ce n'est pas Douglas Fairbanks, je vous l'accorde, mais il est très beau à sa manière... Livy me demande parfois la permission de masser mes chevilles mais je refuse. C'est un travail de professionnel. Hmm... vous êtes parfait. Comment vous appelez-vous ?

— Alain, madame.

— Eh bien, Alain, à mon avis, une femme devrait toujours prendre soin de son corps. Sait-on jamais si l'on vous observe ? Je vais vous raconter ce qui m'est arrivé, il y a quatre ans, à l'hôtel Biltmore, à New York. Je suis restée coincée dans l'ascenseur avec sept hommes, tous des étrangers. Vraiment coincée, je veux dire. L'ascenseur s'est arrêté entre le deuxième et le troisième étage pendant presque une heure. J'étais terrifiée, mais savez-vous, Alain, que c'est ainsi que j'ai rencontré Livy ? Vous pensez sans doute qu'il faisait partie des types de l'ascenseur ? Eh bien, non. Il était au deuxième étage, attendant que les employés chargés de l'entretien réussissent enfin à ouvrir la porte. La cabine était bien au-dessus de leurs têtes; aussi, tout ce qu'il pouvait voir de moi, c'était mes chevilles, et il ne pouvait en détacher ses yeux. N'est-ce pas romantique?

— C'est charmant, madame.

— Nous nous sommes mariés la même année et je le surprends encore à lancer des regards furtifs sur mes chevilles quand il pense pouvoir le faire sans que je m'en aperçoive. Nous sommes très attachés l'un à l'autre. Je souhaite que ma fille, Barbara, ait autant de chance que moi. Elle est très belle, je veux dire vraiment jolie; elle a mon teint clair, mes traits réguliers et les plus extraordinaires cheveux châtains, mais elle fait peur aux hommes. Elle est trop austère. Elle est diplômée de mathématiques et ne parle que coefficients et choses de ce genre. Nous l'avons envoyée passer un an à la Sorbonne, pour qu'elle élargisse ses connaissances, avec le secret espoir que les Parisiens lui enseigneraient quelques autres petites choses. Bref, maintenant, elle s'est entichée des Grecs.

— Des Grecs, madame?

— Du cinquième siècle avant Jésus-Christ. Cet après-midi, elle nous a fait faire le tour du Louvre, à moi et à Livy. D'accord, ça changeait des logarithmes, alors on y est allé. J'espérais vaguement y trouver un jeune professeur qui en aurait été la véritable attraction. Je m'étais trompée. Il n'y avait là que des antiquités. Enfin... il y a de très jolies statues grecques au Louvre; des virilités sans voile et grandeur nature. Même plus grandes quelquefois. J'ai fait remarquer à Livy que ce n'était peut-être pas une mauvaise chose. Mais imaginez-vous, Alain, que ma fille, Barbara, nous a fait traverser ces salles-là sans s'arrêter une seule fois. Elle n'a même pas tourné la tête. Elle voulait nous montrer les vases grecs. Des vases! Elle les adore. J'étais si déprimée que je me suis écroulée sur une banquette.

— Ce n'est pas si mal, madame.

— Que voulez-vous dire?

— Vous n'avez pas regardé les vases?

— Je vous l'ai dit, je n'en pouvais plus.

— Sur les vases, madame, beaucoup de petits hommes, expliqua Alain en figurant leur taille entre le pouce et l'index. Pas de vêtements. Peut-être Barbara commence avec petits hommes.

— Oh!»

Mrs. Cordell réfléchit à cette suggestion et se mit à rire.

«Des petits hommes... Ça me plaît.

— Je ne suis pas très grand non plus, madame.»

Mrs. Cordell riait toujours.

«Je me moque de la taille qu'aura le mari de ma fille, pourvu qu'il soit riche.»

5

Lorsque Walter revint à Putney, son dîner n'était plus mangeable. La cuisinière proposa de lui faire une salade.

Lydia les avait entendus parler.

« Tu as pris ton temps, remarqua-t-elle quand il entra dans le salon.

— J'ai pensé qu'elles te plairaient », répondit-il en lui tendant le bouquet de roses.

Elle fut agréablement surprise. Pendant son absence, elle avait pensé le quitter pour de bon.

« Où les as-tu trouvées, Walter ? »

C'était ce qui lui avait paru ressembler le plus à un remerciement.

« Je ne les ai pas volées dans le jardin du voisin. »

Lydia les lui rendit.

« Demande à Sylvia de les mettre dans un vase. Ils t'ont donné mon press-book ?

— Oui. »

Mais il n'était pas sous son bras et, lorsqu'elle lui avait posé la question, Lydia avait vu soudain sa main libre se raidir.

« Qui as-tu vu ?

— Le metteur en scène. Il était encore au bar.

— Ça ne m'étonne pas. Il empestait le gin cet après-midi.

— Il m'a dit que tu avais été excellente, ma chérie.

— L'hypocrite! Ils disent toujours ça.

— Il t'a fait un très joli compliment.

— Hum, fit-elle avec une moue dédaigneuse.

— Je vais porter les fleurs à Sylvia, dit Walter.

— Alors, qu'est-ce que c'était?

— Quoi donc? chérie?

— Ce compliment.

— Oh! il a dit que tu étais une vraie professionnelle.

— Pour ce qu'il y connaît!

— Ce n'est pas tout ce qu'il a dit.

— Quoi d'autre encore?

— Je vais aller trouver Sylvia, dit-il en sortant. Aimerais-tu les avoir dans ta chambre? Ça ferait plutôt joli dans le pot en faïence sur le palier.

— Laisse faire Sylvia. Pose-les sur la table, dans le vestibule, et viens me raconter exactement ce que Jasper a dit.

— Veux-tu un verre de bourgogne? lui cria-t-il du couloir menant à la cuisine. Ça ne me déplairait pas avec la salade.»

Elle poussa un soupir d'irritation. Ce maudit individu avait l'art de la dérobade. Elle n'arrivait pas à savoir s'il avait vraiment quelque chose d'intéressant à lui communiquer ou s'il essayait de lui faire oublier le press-book. Il le faisait délibérément. Il savait pourtant ce que le théâtre représentait pour elle. Elle en avait besoin comme d'une drogue. C'était pénible pour elle de passer des auditions en province, mais elle continuait de le faire parce qu'elle ne pouvait pas s'en empêcher.

Aussi loin qu'elle remontait dans ses souvenirs — en fait, elle était née dans les coulisses de l'un des six théâtres que son père possédait — tout ce qui avait compté pour elle était lié à la scène. Elle n'avait pas vingt ans qu'elle avait déjà rencontré Piñero, Barrie et Shaw. Elle avait joué à l'*Adelphi*. Sir Herbert Tree lui avait dit que d'ici un an ou deux, elle réduirait en esclavage le public du West End. Cependant, elle avait vu le danger d'une vie entièrement consacrée au spectacle. Pour elle-même comme pour son art, il était vital de rester en contact avec le monde extérieur. Elle avait donc épousé Walter et financé ses études dentaires avec une partie de l'héritage que lui avait laissé son père. Walter était sa protection contre le monde de l'illusion. Qu'est-ce qui pouvait être plus terre à terre qu'un mari qui arrachait des dents ?

Celui-ci revint au salon avec sa salade et deux verres de vin sur un plateau. Il en tendit cérémonieusement un à sa femme et prit place en face d'elle, dans le grand fauteuil où son beau-père s'asseyait pour dire la prière familiale. Elle tira nerveusement sur sa robe.

« Ma chérie, dit Walter, nous avons à parler d'une affaire assez sérieuse. »

6

Sur la porte du fleuriste un écriteau indiquait : *Fermé*. Les stores étaient baissés. Le tiroir-caisse était vide et l'argent avait été placé dans le coffre-fort. Alma était en train d'exécuter sa dernière tâche de la journée : un bouquet qu'une heureuse mariée porterait à l'église le lendemain matin. Elle l'avait presque oublié, tant elle avait l'esprit occupé de Walter Baranov. Comme elle essayait de l'attacher, elle cassa involontairement la tête d'un œillet. Elle le remplaça par un autre.

Elle était plus excitée que nerveuse. Il l'avait prise complètement par surprise en entrant comme ça dans la boutique. Il n'avait peut-être pas dit grand-chose mais qu'il soit venu était suffisant : il s'intéressait suffisamment à elle pour avoir découvert où elle travaillait.

Il avait dû se donner beaucoup de mal. Elle ne lui avait pas parlé du magasin et elle ne l'avait pas mentionné non plus dans le formulaire qu'elle avait rempli pour son assistante. Walter — dans ses pensées elle avait déjà laissé tomber son nom de famille — avait découvert son adresse et était venu la trouver. Après un rendez-vous manqué. Il n'aurait pas pu lui dire plus clairement qu'il la désirait. Il était marié mais qu'importe. Il la désirait plus que sa femme.

À la fois flattée, intriguée et excitée, elle était prise de cette sorte de témérité qui fait et défait les femmes dans les romans. Elle s'était toujours promis que si le destin la lui offrait, elle saisirait sa chance. Elle serait vive, spirituelle, piquante, exubérante, tout comme les héroïnes de ces romans. Au début, évidemment, elle n'avait pas très bien joué son rôle. Elle était restée bouche cousue quand il était entré dans le magasin. Il fallait qu'elle prenne de l'assurance. Puisqu'elle régnait en souveraine sur le cœur de Walter, il n'y avait aucune raison pour qu'elle se conduise comme une écolière. Elle résisterait à la folle impulsion d'aller chez lui ce soir et de lui rapporter l'album qu'il avait si ostensiblement laissé sur le comptoir. Elle attendrait l'heure du déjeuner, demain, et le ramènerait à son cabinet.

Ce soir, elle le prendrait avec elle pour le regarder.

7

Lydia buvait son bourgogne à petites gorgées, laissant Walter tenir la scène. Elle lui en donnait rarement l'occasion. Il y avait peu de chances pour qu'un homme, qui passait son temps à examiner des bouches ouvertes, ait quoi que ce soit d'intéressant à communiquer aux autres. Cette soirée était exceptionnelle. Elle écoutait attentivement.

« Bien sûr, nous connaissons, toi et moi, la situation du théâtre moderne, disait Walter en secouant généreusement la salière sur sa salade. Ce n'est pas un metteur en scène de province plein de lui-même qui va nous apprendre que, de nos jours, le talent ne compte plus. Pense à tout ce que tu as rencontré au cours de tes auditions, ces derniers mois : la corruption, le népotisme, les combines politiques ou sexuelles... Je me demande parfois s'il ne serait pas plus sage que tu mettes ta merveilleuse expérience au service d'un autre domaine du spectacle — au moins jusqu'à ce que le théâtre ait retrouvé ses esprits. Chose curieuse, Jasper a fait la même suggestion.

— Il pense que je devrais essayer quelque chose d'autre ? demanda Lydia d'une voix calme.

— Eh bien, oui. Il me semble que ça vaut la peine d'y réfléchir. »

Lydia sourit.

« J'en suis venue à la même conclusion, chéri. Ça ne sert à rien de continuer ainsi. C'est faire injure à ma carrière théâtrale. Cela m'affecte les nerfs et la digestion et cela finira par détruire notre ménage. Tu as tout à fait raison. Je n'irai plus à aucune audition du théâtre anglais. Je pars pour l'Amérique. »

Walter s'arrêta de manger.

« L'Amérique ?

— Tu as l'air surpris.

— Tu parles sérieusement, ma chérie ?

— Tout à fait. Je vais offrir mon talent au cinéma.

— Mon Dieu !

— C'est un autre domaine du spectacle, dit Lydia, très satisfaite de l'effet provoqué par sa déclaration. »

Walter était blanc.

« Ce n'était pas précisément ce que j'avais en tête.

— Réfléchis ! Les seuls films de qualité sont faits en Amérique et il est évident, n'est-ce pas, que le cinéma manque de professionnelles comme moi. Regarde Mary Pickford. Qu'a-t-elle joué au théâtre ? Et les sœurs Gish, et Theda Bara ? Elles sont connues de millions de personnes et que savent-elles de l'art dramatique ?

— Mais il me semble que le théâtre, c'est tout autre chose. Sarah Bernhardt n'a pas beaucoup de succès au cinéma.

— Sarah Bernhardt est une vieille femme.

— Mais le cinéma est un art si différent, Lydia ! Il n'y a pas de son. Ta voix est si expressive sur une scène ! Ce serait une vraie perte. »

Elle s'attendait à ce qu'il s'oppose à son projet mais il n'y parviendrait pas.

« Je tiendrai davantage compte des gestes et des expressions du visage. Ma décision est prise, Walter. Tu m'as entendue parler au téléphone, ce soir. La maison va être mise en vente. Je me suis déjà renseignée sur la traversée. Je veux partir aussi vite que possible.

— Et moi ? Et mon cabinet ? demanda Walter en se débarrassant de son plateau d'une main tremblante.

— Est-ce que je n'ai pas été assez claire ? Tu vas venir avec moi. Nous pouvons vendre le cabinet et en ouvrir un autre à Hollywood. Il doit y avoir plein d'acteurs de cinéma désireux d'améliorer leur dentition. Les caméras les filment de si près ! »

Walter se leva et alla regarder par la fenêtre. Il était visiblement bouleversé.

Lydia pouvait le comprendre. Elle avait reçu assez de chocs au cours de ses auditions. Ces derniers temps, Walter avait mené une vie très protégée. Il s'était installé dans une confortable routine. La vie d'un dentiste peut paraître horriblement ennuyeuse à certains, mais elle lui plaisait, à lui. Il réussissait très bien. Les revenus de son cabinet ne justifiaient pas encore un emplacement tel qu'Eaton Square mais d'ici environ un an, il aurait sans doute atteint une complète indépendance financière. Tout abandonner pour l'Amérique, c'était un grand sacrifice.

On pouvait lire dans sa pensée comme dans un livre ouvert. Il répliqua qu'il avait entendu dire que la vie était fort dangereuse en Californie. Il décrivit la guerre que se livraient des firmes cinématographiques rivales. Il parla de gangsters, de fusillades, de studios protégés par de grandes grilles et par des patrouilles d'hommes armés, accompagnés de chiens.

Lydia resta imperturbable. Elle était bien certaine que les firmes veillaient sur la sécurité de leurs vedettes.

Walter devint plus sérieux. Il rappela les efforts qu'il avait faits pour développer son cabinet. Ce serait de la folie d'abandonner une clientèle aussi distinguée et une aussi belle installation.

Lydia répliqua que si tout cela avait autant d'importance pour lui, il n'avait qu'à rester ici et à la laisser seule affronter les périls de la Californie. Répondant à une lueur aperçue dans son regard, elle ajouta qu'il aurait à se débrouiller sans son argent.

Walter ramena la conversation sur sa carrière théâtrale. Il se devait de lui rappeler que si sa réputation, en Angleterre, était incontestable, il y avait peu de chances pour qu'elle ait atteint l'Amérique.

Lydia sourit.

« Mon cher, murmura-t-elle, je crains que tu ne sois mal informé. Je dois te confesser que je t'ai caché quelque chose. Il se trouve que j'ai un associé à Hollywood. Son nom n'est pas inconnu dans le milieu du cinéma. Monsieur Charlie Chaplin.

— Chaplin ? Tu connais Charlie Chaplin ?

— Avant la guerre, lorsqu'il faisait partie de la troupe Karno, Charlie et moi avons été sur la même affiche au *Streatham Empire*, à l'époque où Papa en était propriétaire, avant que je ne devienne une véritable comédienne. Je faisais partie d'un groupe de chanteuses et de danseuses, les "Yankee Doodle Girls" et Charlie faisait le comique ivrogne dans *Mumming Birds*. Il devait avoir dix-huit ans, pas davantage, et il regardait les filles avec intérêt. Il nous observait des coulisses. Il était si drôle à voir avec ses yeux comme des soucoupes, son nez rouge, sa cravate blanche et sa queue de pie que nous ne pouvions nous empêcher de pouffer. Un soir, j'ai tellement ri que j'ai glissé, et je suis tombée de tout mon poids sur les planches. Mon amie Hetty Kelly a fait de l'œil à Charlie et il est tombé éperdument amoureux d'elle. Elle n'avait que quinze ans et il l'a demandée en mariage. Oh! oui. J'ai très bien connu Charlie. J'ai une coupure dans mon press-book qui le prouve. Va le chercher, je vais te la montrer».

Walter chercha des yeux la bouteille de vin.

«Tu en veux encore un peu? Il était excellent dans *Charlot soldat.* Je l'ai vu en Écosse. Et toi?»

Lydia posa la main sur son verre.

«Je voudrais d'abord te montrer la critique qui est dans mon press-book.

— C'est au moment où mon père se trouvait justement en Amérique et où il a eu son accident, poursuivit Walter. Je me demande s'il a rencontré Chaplin.

— Walter, dis-moi ce qui est arrivé à mon album.»

Il se racla la gorge.

«Je ne suis pas absolument sûr de pouvoir le faire. Je suis allé le chercher mais, lorsque je suis rentré à la maison, je ne l'avais plus.

— Tu veux dire que tu l'as perdu?

— J'ai dû le laisser quelque part. Dans le taxi, je suppose. Je suis absolument désolé, ma chérie.»

Elle le détestait. Elle se leva et dit calmement:

«Ce press-book était ce que j'avais de plus

précieux. Aucune somme d'argent ne peut le remplacer.»

Elle quitta la pièce en courant. Au passage, dans le vestibule, elle attrapa les roses, les jeta par terre, puis grimpa dans sa chambre. Elle ferma la porte à clef, se laissa tomber sur son lit et se mit à pleurer.

Plus tard, fumant une cigarette, elle entendit la cuisinière quitter la maison par la porte de service et Sylvia monter dans sa chambre, sous le toit.

On frappa doucement à sa porte.

«Tu est réveillée, Lydia?»

C'était la voix de Walter. Elle ne répondit pas. Elle n'avait rien à lui dire. Elle l'entendit tourner la poignée. Mais la porte était verrouillée.

«Lydia, ma chérie. C'est moi.

— Va t'en!

— Je viens de me rappeler où j'ai laissé l'album. En voyant les roses, je me suis souvenu que je l'ai oublié chez la fleuriste. Je l'avais posé sur le comptoir pour choisir les couleurs. Mais comme un taxi m'attendait et que le chauffeur actionnait sa trompe, dans ma hâte, je l'ai laissé là. Je le récupérerai demain. La boutique est à côté de Richmond Station. Lydia, tu m'écoutes? J'irai le chercher demain matin.

— Non, tu n'iras pas!

— Comment?

— Je ne te fais plus confiance. J'irai moi-même et tu as intérêt à ce qu'il soit là.

— Mais la vendeuse ne te connaît pas.

— Imbécile! L'album est rempli de photos de moi.»

Il y eut un silence.

«En ce qui concerne l'autre chose, reprit Walter, je veux dire l'Amérique, nous en reparlerons lorsque nous y aurons un peu réfléchi, chacun de notre côté.

— Il n'y a rien à en dire de plus. J'ai pris ma décision. Je pars, Walter. Toi, fais ce que tu veux. »

8

Poppy partageait un matelas de laine avec sa sœur Rose — toutes les sœurs portaient un nom de fleur — dans le logement qu'occupait la famille, au-dessus de la laiterie de Chicksand Street. Rose avait sept ans. Elle aimait se lever à l'aube et descendre pour voir les laitiers atteler leurs chevaux à leurs charrettes. Poppy avait alors la possibilité d'étendre ses bras et ses jambes et de se pousser au centre du matelas. Délivrée des coudes et des genoux remuants de sa sœur, elle tombait dans un sommeil profond. Elle dormait d'habitude jusqu'à onze heures, sauf le dimanche. Elle n'avait pas mauvaise conscience de se lever tard puisqu'elle habillait et nourrissait sa famille grâce à ses larcins au marché.

Ce lundi matin, elle fut très surprise et agacée d'être dérangée dans son sommeil par Rose qui tirait sur la couverture. Il n'était pas plus de neuf heures.

« Pop, réveille-toi.

— Arrête ou j'te tue.

— Y a un homme, en bas. Il te demande.

— Quel homme ? »

Elle se leva en jurant, se traîna jusqu'à l'escalier et regarda en bas.

« Lui ! »

Elle recula brusquement et se mit à boutonner

fébrilement la chemise d'homme qu'elle portait la nuit.

« Mince alors !

— Qu'est-ce qu'il veut ? demanda Rose, très intéressée.

— Dis-lui que je ne serai pas longue. »

Elle avait presque oublié son aventure de la veille. Cet inconnu, qui l'avait prise en flagrant délit au marché, l'avait prévenue, avec de mystérieuses menaces à l'appui, qu'elle ne devait pas parler de leur "affaire". Elle avait oublié jusque-là qu'elle s'était aux trois quarts soûlée à la bière brune la veille et, ce matin, elle se sentait horriblement mal. De toute façon, elle avait décidé que ce type était étrange. Elle s'en était probablement tirée de justesse.

Cependant il n'avait rien tenté. Et il était là aujourd'hui, comme promis, pour la conduire à ce magasin rupin...

« Fais-lui du thé ! » cria-t-elle à Rose, puis elle retira sa chemise et se demanda ce qu'elle allait mettre.

Lorsqu'elle descendit, elle le trouva assis dans le fauteuil de son père. Il était très beau, avec ses grands yeux bleus et ses cheveux couleur de miel bien lissés. Qu'il l'examine ne la gênait pas. Elle avait revêtu une robe de crêpe qui avait été prétendument portée au Savoy. Elle l'avait achetée d'occasion au marché et y avait apporté quelques retouches. Elle savait manier le fil et l'aiguille. Les couleurs étaient un peu passées mais, maintenant, elle lui allait mieux.

« Qu'est-ce que tu portes dessous ? »

Il était tout de même étrange. Elle lui jeta un de ses regards cinglants et se versa du thé.

« Si je te pose cette question, c'est parce qu'il

faudra que tu retires ta robe pour qu'on prenne tes mesures. »

Elle n'y avait pas pensé. Elle retourna dans sa chambre mettre des sous-vêtements.

Poppy fut déçue de ne pas trouver un taxi à la porte. Il attendait au coin de la rue. Elle se mit à rire et son compagnon lui demanda ce qu'il y avait de drôle. Elle lui répondit en chantant le vers d'une chanson qu'elle avait apprise dans la rue: "Ce maudit, insaisissable Pimpernel".

Ça ne parut pas l'amuser.

« Mon nom est Jack », dit-il.

Le taxi parcourut une courte distance et s'arrêta. Poppy regarda dehors et, au même moment, Jack lui mit quelque chose dans la main. C'était un morceau de savon à la lavande. Ils étaient devant les bains publics d'Algate High Street. "Quel culot!"... Mais Poppy pensa à ce magasin de vêtements très élégant et lui assura qu'elle n'en avait pas pour longtemps.

Quand ils furent enfin parvenus à Bond Street, elle fut reconnaissante à Jack de sa prévoyance. Après avoir eu la satisfaction d'être assise dans un beau fauteuil doré, tandis qu'on déroulait devant elle des rouleaux de tissus magnifiques, on l'emmena pour prendre ses mesures. Elle pensa que, Jack n'étant plus là, les vendeuses allaient la traiter différemment, mais non, elles continuèrent de l'appeler Madame, l'aidèrent à retirer sa robe qu'elles suspendirent à un cintre rembourré comme s'il s'agissait de la dernière création de Paris. Elles se mirent à trois pour prendre ses mesures: la première avait pour rôle de nourrir la conversation de compliments sur sa silhouette et sa beauté, la deuxième la mesurait et la troisième notait les mesures par écrit. Poppy parlait peu. Elle avait choisi un crêpe de chine couleur or qui lui faisait battre le cœur à l'avance. Le tailleur lui demanda de venir mercredi après-midi pour un essayage.

Le vendredi, tout était fini. Pour une fois, les vendeuses dirent la vérité: “Madame est ravissante.”

« Maintenant, nous allons acheter des chaussures et des bas, dit Jack en quittant le magasin avec la robe enveloppée dans du papier de soie et rangée dans un carton noir et argent. Ensuite, je t'emmène chez moi. »

Si Poppy était jeune, elle n'était pas naïve. Elle savait ce qu'un homme avait en tête lorsqu'il vous invitait chez lui. Depuis le début, elle soupçonnait que c'était ce qui se cachait derrière la générosité de Jack. Toutefois, pensait-elle tout en marchant à côté de lui dans Regent Street, le carton sous le bras, le jeu en vaut la chandelle. Personne ne pourra dire qu'on m'a eue à bon compte. Et puis il est plutôt beau garçon...

Il la conduisit dans une maison de style XVIIIe donnant sur Hyde Park, aux murs tapissés de papier blanc et argenté, remplie de meubles chinois laqués et de tapis d'Orient. Une femme était debout près de la cheminée avec un King Charles dans les bras. Elle portait une robe de soie plissée et un bouquet de violettes de Parme sur l'épaule gauche. Elle était très élégante.

« Je te présente Kate, dit Jack à Poppy. Et il ajouta en souriant: mon adorable femme.

— C'est donc vous le pickpocket, dit Kate d'une voix qui ne s'accordait pas à son apparence. Vous n'en avez vraiment pas l'air.

— C'est la raison pour laquelle elle est la meilleure. Que veux-tu avec ton gin, Poppy? demanda Jack, une carafe à la main.

— Je le prends sec, merci.

— Impossible, ma chère, répliqua Kate d'un ton ferme. Donne-le lui avec du tonic, Jack. »

Poppy renifla son verre et éternua.

« Je ne passerai jamais pour quelqu'un de la haute, si c'est ce que vous espérez.

— Tu es parfaite comme ça, répondit Jack, et il ajouta pour Kate : elle est divine dans sa robe. »

Kate demanda à la voir. Ils défirent donc le paquet et Poppy la tint devant elle.

« Elle est très osée, remarqua Kate. Vous l'avez choisie vous-même ? »

Poppy préféra ne pas répondre. Elle sentait que Kate était jalouse et elle en devinait la raison. Elle rangea la robe dans son carton.

« Allez-vous enfin me dire ce que vous attendez de moi ?

— Je vais te montrer, répondit Jack. Choisis-en une ! »

Sorti d'on ne sait où, un paquet de cartes à jouer apparut dans sa main droite et prit la forme d'un éventail parfait.

Poppy saisit une carte.

« Je dois vous dire laquelle c'est ? »

Il hocha la tête.

« Le sept de cœur. »

Il remit les cartes en tas et coupa.

« Replace-la, maintenant. »

Il recouvrit la carte avec l'autre partie du jeu et coupa plusieurs fois.

« Et maintenant, où est ta carte ?

— C'est celle du dessus ? »

Il secoua la tête.

« Il vous a eue, dit Kate. Elle n'est pas là. »

Poppy prit le jeu et se mit à chercher le sept de cœur. Elle les examina lentement, une à une : elle n'était pas là.

« C'est un truc formidable ! Alors, vous êtes prestidigitateur ?

— Non. »

Jack reprit les cartes et les remit en éventail.

« Choisis-en une, n'importe laquelle. »

Elle s'aperçut qu'elle avait pris le sept de cœur.

« Ça alors !

— Vous auriez dû regarder sa main gauche, dit Kate d'un air dégoûté. Il l'avait dans la paume.

— Attention ! dit Jack. »

Il distribua deux fois cinq cartes sur la table.

« Regarde ton jeu ».

Elle avait le huit, le neuf, le dix, le valet et la dame de trèfle.

« Je t'ai donné un flush dans l'ordre. Que miserais-tu sur ce jeu, Poppy ? Ta nouvelle robe ? Tu aurais tort. J'ai un flush royal. »

Il retourna l'as, le roi, la dame, le valet et le dix de carreau.

« Non, je ne suis pas prestidigitateur. Je connais quelques trucs, c'est vrai, mais je ne les fais pas pour amuser la galerie. Je gagne ma vie en jouant aux cartes, et Kate aussi. C'est de l'argent vite gagné quand tu sais y faire.

— Oh ! non, dit Poppy, très gênée.

— Qu'est-ce qu'il y a ?

— Vous m'avez acheté cette robe parce que vous voulez que je vous aide ?

— Eh bien, oui.

— Jack, vous avez choisi le mauvais numéro. Pour rien au monde je ne pourrai jouer aux cartes. »

9

Dans la matinée, un violent incident se produisit chez un fleuriste proche de Richmond Station. Une femme, coiffée d'un chapeau de velours vert jade et vêtue d'un manteau noir bordé de castor, pénétra dans le magasin quelques minutes après l'ouverture. Alma était en train de choisir des fleurs pour la vitrine. Elle reconnut Lydia Baranov grâce à ses photographies. Son visage avait perdu la douceur juvénile du temps où elle jouait Trilby au théâtre royal de Windsor, et la délicatesse de Dora Vane dans *The Harbour Lights*, mais il avait conservé sa belle structure et l'expression d'assurance de l'acteur en scène.

La veille, dans son lit, Alma avait longuement feuilleté le press-book. Si elle avait espéré y trouver un portrait de Walter jeune, le jour de son mariage ou en uniforme de soldat, elle avait dû être déçue. Il était exclusivement consacré à la carrière théâtrale de Lydia, principalement avant guerre. Alma l'avait rapporté ce matin dans un sac à provisions en toile, recouvert d'une écharpe en tricot en cas de pluie. Il était maintenant suspendu au treillis, derrière elle.

Alma avait l'habitude d'être traitée en subalterne par les clients, surtout par les femmes, qui respiraient les fleurs, demandaient le prix sans même lui lancer un regard, et qui tapotaient nerveusement sur le comptoir si elle s'occupait d'un autre client. Elles pouvaient aussi examiner le bouquet qu'elles avaient choisi et exiger que certaines fleurs fussent remplacées par d'autres plus fraîches. Mais rien de tout cela n'avait préparé Alma à affronter Lydia Baranov.

Alma avait décidé de ramener le press-book au cabinet dentaire à l'heure du déjeuner et de le remettre à Walter en mains propres. Aussi, quand Lydia entra en coup de vent pour réclamer son album, elle commença par tergiverser.

« De quel album parlez-vous, madame ?

— Je ne vous permets pas de vous montrer insolente avec moi !

— Je suis désolée, madame, mais je n'ai pas souvenir de vous avoir jamais rencontrée. »

Lydia répondit comme si elle s'adressait à une demeurée :

« Mon mari, Mr. Baranov, l'a oublié ici hier soir. »

Alma comprit qu'elle devait s'incliner. Elle se retourna pour le prendre, un peu effrayée à l'idée qu'il lui faudrait expliquer ce qu'il faisait dans son sac à provisions. Elle était sur le point de dire qu'elle l'avait mis là avec l'intention de le rapporter au cabinet de Mr. Baranov, lorsque Lydia la saisit par le bras.

« Qu'est-ce que c'est que ça ? Que diable fait mon press-book dans ce sac à provisions ? »

Sans attendre la réponse, elle l'arracha des mains d'Alma, s'empara de son bien puis jeta le sac et l'écharpe à travers le magasin. Ils allèrent heurter un vase de glaïeuls qui se renversa sous le choc. De l'eau se répandit sur le sol. Lydia n'y prêta aucune attention. Elle saisit Alma par le col de sa blouse et la poussa contre le comptoir.

« C'est très clair. Vous avez emmené mon

press-book chez vous, hier soir, pour le regarder. C'est une violation méprisable et ignoble de ma vie privée ! »

Lorsque Mrs. Maxwell, la propriétaire de la boutique, arriva à dix heures quinze, Alma avait remis le vase de glaïeuls à sa place et passé une serpillière sur le sol. Mrs. Maxwell lui en fit compliment. Quelques minutes de travail le matin avec un seau et un chiffon donnaient au magasin un air de fraîcheur pour toute la journée. Un effort n'était jamais perdu. Regardant Alma, Mrs. Maxwell s'aperçut qu'elle avait la joue rouge, rougeur qu'elle attribua à son compliment. Comme elle l'avait toujours pensé, un mot d'éloge était la plus belle récompense qu'un employé pût recevoir.

Alma restait silencieuse. Elle était bien décidée à ne pas parler de l'incident survenu avec Lydia Baranov. Elle avait été humiliée et agressée mais elle n'avait pas besoin de réconfort. Après que Lydia l'eut giflée et quitté le magasin en serrant son press-book contre sa poitrine, Alma avait éprouvé une sensation plutôt agréable. Le rouge lui était monté aux joues et l'idée qui lui fouettait le sang atténuait grandement sa douleur cuisante : elle était arrivée à la conclusion que Lydia était une femme désespérée qui avait perdu l'amour de son mari.

Quand tout était calme, Alma s'occupait des gerbes et des couronnes dans l'arrière-boutique. Vers l'heure du déjeuner, elle était en train de confectionner une croix funéraire avec des branches de houx lorsqu'elle entendit une voix connue, celle de Walter Baranov qui parlait à Mrs. Maxwell.

Elle attendit, le cœur battant.

Mrs. Maxwell passa la tête par la porte et lui dit qu'un monsieur voulait la voir au sujet d'une affaire personnelle. Il y avait une note de désapprobation dans sa voix. Elle suggéra à Alma de partir déjeuner plus tôt.

C'était à peine croyable, mais quelques minutes plus tard, elle se promenait sous le soleil, dans Richmond Park, en compagnie de Walter. Elle se raccrochait à toutes les choses qui lui étaient familières pour s'assurer qu'elle ne rêvait pas: les pigeons sur le terrain de cricket, la rangée d'ormes, la coupole verte du théâtre, les allées entre les grands bâtiments du XVIIIe...

Walter paraissait très affecté par ce qui s'était passé. Les muscles tendus de son visage et de son cou trahissaient son énervement, et ses épaules, généralement carrées, étaient légèrement voûtées. Il restait toutefois plein de dignité, d'autant plus séduisant pour Alma qu'il se donnait le mal de lui présenter des excuses pour une offense que quelqu'un d'autre avait commise.

« Je suis venu dès que j'ai pu, expliquait-il. Lydia — ma femme — m'a dit au téléphone qu'elle vous avait frappée. C'est vrai ?

— Je crois qu'elle était très fâchée, répondit Alma aussi calmement que possible. Elle a vu son press-book dans mon sac et elle a dû en conclure que je l'avais emmené chez moi pour le regarder.

— Je sais, je sais, mais elle n'aurait jamais dû vous gifler. »

Il se tourna vers elle et, dans un geste de compassion, lui effleura le bras.

« Tout va bien ? lui demanda-t-il.

— Tout à fait bien. J'ai été surtout stupéfaite — plutôt gênée, en vérité.

— Elle n'a pas abîmé vos vêtements ? Il y a eu de l'eau renversée, je crois.

— Rien n'a été abîmé et je n'ai parlé de cet incident à personne.

— C'est plus que nous n'en méritons. Je ne sais comment vous remercier, Miss Webster. »

Avec la soudaine audace d'une femme de caractère, elle répondit :

« Vous pouvez m'appeler Alma. »

Il se tourna vers elle et leurs regards se rencontrèrent un instant. Il eut l'air surpris, légèrement décontenancé, définitivement intrigué. Comme pour rétablir les conventions, il joignit les mains :

« Écoutez... Alma... je veux vous expliquer comment cet incident odieux a pu se produire. C'est le moins que je puisse faire.

— Ce n'est pas nécessaire.

— J'y tiens. Vous devez me faire le plaisir de dîner avec moi. Voulez-vous demain soir ? Je crois qu'il y a un bon restaurant français près de chez vous. On doit pouvoir y parler en paix. »

Le cœur battant à tout rompre, elle parvint néanmoins à accepter dignement l'invitation. Elle donna son adresse à Walter qui promit de passer la chercher. Il avait les yeux brillants maintenant et paraissait plus détendu. Il souleva son chepeau et s'éloigna d'un pas rapide vers la station de métro.

Alma continua de marcher dans le parc, s'abandonnant enfin à cette émotion vibrante, à cette joie inexprimable que seuls, jusqu'à présent, lui avaient procurées les caractères imprimés dans les livres. Quelle merveilleuse compensation pour une gifle ! Elle était invitée à dîner par l'homme qu'elle aimait. Le fait qu'il était marié ne faisait qu'ajouter à son triomphe. Elle n'avait pas agi en traître. Quoi qu'il arrive, c'était le prix que Lydia aurait à payer pour son entorse aux convenances.

Elle se rendit en fredonnant chez le coiffeur de Duke Street où elle prit rendez-vous. Lorsqu'elle rentra au magasin et que Mrs. Maxwell lui fit remarquer qu'elle désapprouvait que ses vendeuses reçoivent des hommes à la boutique, Alma lui répondit qu'il y avait peu de chances pour que cela se reproduise.

10

Walter arriva à sept heures et demie, le lendemain soir. Alma avait demandé à sa bonne, Bridget, de rester pour le recevoir. Assise devant sa coiffeuse, elle entendit des voix au rez-de-chaussée. Elle se parfuma le cou, se leva, passa la main sur sa robe en crêpe fauve pour la défroisser, tripota les perles de son collier d'ambre... Elle était prête. C'était la soirée la plus importante de sa vie, elle était calme et maîtresse d'elle-même. Walter serait certainement frappé par sa sérénité.

Elle mit sa cape sur ses épaules et descendit. Bridget lui avait servi un xérès légèrement doré. Adoptant une attitude délibérément conventionnelle, Walter fit un pas vers Alma, s'inclina et l'appela Miss Webster. Le bleu pâle de ses yeux était un peu plus sombre, ce soir. Dans sa tenue de soirée, avec sa cravate blanche, il ressemblait à un pianiste donnant un concert, ou à un diplomate. Un rubis était incrusté dans chacun de ses boutons de manchette en or.

Il avait réservé une table au *Black Grape*, à cinquante mètres de là. Alma passait tous les matins devant ses volets fermés. Le soir, en revenant de son travail, elle voyait parfois des bougies allumées sur les tables, des salières et des poivrières en argent à côté de serviettes de table rouges, pliées en forme de nénuphars. Elle n'y était jamais entrée.

On les conduisit à une table d'angle qu'on tira pour leur permettre de s'asseoir. Lorsque le maître d'hôtel la repoussa, couvrant leurs genoux, Alma eut l'idée extravagante que c'était un peu comme si on les avait bordés dans un lit. On leur présenta la carte. Elle comprenait le français mais laissa Walter la guider. Il demanda son nom au maître d'hôtel et le pria de dire au chef que Miss Webster et Mr. Walter Baranov dînaient ici ce soir.

« Ils ne me connaissent pas, chuchota Alma lorsque le maître d'hôtel se fut éloigné.

— Ils vous connaîtront à l'avenir, répondit Walter sans baisser la voix. Ils ne me connaissent pas non plus mais ils sentent maintenant qu'ils le devraient. C'est ce qui fait toute la différence, dans le service, entre le simple client et le traitement de première classe. Cela dit, Alma, je dois vous remercier pour votre tact et vos égards. »

Elle fronça légèrement les sourcils.

« Je ne suis pas sûre de vous comprendre.

— N'essayez pas de nier, jeune femme, que vous auriez pu lire le menu sans mon aide, répondit-il presque sévèrement. »

Alma rougit comme une enfant coupable. Cette attitude impérieuse lui plaisait. Tout à fait comme dans *The Way of an Eagle*.

— Comment l'avez-vous deviné ?

— Je n'ai rien deviné, ma chère. J'ai observé vos yeux. Avant la guerre, je gagnais chichement ma vie avec un numéro d'extra-lucide dans les music-halls. À 99 %, c'était de la supercherie, mais vous pouvez vous entraîner à apprendre certaines choses grâce à l'observation. Par exemple, savez-vous que quelqu'un a parlé de nous ?

— Ah ? »

Alma entendit derrière elle la voix du maître d'hôtel :

« Le directeur vous adresse ses compliments, monsieur Baranov. Il serait heureux de vous offrir une coupe de champagne.

— Nous l'acceptons avec plaisir. Remerciez-le de notre part, voulez-vous ? répondit Walter. S'adressant à Alma, il ajouta : Vous voyez ?

— Je suis très impressionnée.

— J'étais sur le point de vous dire qu'en étudiant le regard des gens, en observant leur manière de réagir et en allant au-devant de leurs réflexions, je peux savoir des choses qu'il n'était pas dans leur intention de me révéler. »

Alma se mit à rire.

« Il faudra que je fasse attention.

— Ne vous inquiétez pas. Je ne peux pas savoir grand-chose, sinon j'aurais déjà gagné une fortune au poker.

— Par quel hasard êtes-vous devenu extra-lucide ?

— Parce que je n'avais pas le sens de l'équilibre. Je ne pouvais pas marcher sur une corde raide comme mon père, pédaler sur une roue, jongler ou lancer des couteaux sur une cible. Vous savez, la manière de vivre au music-hall décide plus ou moins du destin des enfants d'artistes. Ils ont peu de chances d'apprendre autre chose. À huit ans, j'étais déjà le compère d'un prestidigitateur.

— Le compère ?

— L'assistant qui se fait passer pour un spectateur. Ce n'est pas facile pour un petit garçon de rester assis tranquillement avec un lapin et deux colombes sous sa veste. Je l'ai fait deux années de suite, jusqu'à ce que je sois assez vieux pour être pris en charge par un extra-lucide. Toujours en qualité de compère. Le travail était plus agréable. À dix-sept ans, j'en avais appris assez pour me lancer : "Walter Baranov — le Devin extraordinaire."

— Très impressionnant !

— J'aurais aimé que le numéro fût à la hauteur de l'affiche. Je dois vous avouer, Alma, que je n'ai jamais été très bon sur scène. Il se passait quelque chose en moi quand je me trouvais devant un public. Pas le trac — plutôt l'inverse, en fait. J'avais trop d'assurance, et tout tournait mal. Au lieu de m'en tenir à mon baratin, j'improvisais et, neuf fois sur dix, je sabotais la mécanique essentielle à tout bon numéro. Les meilleurs artistes sont ceux qui tremblent comme de la gelée avant de monter en scène. Ça n'a jamais été mon cas.

— Je suis certaine que ce n'était pas moitié aussi mauvais que vous le dites.

— Ma chère, j'étais ridicule. Je n'ai pu le faire pendant plusieurs années que grâce à la générosité des directeurs de music-halls qui faisaient une faveur à mon père. C'est ainsi que j'ai rencontré Lydia. Son père était propriétaire du *Streatham Empire*. Entre deux engagements — elle était actrice — elle s'est amusée à me servir d'assistante. En une semaine elle avait transformé mon numéro. Quel succès nous avons eu alors ! »

Le regard de Walter brillait. Il secoua la tête en souriant à ses souvenirs. Alma réprima un accès de jalousie.

« Qu'a-t-elle fait pour le changer ?

— Elle pensait qu'il fallait lui ajouter du drame. Elle s'asseyait dans le public et prétendait douter de mes pouvoirs. Elle déclarait que j'étais un imposteur. Vous auriez dû entendre les acclamations des spectateurs lorsqu'elle quittait son fauteuil et montait en scène pour me confondre. Et quand ma première tentative de voyance se soldait par un échec, ils se levaient et l'applaudissaient. Puis ils suivaient dans un silence absolu mon second essai. Quelle tension ! Lydia était fabuleuse, elle réagissait dans la tradition des meilleurs mélodrames. Tandis que, incrédule, elle ouvrait des yeux grands comme des soucoupes, je me concentrais sur mon numéro et je terminais en beauté. À la fin, on l'applaudissait à tout rompre.

— Et vous l'avez épousée. »

Walter sortit de sa rêverie.

« Pas tout de suite... »

Alma attendait, ne voulant pas montrer à quel point elle était curieuse.

« Je me suis produit à l'Empire pendant une semaine avec Lydia puis nous nous sommes séparés. Elle est allée jouer dans un vrai théâtre et je suis retourné sans elle à mon minable numéro de voyance. C'était très déprimant mais je devais gagner ma vie et je ne connaissais pas d'autre moyen. Puis le père de Lydia est mort, lui laissant une fortune considérable, quatre théâtres et deux music-halls. Le métier d'actrice l'occupait déjà beaucoup et ne lui laissait guère le temps de se consacrer à un travail d'administration, mais elle s'y attela cependant avec courage. Elle s'est souvenue de moi et m'a engagé au *Canterbury.* »

Walter se mit à rire.

« J'ai dû être au-dessous de tout. Elle m'a persuadé d'arrêter et de l'épouser. Elle a financé mes études de dentiste. Elle disait que le monde avait davantage besoin de dentistes que d'extra-lucides. »

Alma ne put s'empêcher de remarquer :

« Pardonnez-moi, mais vous parlez de votre mariage comme d'un arrangement d'affaires. »

Walter était en train de poivrer son escalope de veau.

« C'est exactement ça. »

Il y eut un silence. Alma n'osait pas insister mais les questions se bousculaient dans sa tête.

« Vous pensez peut-être que je l'ai épousée pour son argent ? finit-il par demander.

— Non, bien sûr, dit Alma en rougissant. Je suis sûre que vous vous aimez.

— L'amour... Je me demande souvent ce qu'on entend par là...

— C'est une sorte de magie, non ? Un pouvoir d'envoûtement...

— La magie n'a jamais été mon fort.

— Je suis certaine qu'on ne s'y trompe pas lorsque ça vous arrive.

— Dans ce cas, je dois penser que je n'ai jamais été amoureux de Lydia. »

À cause de son sourire radieux, Alma ne savait pas s'il était sincère.

« Elle est très belle, dit-elle. Et elle a beaucoup de vitalité.

— Vous faites preuve de générosité après la façon dont elle vous a agressée.

— Pour être juste, elle avait des raisons d'être fâchée. Elle a vu le press-book dans mon sac et elle a pensé que je l'avais emmené chez moi pour le regarder. »

Alma s'interrompit un instant et reprit :

« Elle avait raison. J'espérais y trouver quelque chose sur vous. »

Ou il ne remarqua pas son aveu ou il n'en tint pas compte.

« Les nerfs de Lydia ont été mis à rude

épreuve, expliqua-t-il. On ne lui a pas donné de premier rôle depuis 1914. Elle passe des auditions mais on attribue les rôles principaux à de jeunes comédiennes sans expérience. Cela me donne mauvaise conscience.

— Pourquoi ?

— Eh bien, sa carrière déclinait tandis que la mienne progressait sérieusement. C'est elle qui m'a mis le pied à l'étrier, qui a payé mes études, qui a acheté le matériel et m'a installé à Eaton Place. Elle paie encore le loyer du cabinet. Cela fait beaucoup d'argent.

— Vous ne pouvez pas vous reprocher d'avoir réussi, déclara vivement Alma. Vous avez justifié sa confiance. Votre succès, c'est ce qu'elle désirait.

— Oui, j'en suis certain, acquiesça Walter d'une voix chaude, presque tendre. »

Alma se rappela qu'elle devait rester sereine.

« Alors, pourquoi cette mauvaise conscience ? »

Walter la regarda.

« Vous êtes très gentille mais je ne vous ai pas vraiment expliqué pourquoi elle vous a attaquée ainsi. La veille au soir, nous nous étions disputés. Cela arrive souvent. Elle se soulage de ses déceptions en jetant feu et flammes sur moi. Généralement je le supporte, mais cette fois elle m'a annoncé quelque chose de si surprenant que j'ai été dépassé. Elle m'a dit qu'ayant perdu tout espoir dans le théâtre anglais, elle allait partir pour l'Amérique et faire du cinéma. »

Le cœur d'Alma se mit à battre très fort.

« Elle parlait sérieusement ?

— Tout à fait, j'en ai peur. Elle a déjà pris des renseignements auprès de la compagnie de navigation. Elle a travaillé autrefois avec Charlie Chaplin. Il possède une firme, en Amérique, avec Mary Pickford et Douglas Fairbanks, la

United Artists. Lydia est persuadée qu'il se souviendra d'elle et qu'il la lancera.

— Quelle merveilleuse idée! Et vous? Que ferez-vous dans tout ça?»

Walter haussa les épaules.

«Elle n'y a même pas pensé. Elle est obsédée par cette idée d'Amérique. Pour elle, c'est la fin de sept années de tourments. Elle s'imagine sûrement que je vais la suivre.

— Mais vous avez votre cabinet.

— Je suis supposé le vendre et en ouvrir un autre en Amérique.

— "L'art dentaire américain sans douleur"».

Il la regarda avec surprise.

«Je vous en ai parlé? Oui, j'en frissonne à l'avance.

— Vous le lui avez dit?

— J'ai essayé. Que je parte avec elle ou que je reste, on dirait que cela lui est égal. Nous avons déjà été séparés, par mes études d'abord, puis par la guerre. Notre union n'a jamais été très à cheval sur les conventions. Mais je dois tout à Lydia. En retour, j'ai toujours essayé de lui apporter mon soutien, ne serait-ce qu'en lui prêtant une oreille attentive. Cette fois, je l'ai écoutée avec stupeur. Pis encore, j'avais perdu son précieux press-book. Le temps de me rappeler où je l'avais laissé, Lydia s'était déjà enfermée dans sa chambre, folle de rage. Je crains que tout ne soit retombé sur vous...»

Alma sourit.

«C'est donc vous qui êtes à blâmer?

— Eh oui.»

Ils parlèrent d'autres choses: des fleuristes, des jardins, de leurs promenades préférées. Le garçon débarrassa la table et apporta du fromage, des biscuits et du café. Walter paya l'addition et laissa un généreux pourboire. Le directeur offrit une rose rouge à Alma. Elle l'accepta avec grâce et échangea un sourire avec Walter. Dehors, elle lui confirma que c'était son magasin qui fournissait le restaurant en fleurs.

Walter la raccompagna chez elle. Elle le remercia, et lui dit qu'elle espérait qu'il ne partirait pas tout de suite en Amérique. Comme il lui demandait pourquoi, elle répliqua d'un ton léger que son traitement dentaire n'était pas terminé. Il lui adressa un sourire chaleureux et lui assura que d'avoir passé une soirée sans être entouré de cabotins lui avait fait du bien, mais que pour ce qui était de l'Amérique, il n'avait pas encore pris de décision.

Alma l'avait écouté en l'observant attentivement. Cette soirée lui avait beaucoup appris sur lui. Son calme n'était qu'apparent. En vérité, il était profondément troublé. Depuis son enfance, il avait été piégé par la vie. Il l'avait supporté avec une tranquille résignation. Pour faire plaisir à son père, il avait consacré sa jeunesse au music-hall, pour lequel il n'était pas fait. Il s'était marié sans amour et l'avait toléré au bénéfice d'une nouvelle carrière. Aigrie et insatisfaite, sa femme voulait maintenant le priver de ses moyens d'existence, de sa tranquillité d'esprit, de sa dignité. Il avait terriblement besoin d'aide.

Alma l'aimait plus que jamais. Avant peu, elle devrait le lui faire savoir. Mais le moment n'était pas encore venu. Pour l'instant, qu'il exerce donc ses talents d'extra-lucide afin de trouver le moyen de la rencontrer à nouveau.

« Cette promenade dont vous m'avez parlé, dit-il, celle qui conduit à la héronnière de Richmond Park, j'ai assez envie de la faire dimanche. Comment s'appelle l'endroit, Alma?

— Sidmouth.»

Elle hésita avec tact avant d'ajouter:

«Je pourrais vous y conduire, si vous voulez. À quelle heure pensez-vous y aller?»

Il aurait pu indiquer n'importe quelle heure du jour ou de la nuit, Alma aurait été là.

11

Au Carlton, à Paris, par les beaux jours d'été, les petits déjeuners étaient servis sur la terrasse. Le soleil, la brise légère, l'arôme du café auraient suffi à éveiller le romantisme de Marjorie Livingstone Cordell. Mais ce matin-là, elle disposait d'un stimulant supplémentaire.

« Livy, mon chéri, annonça-t-elle en rejoignant son mari, assis à une des tables de métal blanc. Je viens d'apprendre quelque chose de vraiment sensationnel ! »

Livingstone Cordell n'arrivait pas à se faire aux petits déjeuners parisiens. Les croissants lui donnaient une indigestion s'il en mangeait un nombre suffisant pour satisfaire son appétit, et s'il commandait des pamplemousses et un plat chaud, ils étaient si lents à venir qu'il n'avait plus faim pour le repas de midi.

« Puisque tu es debout, dit-il à sa femme sans lever les yeux, pourrais-tu demander à ce maudit garçon ce qui est arrivé à mon bacon et à mes rognons ? Il y a plus de vingt minutes que je les ai commandés ! »

Mrs. Cordell fit signe au serveur et lui montra du doigt son mari. Livy n'était pas le genre d'homme qui obtenait un service rapide des garçons français. Il avait l'air trop bien calé dans son fauteuil. Petit, avec de l'embonpoint, il portait toujours une veste de lin bon marché qu'il avait achetée des années auparavant à Chicago. Ses cheveux étaient blonds, avec des mèches grises qui leur donnaient une vulgaire teinte poivre et sel. Ses sourcils étaient si peu fournis et si peu colorés qu'il lui était difficile d'avoir l'air fâché. Les garçons français, et le monde en général (à l'exception de Marjorie Livingstone Cordell), ignoraient qu'il portait sur les parties cachées de son corps les tatouages les plus surprenants et les plus scabreux qu'on pût imaginer.

Le garçon répondit à Mrs. Livingstone Cordell par un signe de tête qui pouvait vouloir dire n'importe quoi. Elle s'assit.

« Tu ne veux pas savoir ce que c'est, Livy ?

— Il y a des soldes aux Galeries Lafayette.

— C'est vrai ? »

Elle examina ses petits yeux gris pour le cas où il aurait su quelque chose qu'elle ignorait.

« Tu es incorrigible ! Tu plaisantes, n'est-ce pas ? Mes nouvelles à moi sont exactes. Écoute ça : j'étais à la réception pour prendre un rendez-vous avec le masseur lorsque, par le plus grand des hasards, j'ai remarqué que les chasseurs arrivaient avec des bagages. Quatre ou cinq énormes malles et d'autres plus petites. Tu me connais, Livy. Je n'ai pas pu résister au désir de jeter un coup d'œil sur les étiquettes. Tu ne me croiras jamais : elles appartiennent à Mr. Paul Westerfield II !

— Ah, oui ? »

Après un instant de silence, il s'écria :

« Nom d'un chien, qu'est-ce qu'ils peuvent bien faire avec mon bacon et mes rognons ?

— Paul Westerfield II, chéri.

— Jamais entendu parler de ce type.

— C'est tout simplement l'un des meilleurs partis de New York. Son père est l'architecte millionnaire qui a fait les plans de ces belles maisons à charpente de bois juste en face de chez nous, de l'autre côté de la baie d'Hudson, dans le New-Jersey.»

Mrs. Livingstone ferma les yeux et poussa un soupir.

«Ce n'est peut-être que l'œuvre de la Providence. Le jeune Paul Westerfield qui descend dans cet hôtel, en ce moment, alors que notre Barbara vient de finir ses études et peut lui faire visiter Paris. Elle connaît bien la ville. C'est la chance de sa vie, Livy. Si tu avais vingt-quatre ans et que tu arrivais pour la première fois à Paris, tu ne serais pas content d'y trouver une jolie Américaine pour te guider?»

Livy fit un geste de dénégation.

«N'y pense plus. Tu peux donner ta tête à couper, ce garçon n'est pas venu à Paris pour visiter le Louvre, et assister à une conférence sur la Grèce antique. D'ailleurs, nous partons pour l'Angleterre à la fin de la semaine. Je sais de bonne source qu'à l'hôtel Savoy tu peux vraiment te faire servir un petit déjeuner».

Mrs. Livingstone Cordell fit la moue et poussa un petit gémissement. Livy était si insensible aux problèmes qui avaient de l'importance aux yeux des femmes! Elle lui pardonnait de bon cœur ses tatouages mais elle aurait aimé qu'il prêtât parfois attention à ce qu'elle disait.

«On dirait que Barbara s'intéresse à la question, remarqua Livy.

— Qu'est-ce que tu veux dire?

— Regarde à ta droite.

— Oh, mon Dieu!» murmura Mrs. Livingstone Cordell.

Sa fille, Barbara, arrivait vers eux, main dans la main avec un jeune homme très grand et très mince à l'air intelligent, vêtu d'un trois pièces de couleur crème. À côté de lui, avec sa jupe marron entravée, Barbara semblait vraiment mal fagotée, mais Mrs. Livingstone n'avait jamais vu ses yeux briller avec plus d'éclat.

« Mère, Livy, dit-elle, je vous présente mon camarade d'école, Paul Westerfield. Qu'est-ce que vous en dites ? Je viens de le rencontrer dans le hall. Nous étions dans la même classe de maths à l'Université. Ce n'est pas incroyable ?

— Tu connais déjà Mr. Westerfield ? demanda Mrs. Livingstone d'une voix étranglée.

— Ne fais pas attention à ma mère, dit Barbara à Paul Westerfield. Elle croit que n'importe quel type de moins de cinquante ans qui s'approche à moins de cinq cents mètres de moi est un éventuel mari. Elle ignore que je préférerais tomber raide morte plutôt que de sortir avec un de ces monstres de la classe de maths. Je te présente Livy, mon beau-père. Le second, en fait.

— Que faites-vous à Paris, Paul ? demanda Livy.

— Un peu de tourisme. Je dois aller à Londres interwiever Bertrand Russell au sujet du livre qu'il a écrit avec A.N. Whitchoad.

— *Principia Mathematica*, précisa Barbara.

— J'ai pensé que je pourrais m'arrêter à Paris pour rencontrer quelques professeurs de maths de la Sorbonne, poursuivit Paul.

— Barbara peut vous présenter à de nombreux professeurs, glissa Mrs. Livingstone.

— J'étudiais l'art, si tu te souviens, mère. Paul n'a pas besoin de ma recommandation. Il est connu dans le monde entier grâce à ses articles sur les permutations et sur le théorème de Newton. Moi, je suis celle qui était assise derrière lui et qui lui faisait remarquer qu'il avait des trous dans ses chaussettes».

Paul Westerfield rit, se râcla la gorge et rougit tout à la fois.

«Bon, c'est fait! dit Barbara. Ce sont mes parents. Ne t'occupe pas de nous. Cela a été une bonne surprise de tomber sur toi comme ça!

— Pour moi aussi, répondit Paul. Au revoir tout le monde!»

Il s'éloigna d'un pas rapide.

«Est-ce que quelqu'un a une idée à propos de ce qu'on pourrait faire aujourd'hui?» demanda gaiement Barbara.

12

Alma était certaine de pouvoir persuader Walter de ne pas accompagner sa femme en Amérique. Elle était convaincue qu'il tomberait amoureux d'elle. Les romans d'Ethel M. Dell lui avaient appris que l'amour véritable surmontait tous les obstacles. Leur différence d'âge ne la décourageait pas. Qu'il soit marié ne comptait pas puisqu'il avait épousé Lydia sans amour. Si celle-ci l'abandonnait pour aller en Amérique, il avait le droit d'accepter l'amour d'une autre. Il se tournerait vers Alma, vers un bonheur qu'il n'avait jamais connu. Ce serait l'amour le plus élevé, deux âmes en harmonie. Lorsqu'il l'embrasserait, elle entendrait la musique des sphères.

Elle reconnaissait qu'il était un peu prématuré d'espérer entendre la musique des sphères pendant leur promenade de dimanche, mais ce n'était pas impossible. Tout en marchant lentement, dans les allées tranquilles, ils échangeraient des confidences. Peu à peu ils se découvriraient des points communs, des espoirs et des craintes, des goûts et des dégoûts.

Mais la promenade fut décevante. Walter ne se laissa jamais aller à des propos intimes. Il lui parla de la manière dont on devait soigner ses dents, de leur structure, comme si le plus grand désir d'Alma était de faire la différence entre canines et incisives. Il considérait qu'il fallait se brosser les dents au moins deux fois par jour et il lui énuméra les produits conseillés. Il lui expliqua que le carbonate de calcium était bon mais qu'il ne fallait pas l'utiliser camphré parce qu'il faisait éclater l'émail. Il la mit en garde contre les élixirs dentaires contenant des éléments acides et contre les toniques à base de fer, sauf sous forme de pilule.

Il n'essayait même pas, comme on aurait pu le croire, d'impressionner Alma par ses connaissances. Celle-ci se sentait délaissée. Elle n'était pas venue à Richmond Park pour ça. Tout en l'écoutant, elle essayait de s'expliquer son comportement. Peut-être luttait-il avec sa conscience, évitant toute intimité qui risquait de les mener à une liaison ? Peut-être se méfiait-il de sa passion ?

Alma parla peu. Il était impossible de l'amener à aborder un sujet personnel.

Pourtant, à la fin de la promenade, à la sortie du parc, toujours de façon aussi décousue, il lui déclara :

« Quel compagnon ennuyeux j'ai été ! Savez-vous qu'on peut descendre jusqu'au fleuve par les jardins en terrasses ? Si nous louions une barque pour une heure ? Je vous promets de ne plus parler de dents. »

Alma le prit par le bras pour descendre la pente.

Il changea d'attitude. L'air étant plus frais près de l'eau, il retira sa veste et la lui mit sur les épaules.

Il n'était pas très doué pour le maniement des rames. Il l'éclaboussa plusieurs fois et se confondit en excuses. Alma le prit en riant. Elle était si heureuse qu'il fasse attention à elle qu'elle lui assura que c'était sans importance, et elle le pensait vraiment.

« La dernière fois que je me suis trouvé dans une barque, c'était il y a six ans, expliqua-t-il. Et comme il y avait soixante-dix autres personnes pour tenir les rames, je ne me suis pas beaucoup entraîné.

— Soixante-dix personnes dans une barque ? s'exclama Alma en riant. Que faisiez-vous donc ? »

Walter sourit.

« Nous essayions de rester en vie. En réalité, cela n'avait rien de drôle. Nous étions les survivants du *Lusitania*.

— Le paquebot qui a été torpillé ? Vous étiez sur le *Lusitania* ?

— Avec mon père. J'avais obtenu une permission spéciale pour le ramener d'Amérique.

— Le grand Baranov...

— Qu'il avait été autrefois, hélas ! En 1915, il était déjà trop vieux pour faire des tournées. Il avait fait une chute et s'était cassé la jambe. Il avait un moral de fer. La veille du naufrage, il avait protesté auprès du Commandant car les passagers étaient tenus dans l'ignorance des raisons pour lesquelles on prenait visiblement des mesures contre les sous-marins. Pauvre Dad, il était toujours à la pointe du combat. Pas comme moi, qui cherche toujours la ligne de moindre résistance.

— Il s'est noyé ?

— Non, il a survécu. Il était plâtré jusqu'à la hanche, nous sommes restés dans l'eau plus d'une heure, et nous avons été finalement recueillis par une chaloupe.

— Vous avez dû le maintenir à la surface. Vous êtes plus courageux que vous ne voulez le laisser paraître. Vous avez sauvé la vie de votre père.

— Oui, mais je le regrette parfois. Il était infirme et ne pouvait plus travailler. Six mois plus tard, il s'est pendu. Avec un bout du fil de fer sur lequel il marchait.

— Quelle horreur !

— Oui, ce fut terrible. »

Ils se turent pendant quelques minutes. Walter rama lentement vers Twickenham, jusqu'à une petite île qui divisait le fleuve en deux bras. Du côté le plus étroit, un saule, planté au bord de l'eau, formait une arche naturelle.

« L'endroit idéal pour reprendre mon souffle », dit Walter en dirigeant la barque vers un anneau scellé dans la berge.

Il attacha le bateau et y rangea les avirons.

« Y a-t-il de la place pour deux sur le coussin ? »

Alma fut saisie d'une excitation d'autant plus délicieuse qu'elle venait après un après-midi si décevant.

« Bien sûr, répondit-elle avec un sourire plein de modestie. Vous devriez remettre votre veste. Vous allez prendre froid », ajouta-t-elle en se poussant pour lui faire place.

Walter alla s'asseoir à côté d'elle.

« Je n'ai pas froid. Touchez mes mains ! »

Elle comprit que les moments qui allaient suivre pouvaient la faire passer du désespoir à l'extase. Elle lui prit les mains, caressa leur fine toison blonde — et les garda dans les siennes.

« Ces gens, dans le canot de sauvetage, devaient être heureux de vous avoir.

— Pourquoi ?

— Pour trouver un réconfort et reprendre confiance. Quel que soit votre état d'âme, vous apportez la paix. Et les autres y puisent des forces.

— Vous aussi ? » demanda-t-il, légèrement surpris.

Elle le regarda droit dans les yeux.

« Moi aussi. Je me sens de plus en plus sûre à chaque seconde qui passe ».

Il fronça les sourcils comme s'il se demandait où tout cela allait les conduire, mais il sourit néanmoins.

« Sûre de quoi ? »

Elle hésita. Elle n'avait jamais imaginé dans ses rêveries qu'il lui faudrait indiquer avec des mots qu'elle était prête pour un baiser. Elle répondit sur une impulsion :

« Sûre que si je ferme les yeux, je ne serai pas déçue ».

Et elle ferma effectivement les yeux aussitôt, plus par frayeur devant sa propre hardiesse que pour tout autre raison. Il lui traversa l'esprit que Walter pourrait quand même ne rien tenter. Cette idée lui parut si atroce qu'elle le tira par les mains et oscilla vers lui.

Leurs visages se heurtèrent. Sa moustache lui gratta la joue. Elle gardait les yeux obstinément fermés. Elle l'entendit dire :

« Oh ! mon Dieu ! Je vous ai fait mal ? »

Elle ouvrit les yeux.

« Non... mais je me sens si ridicule. »

Elle était sur le point de pleurer. Il parut comprendre.

« Pourquoi ? Il n'y a pas de raison. Nous avons été surpris l'un et l'autre, c'est tout. Appuyez votre tête en arrière et détendez-vous. Restez tranquille. Tout à fait tranquille. »

Elle obéit comme si elle se trouvait dans le fauteuil du dentiste.

Walter se pencha vers elle et, l'espace d'une

seconde, leurs lèvres se touchèrent. C'était la première fois qu'un homme l'embrassait sur la bouche. Elle n'entendit aucune musique, aucun météore ne traversa le ciel mais elle se sentit délicieusement satisfaite.

« Et maintenant, dit Walter, je crois que nous devrions rentrer. »

Avant de le quitter, elle lui dit qu'elle aimerait lui préparer un dîner pour le remercier de celui qu'il lui avait offert. Il accepta, mais pas pour le soir-même. Il promit de venir mardi, deux jours plus tard.

Alma passa la soirée à se remémorer le baiser qu'elle avait reçu sous le saule. Que signifiait-il pour lui ? S'était-il refusé un plaisir qu'un homme marié ne devait partager qu'avec sa femme ? Son attitude réservée dissimulait-elle un désir coupable ? Ou l'avait-il embrassée par compassion, pour la tirer d'embarras ?

Elle se rappela Trevor Mordaunt, un héros de roman tout pareil à Walter, qui cachait ses émotions et dont l'attitude distante faisait la force, mais généreux, sincère et digne de confiance. Bizarrement, quand elle avait lu ce livre, elle n'avait pas été particulièrement séduite par Trevor ; mais maintenant, il lui semblait beaucoup plus attirant.

13

Le mardi se passa sans baiser ; à la place ils eurent une conversation, une très sérieuse conversation. Alma se rendit compte que cela créait entre eux un lien plus fort qu'un baiser car Walter la faisait participer à la crise que traversait son mariage. Il lui confia que Lydia était toujours décidée à aller en Amérique.

« Elle refuse d'en discuter. Elle organise tout par le menu. Elle a écrit à Chaplin pour lui annoncer sa venue. Elle fait visiter la maison — elle l'a déjà mise en vente, vous savez. Elle donne à des amis ou à des voisins les objets qu'elle ne veut pas emmener avec elle. Et elle achète d'énormes quantités de vêtements pour la traversée.

— Elle a déjà réservé sa place ?

— Elle attend d'avoir trouvé un acheteur pour la maison. D'après elle, l'agent immobilier a déjà deux propositions. »

Walter s'interrompit un instant puis reprit :

« Et en plus, elle m'a demandé de mettre le cabinet en vente. »

Alma, qui était sur le point de servir le dîner, se retourna.

« C'est ridicule ! Elle pense toujours que vous allez renoncer à tout ce pourquoi vous avez travaillé ?

— Oui, sans aucun doute. »

Alma crut déceler une note de résignation dans sa voix.

« Vous n'envisagez pas cette hypothèse, n'est-ce pas ? demanda-t-elle, s'affairant à son dîner pour dissimuler son anxiété.

— Je ne suis malheureusement pas en position de refuser, répondit-il avec tristesse. Croyez-moi, Alma, cette idée me torture mais sans l'argent de Lydia je ne peux absolument pas garder le cabinet. Les honoraires que je reçois ne suffiraient pas pour payer le loyer et me faire vivre. Dans quelques années, peut-être, mais pas maintenant.

— Vous ne pouvez pas acheter un cabinet moins cher ?

— Je n'ai pas le capital suffisant. C'est hors de question. »

Elle était pétrifiée. Il allait la quitter. Elle se retint de pleurer.

« Mais ça n'a pas de sens d'aller en Amérique. »

Il hocha la tête.

« Je sais, ma chère. C'est de la folie. Elle risque tout ce que nous possédons. »

Et il avait capitulé ! Pourquoi ne se battait-il pas ? Il fallait le convaincre que rien n'était encore perdu.

« Walter, vous m'avez dit l'autre soir que votre mariage avec Lydia avait été un arrangement d'affaires.

— C'est vrai. Et maintenant je vais le payer, ajouta-t-il d'un ton sarcastique.

— Ne pourriez-vous pas la convaincre qu'elle ferait un meilleur calcul en vous laissant conserver votre cabinet ? Elle aurait au moins un endroit où revenir si ses espoirs étaient déçus !

— Ma chère, ce que vous dites semble très

raisonnable, mais Lydia refuse d'envisager la possibilité d'un échec. »

Alma ne se décourageait pas.

« Peut-être accepterait-elle de partir seule si vous lui offriez de la rejoindre plus tard ? Il doit y avoir tant à faire avec la vente de la maison et du cabinet ! »

Walter répondit que le notaire prendrait soin de tout. Ils discutaient avec tant de passion que le ragoût de canard fut mangé et la table débarrassée sans que Walter ait trouvé le temps de féliciter Alma pour son repas. Bien qu'il doutât fort de ses chances d'influencer Lydia, il accepta de lui proposer de rester en Angleterre en attendant qu'elle se fasse connaître à Hollywood.

Il promit à Alma de la retrouver vendredi dans le parc de Richmond pour lui faire part de la décision de Lydia.

« Je traverse un moment difficile, dit-il en mettant son chapeau. Je ne devrais pas vous accabler de mes soucis.

— Je veux les partager avec vous », répondit simplement Alma.

Après son départ, elle trouva un mégot de cigare dans le cendrier. Le soir, dans sa chambre, elle le fit brûler en s'imaginant que Walter était là.

Tout à coup, en pleine nuit, une solution possible lui apparut. Solution folle et dangereuse, un dernier recours. Au réveil, elle lui paraîtrait certainement scandaleuse. Mais, plus elle y réfléchissait, plus elle en combinait les détails, plus elle gagnait en crédibilité.

14

Les nouvelles que lui apporta Walter, le vendredi, étaient pire encore que ce qu'elle craignait. La maison avait trouvé un acheteur et Lydia avait réservé deux places sur le *Mauretania* qui quittait Southampton deux semaines plus tard.

« Deux places ? dit Alma. Elle pense toujours que vous allez partir avec elle ? »

Walter détourna le regard. Alma le saisit par la manche.

« Walter, que lui avez-vous dit ? »

Il posa doucement une main tremblante sur les siennes.

« Vous avez été très bonne avec moi, ma chère amie.

— Vous allez partir, n'est-ce pas ? »

Il hocha la tête.

« Je ne peux pas faire autrement. Ses hommes d'affaires s'occupent de tout, même de la vente de mon cabinet.

— Mais il est à vous !

— C'est moi qui en ai fait quelque chose, mais, légalement, il appartient à Lydia. J'ai signé des papiers lorsqu'elle a acheté l'équipement. Elle me tient.

— Non ! »

Elle enfouit son visage dans sa veste et le serra contre elle en sanglotant.

Cet après-midi-là, Alma ne retourna pas au magasin et Walter téléphona à son cabinet pour annuler ses rendez-vous. Ils marchèrent le long du chemin de halage jusqu'à Twickenham. Dans Marble Hill Park, ils trouvèrent un coin tranquille près d'un arbre déraciné. Walter s'assit contre le tronc, prit Alma par les épaules et la berça. Ils parlèrent longtemps. Il reconnaissait que le voyage en Amérique serait certainement un fiasco. Ni Chaplin ni personne ne voudrait de Lydia à Hollywood. Son argent ferait long feu là-bas. Quant à lui, il aurait des difficultés à se faire une clientèle. Lydia serait furieuse et en concevrait de l'amertume.

« Mais on ne peut pas lui faire entendre raison, expliquait-il à Alma. Elle prend tout ce que je dis pour une critique de ses dons. Elle prétend qu'elle ne se laissera pas détourner de son destin.

— Alors elle part, avec ou sans vous.

— Oui. »

Alma se battait pour l'homme qu'elle aimait. Non pas contre Lydia, qui ne se préoccupait que de sa carrière, mais contre le fatalisme de Walter. Elle devait lui faire comprendre qu'il était libre de son choix.

« À propos du suicide de votre père, qui a eu lieu si peu de temps après votre sauvetage, vous avez parlé de gâchis.

— En effet. Il aurait peut-être mieux valu qu'il se noie.

— Ne gâchez-vous pas votre propre vie en partant pour l'Amérique ?

— Ma chère amie, je ne peux vivre ici sans travail, sans domicile.

— Vous pourriez vivre avec moi.

— Hein ? fit-il, avec une expression de surprise

proche de la panique. Oh! non. Je ne pourrais pas faire ça.»

Elle le regarda aussi franchement qu'il était possible étant donné ce qu'elle avait à lui dire.

«Je vous aime, Walter.»

Il lui serra le bras et ferma les yeux.

«C'est bien ce que je craignais.

— Craignais?

— J'ai été égoïste, ma chère amie. J'ai abusé de votre sympathie. Vous m'avez aidé à faire face à mes problèmes. Mais je dois m'arrêter là. Nous savons tous les deux pourquoi, n'est-ce pas?»

Alma avait souvent soupiré et versé des larmes en lisant des scènes de ce genre dans les romans, mais maintenant qu'elle en vivait une, elle se sentait plus entêtée que romanesque. Elle s'assit et regarda Walter droit dans les yeux.

«Je n'attends pas de vous que vous disiez que vous m'aimez. J'ai vingt-huit ans et je n'ai pas l'expérience des hommes. Mais j'ai conscience de ce que je vous propose. Je ne permettrai pas à cette femme fanatique de vous détruire.»

Il secoua la tête.

«Vous vous détruiriez vous-même, Alma. Croyez-moi. Ce que vous me proposez me touche beaucoup, mais je n'en suis pas moins un homme marié, votre aîné de vingt ans et sans un sou. Imaginez le scandale que cela causerait.

— J'y ai pensé, répondit Alma avec véhémence, et ça m'est égal. Les gens qui jugent sans connaître les faits ne font que se trahir eux-mêmes. Je vous en prie. Je parle sérieusement.»

Ils revinrent sur leurs pas et elle plaida sa cause tout le long du chemin jusqu'à Richmond Bridge et encore en grimpant la colline jusque chez elle. Gentiment mais fermement, Walter refusa de se laisser convaincre. Devant la porte, elle l'invita à entrer.

« Non, répondit-il doucement. Nous devons nous séparer, maintenant, avec dignité. »

Elle s'aperçut qu'il avait les yeux mouillés. Elle ne pouvait que se perdre en conjectures sur ce que pensait cet homme si malheureux et si réservé.

« Je ne vous reverrai pas ? » demanda-t-elle sans parvenir à y croire.

Il secoua la tête. Puis il l'embrassa. Elle pressa ses lèvres contre les siennes, essayant de prolonger ce baiser éternellement. Il lui prit le visage dans ses mains et la repoussa gentiment.

« Je crois que je pourrais tuer cette femme », dit Alma.

Walter fronça légèrement les sourcils, la regarda, se détendit et eut tout à coup l'air de comprendre. Puis, il se renfrogna de nouveau, secoua la tête et dit :

« Je ne vous oublierai jamais. »

Alma lui tendit la main mais il avait déjà tourné les talons et descendait rapidement la colline.

15

La famille Livingstone Cordell arriva samedi au Savoy Hotel de Londres et Marjorie reçut les soins d'un masseur qui appelait son massage une friction et se disait le soigneur d'une célèbre équipe de football. Jamais Marjorie n'avait eu la peau aussi rêche, ce qui ne l'empêcha pas de danser le soir même au Savoy. Lorsque l'orchestre cessa de jouer, elle persuada Livy de l'emmener au *Silver Slipper*, un club de Regent Street où, à trois heures du matin, elle était encore sur la piste de danse. Le résultat fut que Livy manqua son petit déjeuner à l'anglaise. Pour l'amadouer, Marjorie prit des billets pour le nouveau spectacle qui se donnait en ville, *The Co-optimists*.

« J'ai réservé trois fauteuils au premier rang du *Royal Circle* pour vendredi prochain, annonça-t-elle le lundi.

— Y aura-t--il des girls ? »

Marjorie fit un clin d'œil à sa fille.

« On m'a dit qu'il y a un ténor qui s'appelle Gideon dont la voix est douce comme du miel.

— Mère, je ne voudrais pas paraître ingrate mais je préférerais ne pas y aller, si cela ne te fait rien, dit Barbara en tortillant le coin de la nappe.

— Vraiment ? Livy, qu'en dis-tu ? »

Celui-ci ne leva pas les yeux du *Daily Mail.* Il appréciait beaucoup les journaux anglais.

« Eh bien moi, j'ai quelque chose à dire, poursuivit Marjorie. Si tu continues ainsi, jeune fille, tu vas passer à côté de la vie. Ta tête est si remplie de logarithmes et de vieilles poteries que tu n'as aucune conversation. Peut-être que ce spectacle ne te tente pas mais, si tu vas le voir, tu pourras au moins en parler. Je suis sûre qu'il y a de jeunes et charmants Anglais qui aimeraient savoir ce que tu en penses, même si tu le mets en pièces. Tu as quelque chose de mieux à faire, vendredi soir ?

— À vrai dire, oui.

— Peut-on savoir ce que c'est ?

— Une conférence sur la philosophie par Bertrand Russell.

— Oh ! Mon Dieu ! Tu fais de la philosophie maintenant ?

— Pas moi. Paul Westerfield. Il m'a invitée à venir. »

Livy leva les yeux de son journal.

« Un gentil garçon, mon petit ! »

16

Lydia prit un toast et se mit à le beurrer. Sans lever les yeux, elle déclara :

« Au fait, si tu vas à Eaton Place aujourd'hui, tu ferais bien de donner ses huit jours à ton assistante. J'ai vendu le cabinet. »

Elle avait gardé cette nouvelle pour le lundi au petit déjeuner, afin d'éviter un week-end orageux. Walter tenait tant à son métier d'arracheur de dents !

« Tu as quoi ? demanda-t-il, la voix vibrante d'incrédulité.

— Vendu le cabinet, mon chéri. Nous en avions parlé, si tu te souviens. Il appartient maintenant à Mr. Edwards, Simon Edwards, un homme charmant et séduisant qui se trouve être le beau-frère de mon amie Maggie. Le pauvre garçon n'a rien fait d'autre depuis dix ans que poser des couronnes en or à des tailleurs juifs de Mile End Road. Il est absolument enchanté. »

Walter repoussa son assiette. Il était cramoisi.

« Je ne l'ai jamais rencontré. Il n'a même pas vu le cabinet.

— Oh ! mais si, Walter. Je l'y ai conduit vendredi après-midi. Tu n'y étais pas. L'assistante m'a dit que tu avais décommandé tous tes rendez-vous. Tu ne te sentais pas bien ou quoi ? Quoiqu'il en soit, l'endroit a beaucoup plu à

Simon et il est prêt à s'y installer dès la semaine prochaine. Malheureusement, il n'a pas besoin de Miss Tung, ou Dieu sait comment elle s'appelle, car il amènera sa propre assistante.

— Tu ne comprends pas, Lydia, que je ne peux pas confier mes patients à un individu que je ne connais pas.

— Il est tout à fait recommandable, mon chéri. Il a étudié à Charterhouse, ce qui n'est pas ton cas. Tu le rencontreras bientôt. Il voudrait consulter les dossiers de tes clients avec toi, mercredi. Il rachète tout : le mobilier, le matériel, tes daviers et tout le reste.

— Il ne peut pas garder mes instruments ! J'en aurai besoin en Amérique, bon sang ! »

Lydia écaillait le vernis de l'un de ses ongles.

« C'est avec eux que je me suis entraîné, continua-t-il, de plus en plus furieux. C'est impossible, Lydia. C'est comme si tu retirais son violon à un violoniste. »

Pour Walter, cela représentait une véritable explosion.

« Pas vraiment, chéri, répondit Lydia sur un ton égal. Il faut que tu saches que j'ai changé d'avis au sujet de ce que tu feras en Amérique. Tu n'auras finalement pas besoin de tes instruments, une tâche beaucoup plus importante t'attend. Il me faudra un impresario pour négocier mes contrats avec les firmes cinématographiques. Il est clair que c'est toi qui dois t'en charger. Comme je ne peux pas confier mon avenir de vedette de cinéma à un Américain inconnu, ce travail te revient. »

Il la regarda comme un animal pris au piège. Il était sans voix.

« Écoute, dit Lydia sur un ton de prière, c'est très important pour moi. Tu t'es amusé pendant des années à chercher des trous dans les dents, il est temps de changer.

— Je n'ai pas l'intention de changer», répondit Walter d'une voix si basse qu'elle était presque menaçante.

Lydia n'avait pas l'habitude qu'on lui résiste. Elle qui était sur le point de lui dire qu'il toucherait de grosses sommes s'il voulait s'en donner la peine, répondit à la place :

« Tu n'as pas le choix, Walter. Tu ne peux pas t'installer comme dentiste en Amérique sans argent. On n'arrache plus les dents dans la rue là-bas.

— J'aurai l'argent de la vente du cabinet. Combien Edwards nous paie-t-il ?

— Cet argent me revient.

— C'est moi qui ai fait la clientèle, j'ai bien droit à quelque chose en retour, nom d'un chien !

— Ce n'est pas ce que dit mon notaire, chéri. Sois raisonnable, Walter. Nous sommes tous les deux intéressés à mon avenir ».

Il se leva et hurla :

« Quel avenir ? »

Puis il se précipita hors de la pièce, et hors de la maison. La porte d'entrée claqua.

Lydia se demanda un instant si Walter était bien la personne rêvée pour être son impresario. Puis elle se dit que c'était sans importance, elle ne le voulait que pour la façade. Tout le monde à Hollywood devait avoir un impresario. Walter répondrait au téléphone mais c'est elle qui déciderait des offres à accepter.

Elle monta au premier étage pour se maquiller. Elle devait voir le notaire ce matin. Et acheter encore d'autres vêtements pour le voyage. Elle avait besoin d'au moins trois tenues différentes pour chacun des six jours de la traversée.

Elle se brossait les cheveux, quand le téléphone sonna. Elle laissa Sylvia répondre. Celle-ci apparut quelques instants plus tard.

« C'est pour vous madame. Une dame.

— Qui est-ce ?

— Elle ne l'a pas dit.

— Vraiment, je me demande pourquoi je vous paie ! » déclara Lydia en descendant l'escalier. « Lydia Baranov à l'appareil », dit-elle après avoir décroché le combiné.

Il y eut une légère hésitation à l'autre bout de la ligne, puis quelqu'un dit :

« Je voudrais vous parler de votre mari.

— Qui êtes-vous ?

— Quelqu'un qui s'inquiète de son sort.

— Que voulez-vous dire ? Qui êtes-vous ?

— C'est sans importance, madame Baranov. J'en appelle à vous, de femme à femme, pour que vous le traitiez avec équité. Il ne veut pas aller en Amérique. Il est heureux ici. Vous vous êtes montrée généreuse avec lui dans le passé. Cela ne serait pas la même chose si vous vous aimiez, mais vous savez que ce n'est pas le cas. Je vous en prie, faites preuve encore une fois de générosité et laissez-le en Angleterre avec celle qui l'aime.

— Quoi ? Je ne sais pas qui vous êtes mais je pense que vous êtes folle. Vous ne seriez pas son assistante, par hasard ? »

Lydia pressa le combiné un peu plus fort contre son oreille. Avant de raccrocher, elle voulait bien comprendre à qui elle avait à faire. La voix avait une résonance familière.

« Je vous en prie, madame Baranov. Rendez-lui sa liberté.

— C'est absolument ridicule !

— J'essaie d'être raisonnable, pour notre bien à tous. Dieu le sait, lui, que j'aime votre mari.

— Il ne m'a jamais parlé de vous. Prétendez-vous être sa maîtresse ?

— Si vous voulez. Accepteriez-vous de divorcer ? »

Lydia se mit à rire.

« Qui que vous soyez, ma chère, et j'ai mon idée là-dessus, vous allez un peu trop loin. Je connais mon mari. Il n'a aucune idée de ce qu'est une maîtresse et, s'il en avait une, il ne saurait qu'en faire. Alors, nommez-vous et rions ensemble de cette plaisanterie.

— Ce n'est pas une plaisanterie et mon nom ne vous dirait rien. Demandez plutôt à Walter. À lui de décider ce qu'il est disposé à vous dire. Mais ne le sous-estimez pas, madame Baranov. Et ne pensez pas que vous en êtes quitte avec moi. »

Elle raccrocha.

Lydia resta un long moment assise près du téléphone. Elle tremblait. Elle se leva, alla au bar et se servit un cognac qu'elle but d'un trait.

« Tu es un salaud, Walter. Un animal stupide et méprisable ! » murmura-t-elle.

17

Alma prit congé de Mrs. Maxwell et ouvrit son parapluie. L'averse n'allait peut-être durer que quelques minutes mais elle ne voulait pas rester plantée sur le seuil un instant de plus. Elle voulait rentrer chez elle pour voir si ses prières avaient été exaucées, si un message l'attendait sur le paillasson ou si le téléphone allait sonner au moment où elle ouvrirait la porte.

Rien de pareil ne devait arriver. Elle avait à peine fait deux pas qu'on la saisissait par le bras et qu'on lui arrachait son parapluie. Sans un mot, Walter la poussa dans un taxi et s'assit à côté d'elle. Ses vêtements étaient trempés. Alma se serra contre lui et lui embrassa la joue. Elle était froide.

« Je ne pensais pas que nous nous reverrions, dit-elle.

— Vous allez vous mouiller », remarqua-t-il.

Il retira son imperméable et son chapeau et la laissa de nouveau se rapprocher de lui. Cette fois, elle l'embrassa sur les lèvres. Elle était profondément heureuse. Il la saisit par la nuque et lui dénoua les cheveux.

« Je devrais vous gronder pour avoir téléphoné à ma femme.

— Il fallait faire quelque chose. Vous êtes fâché ?

— Je devrais l'être. C'était inutile, vous savez.

Elle n'acceptera pas de divorcer — il eut un petit rire — mais cela a été un terrible choc pour elle d'apprendre que j'avais une maîtresse.»

Alma se serra plus fort contre lui.

«Suis-je vraiment votre maîtresse?

— Il y a un salon de thé au pied de la colline. Voulez-vous qu'on s'y arrête?»

Il pleuvait déjà moins fort lorsqu'ils sortirent du taxi. L'établissement était rempli d'une clientèle qui y avait cherché refuge à cause de l'averse, mais quelqu'un libéra une table, un peu à l'écart, derrière le portemanteau. Walter expliqua à Alma que Lydia était revenue sur sa promesse de le laisser exercer sa profession de dentiste en Amérique. Elle voulait qu'il soit son impresario.

Alma pâlit.

«C'est à cause de moi?»

Walter posa sa main sur la sienne.

«Non, ma chère amie. Elle me l'a annoncé au petit déjeuner. Elle a vendu le cabinet et je n'en verrai pas un sou».

Alma hocha doucement la tête mais ne dit rien. Elle sentait que Walter était sur le point de lui confier quelque chose de capital. Il n'avait pas lâché sa main.

«J'ai décidé que je n'irai pas en Amérique.

— Walter, mon chéri!

— Je serai ruiné, mais je trouverai bien le moyen de me débrouiller.

— Nous nous débrouillerons ensemble.

— Non. Je vous remercie mais c'est impossible. Je ne me pardonnerais pas de vous avoir livrée aux commérages et à la réprobation générale.

— Je me moque de ma réputation. Je vous aime!»

Il baissa les yeux.

Alma pensa que le moment était venu de lui dévoiler le plan qu'elle avait conçu à l'aube d'une nuit d'insomnie. Annoncé à froid, et dans ce lieu public, il pouvait paraître scandaleux, mais, sinon, quand trouverait-elle l'occasion de lui en faire part ?

« Il y a peut-être une solution, dit-elle à voix basse.

— Ah ? fit-il sans lever les yeux.

— Vous m'avez parlé une fois d'un homme qui était aussi horriblement maltraité par sa femme et qui était tombé amoureux d'une autre, laquelle tenait profondément et passionnément à lui. »

Walter leva sur elle un regard innocent.

« Je ne m'en souviens pas.

— Le docteur Crippen.

— Oh ! fit-il en sursautant. »

Avant qu'il puisse l'interrompre, Alma continua :

« Ils ont été arrêtés parce qu'ils avaient essayé de se déguiser et de prendre la fuite sur un petit paquebot. Le commandant avait eu des soupçons.

— Crippen était un assassin ! »

Alma écarta l'objection.

« Vous m'avez dit que Lydia avait réservé vos places sur le *Mauretania* ?

— Oui, mais je ne pars plus.

— Imaginez un instant que vous partiez, mais pas avec Lydia, avec moi. Je voyagerais sous l'identité de Mrs. Baranov. Ce ne serait pas un rôle bien difficile à jouer, mon chéri. Personne ne nous soupçonnerait puisque personne ne connaitrait la vraie Mrs. Baranov. Six jours après nous serions en Amérique, et nous pourrions y vivre, comme mari et femme, pour toujours.

— Et Lydia?

— Chloroforme.

— Je crois que je vais fumer un cigare — il en mit un dans sa bouche et cassa deux allumettes en essayant de l'allumer. — Vous parlez sérieusement?

— Absolument.

— Je ne pourrais jamais faire ça... même à Lydia.

— Vous le pouvez. Vous êtes courageux. Vous avez sauvé votre père de la noyade.»

Il réussit à sourire.

«Ce n'est pas tout à fait la même chose.

— Je vous en prie, ne vous moquez pas de moi. Ce n'est pas une idée folle qui vient de me traverser l'esprit. J'y ai réfléchi pendant des jours. Vous ne comprenez pas? En réservant des places à l'avance sur le bateau, Lydia nous a donné le moyen de réussir là où le docteur Crippen et Ethel ont échoué.

— Vous voulez un autre pot d'eau chaude?»

Ils levèrent tous les deux les yeux sur la serveuse. Son visage ne montrait que la fatigue accumulée au cours d'une longue journée de travail.

«Non merci», répondit Walter.

Il régla l'addition. Ils s'en allèrent et grimpèrent ensemble sur la colline. Le soleil brillait timidement.

«Ils ont été arrêtés parce que l'inspecteur Dew a trouvé les restes de Mrs. Crippen dans la cave, dit Walter.

— Il y a autre chose, reprit Alma sans tenir compte de sa remarque. Je suis capable d'imiter la signature de Lydia. Je peux vous établir un chèque pour la vente de votre cabinet. Je peux signer tous les chèques que vous voudrez. Nous pourrons vivre dans le luxe et vous pourrez avoir le cabinet dentaire le plus prospère d'Amérique.

— Avec l'argent de Lydia ?

— Ce serait un crime de ne pas s'en servir, mon chéri.

— C'est astucieux, dit-il en souriant. C'est vraiment très astucieux.

— Il faudra que je me serve de son passeport mais il ne devrait pas y avoir de problème. Nous avons à peu près la même taille et toutes deux les yeux marrons. Elle a les cheveux plus foncés que les miens, mais sur une photo on ne verra pas la différence. Et vous serez là pour répondre de moi.

— Il doit y avoir une faille quelque part.

— Il n'y en a pas, mon chéri. Si nous chloroformons Lydia la nuit qui précédera notre départ, ses amis n'auront pas l'occasion de s'apercevoir de sa disparition. Elle aura signé les papiers pour le notaire et la banque aura transféré ses fonds en Amérique. Nous n'aurons qu'à monter à bord du paquebot et à commencer notre nouvelle vie ensemble. Ce sera notre lune de miel. »

Walter était médusé. Visiblement stupéfait par la hardiesse de ce plan, sa première réaction avait été de l'écarter, puis d'essayer de lui trouver des défauts. Maintenant il y réfléchissait sérieusement. Alma pouvait le voir dans son regard. Il se faisait à l'idée d'avoir à chloroformer Lydia.

Il souleva encore quelques objections, mais qui ne concernaient que des détails. Il demanda à Alma ce qu'elle dirait à Mrs. Maxwell, ce qu'elle ferait de sa maison de Richmond Hill, ce qu'elle dirait à sa famille et à ses amis.

Toutes ces questions prouvaient clairement qu'il ne demandait qu'à se laisser convaincre.

Alma lui expliqua ce qu'elle dirait à Mrs. Maxwell et qu'elle connaissait des gens prêts à louer sa maison. Elle leur dirait, ainsi qu'à ses amis, qu'elle partait passer l'hiver sur le continent. Elle n'avait pas de famille proche. Tout pouvait être réglé en une semaine.

Walter, qui l'avait écoutée attentivement, resta un moment silencieux. Alma se garda d'insister. Elle ne voulait pas le presser de prendre une décision. Elle tenait à ce qu'il évalue la solidité de son plan. Elle était certaine qu'il devait réussir.

Walter déclara enfin :

« Il faudra réfléchir à ce qu'on fera d'elle. »

À la façon dont il avait dit ça, Alma comprit qu'elle l'avait convaincu.

TROISIÈME PARTIE

Le coup de grâce

1

Pour Alma, le projet de se débarrasser de Lydia et de fuir en Amérique avec Walter était plus romantique que n'importe quel roman d'Ethel M. Dell. C'était un plan cruel et téméraire qui l'attacherait à Walter par des liens beaucoup plus étroits que ceux du mariage. Leur secret les unirait à jamais. Ils vivraient dans le luxe à Manhattan et Walter serait le meilleur dentiste de New York. Ils iraient voir les chutes du Niagara et visiteraient Nantucket, la Nouvelle-Orléans et San Francisco. Elle faisait déjà en imagination le tour des États-Unis en compagnie de Walter lorsque celui-ci, encore solidement enlisé en Angleterre, déclara :

« Il faudrait sérieusement envisager ce que nous ferons d'elle.

— De qui ?

— De Lydia.

— Mais c'est tout décidé, mon chéri.

— Non, je ne parle pas de ça. Mais après ? Où la mettrons-nous ?

— Ah... »

Ils étaient assis sur un banc dans les jardins de Richmond, par une de ces belles soirées de septembre où chaque détail de la vallée de la Tamise est accusé par les rayons du soleil couchant. Les traînées nuageuses, éparpillées dans le ciel, rosissaient de minute en minute.

« Le docteur Crippen a enterré sa femme dans la cave, remarqua Alma.

— Et l'inspecteur Dew y est descendu avec une pelle.

— L'horrible inspecteur Dew. »

Walter haussa les épaules.

« Il ne faisait que son travail.

— Qu'est-ce que vous pensez du jardin ? »

Walter secoua la tête.

« Il est aussi net qu'un terrain de boules sur gazon. Un ex-militaire s'en occupe cinq fois par semaine. Il a été officier dans les régiments de la Garde royale... Rien ne lui échappe.

— Vous ne pourriez pas la mettre dans la baignoire et dire qu'elle s'est noyée accidentellement ?

— Le truc est connu.

— C'est exaspérant ! s'écria Alma. Tout le reste marche si bien !

— C'est un problème pratique à résoudre, ma chérie, dit Walter. Rien ne sert de s'énerver. »

Cette douce réprimande fit très plaisir à Alma. Walter la traitait déjà comme sa femme. Et le souci qu'il avait de parfaire son plan lui retirait les derniers doutes qu'elle aurait pu avoir quant à sa détermination. Il était aussi calme et réfléchi que s'ils avaient été dans son cabinet à discuter de l'extraction d'une dent.

— Si nous avions une voiture, dit Alma, nous pourrions l'abandonner quelque part.

— Non. Ce n'est pas possible. On la retrouverait tôt ou tard. Vous avez entendu parler de Bernard Spilsbury ?

— Le pathologiste ?

— Ce type ne détermine pas seulement la cause de la mort ; il vous donne les mesures du chapeau de l'assassin, l'adresse de son chemisier et la façon dont il aime qu'on lui accommode ses œufs. Nous ne pouvons pas nous permettre d'abandonner le corps.»

Sous le choc des mots “assassin” et “corps”, il vint à l'esprit d'Alma que Walter envisageait la froide exécution de leur projet avec un réalisme devant lequel elle avait reculé jusque-là. Pour cacher son malaise, elle déclara d'un ton désinvolte :

«Et nous ne pouvons pas nous permettre de l'emmener avec nous!»

Walter se retourna et la saisit par le poignet.

«Mais si! Vous avez trouvé la réponse, Alma!

— Je ne vois pas comment.

— Nous pouvons la jeter à la mer. La faire passer par un hublot pendant la nuit. On ne la retrouvera jamais.

— Mais comment la ferons-nous monter à bord?»

Walter se mit à rire.

«Sur ses pieds! C'est magnifique! Vous êtes un génie!

— Un génie plutôt dérouté pour le moment!

— Je vais vous expliquer. Oubliez le plan initial et prêtez l'oreille à celui-ci. Je vais dire à Lydia que je refuse de partir avec elle. Elle s'emportera et me dira d'aller au diable, car rien ne doit s'interposer entre elle et son merveilleux avenir dans le cinéma. Elle vendra la maison, mon cabinet, mon matériel, tout, et elle sera à bord du *Mauretania* samedi en huit. Mais ce qu'elle ne saura pas, c'est que vous et moi serons également à bord. Je réserverai une place en deuxième classe sous un autre nom.

— Pour nous deux?

— Non, vous voyagerez clandestinement dans ma cabine.

— C'est impossible, Walter. On me découvrira sûrement.

— Je suis certain du contraire. N'oubliez pas que j'ai déjà été à bord d'un paquebot. Le jour du départ, des centaines de parents et d'amis montent sur le bateau pour dire un dernier au revoir aux passagers. C'est le chaos. Une demi-heure avant le départ, des marins font le tour du navire en frappant sur des gongs pour prévenir les visiteurs qu'il est temps de redescendre à terre. Mais il y en a toujours qui restent parce qu'ils savent qu'ils pourront revenir avec le bateau-pilote ou descendre à Cherbourg. C'est facile, ma chérie, de voyager clandestinement pendant les premières heures, et c'est tout ce qu'il nous faut. Après, vous voyagerez seule dans une cabine de première classe. Vous serez Mrs. Lydia Baranov.

— Vous voulez dire que vous l'aurez... ? »

La voix d'Alma s'étrangla.

Walter fit un signe de tête affirmatif. Son débit se précipitait à mesure qu'il se persuadait que son nouveau plan était réalisable.

« Évidemment, il faudra agir vite. J'irai dans sa cabine avec un flacon de chloroforme très concentré dans ma poche. Elle sera surprise de me voir mais elle me laissera entrer. Je la jetterai à plat-ventre sur le lit — elle n'est pas de taille à me résister — et je la chloroformerai immédiatement. Lorsque je serai absolument certain qu'elle est morte, je cacherai son corps quelque part.

— Dans sa malle-cabine ! s'écria Alma, tout excitée.

— Excellente idée. Il pourra rester là jusqu'à ce qu'il fasse assez nuit pour l'expédier par le hublot. Le *Mauretania* part à midi et on sert le déjeuner à une heure. À ce moment-là, vous entrerez dans la salle à manger de première classe, vous direz au steward que vous êtes Mrs. Lydia Baranov et vous lui demanderez une table pour une personne. Il trouvera ça tout naturel.

— Et vous, que ferez-vous ?

— Je serai dans la cabine de Lydia, avec l'écriteau "Ne pas déranger" sur la porte. Ce qui importe, c'est ce que vous vous ferez. Vous devez vous faire passer pour Lydia auprès des passagers et de l'équipage. Vous pourrez déjeuner tranquillement puis aller prendre le café au salon et bavarder avec quelques autres personnes. Après vous irez faire un tour sur le pont-promenade et vous demanderez au steward qu'on vous réserve une chaise longue du côté du soleil. Veillez toujours à ce qu'on ait bien saisi votre nom. Vous pensez pouvoir y arriver ?

— Bien sûr.

— Bon. Plus tard, dans l'après-midi, vous pourrez rejoindre votre cabine. Je vous ferai entrer.

— Ça va marcher, mon chéri ! » s'écria-t-elle en l'embrassant sur la joue. Elle posa la tête sur son épaule et ajouta : « c'est d'une merveilleuse simplicité. »

Mais Walter répugnait à chanter victoire. Il continua, refusant de laisser la suite des choses au hasard.

« Je vous donnerai les clefs de la cabine pour que vous puissiez aller et venir à votre aise. Mais après ça, nous devrons nous éviter. Vous irez dîner et rentrerez tard vous coucher. D'ici là, j'aurai quitté les lieux, et le corps aussi. Je regagnerai ma cabine de deuxième classe et je vous retrouverai cinq jours plus tard, à New York. Je pense que ça marchera.

— J'en suis certaine, mon chéri.

— J'ose dire que même notre ami le docteur

Crippen aurait apprécié les mérites d'un tel plan. Personne dans la cave; pas de déguisements ridicules; et tous frais payés par la victime, ma femme providentielle», acheva Walter avec un sourire plein de modestie.

«Avez-vous pensé au nom que vous porterez à bord du *Mauretania*? demanda Alma.

— Pas encore. Il vaudrait mieux quelque chose de simple. En y réfléchissant, mon véritable nom, Brown, ferait assez bien l'affaire. Je crois connaître quelqu'un qui pourra me fabriquer un passeport... un vieil ami de mon père; s'il a toujours la main aussi sûre. J'irai le voir demain.

— Brown, ça n'a pas l'air d'un vrai nom.

— C'est pourtant le mien.

— Le docteur Crippen s'était fait appeler Robinson et ça n'avait pas l'air très convaincant non plus.

— Que suggérez-vous alors?

— Quelque chose de court et de simple, mais d'inusité... J'ai trouvé!» s'écria-t-elle en joignant les mains.

— «Dew? demanda Walter.

— Exactement. Vous avez lu dans mes pensées.

— Walter Dew. Avec l'autorisation de Scotland Yard. Cela me plaît assez, dit-il. Qui pourrait soupçonner un homme qui s'appelle Walter Dew?»

Il éclata de rire et son hilarité se communiqua à Alma. Un merveilleux coucher de soleil répandait sur toutes choses une lumière rouge, profonde et romantique.

2

Au cours de sa dernière semaine à Londres, Barbara cessa d'être naturelle. Elle devint élégante. Elle alla chez Vasco's, fit couper court ses magnifiques cheveux châtains, avec des ondulations de chaque côté, se mit de la poudre blanche sur le visage et un rouge vif sur les lèvres. Elle acheta une cape en velours et cinq robes du soir dans un magasin de Knightsbridge. Le vendredi, elle les avait déjà toutes portées et elle en acheta deux autres.

La conférence de Bertrand Russell était à l'origine de ce tournant. Barbara s'était rendue directement de la salle de conférence chez le coiffeur. Sa mère avait été stupéfaite du changement. Elle s'était versé un double cognac et avait décrété que c'était l'événement le plus marquant de leur voyage. Elle avait fait obsorver à Livy que la philosophie devait avoir du bon. Mais Livy avait une autre théorie. Il pensait que Paul Westerfield avait dû montrer plus d'intérêt pour la conférence que pour Barbara.

« Si elle court après Paul, avait dit Marjorie, elle joue un jeu très compliqué. Elle a rendez-vous cet après-midi avec un garçon du nom de Forbes. »

Forbes emmena Barbara à un thé-dansant au Café de Paris où elle rencontra Arnold qui portait monocle et était beaucoup plus amusant. Celui-ci lui offrit des gâteaux et un café glacé à la Grafton Galleries où l'on exposait des tableaux recouverts par endroits de papier de soie pour éviter aux jeunes filles comme elle de rougir. Un orchestre de jazz joua jusqu'à deux heures du matin. Arnold, en essayant de danser un one-step, donna un coup de coude à une femme qui renversa son café glacé sur le pantalon de son compagnon. Arnold utilisa le papier de soie d'un des tableaux pour réparer les dégâts. Au même moment, un jeune homme prénommé Rex déclarait à Barbara qu'elle était la plus jolie créature sur laquelle ses yeux s'étaient jamais posés.

Rex était d'un naturel passionné. Le lendemain, au Claridge, pendant le déjeuner, il la menaça de se suicider si elle ne le rendait pas heureux dans l'appartement qu'il avait réservé au premier étage. Pour la convaincre, il sortit de sa poche un revolver en argent et le posa sur la table. Barbara garda son sang-froid, ramassa l'arme et la jeta dans le seau à champagne. Arnold lui raconta plus tard que Rex était connu au Claridge pour sortir ainsi son revolver à tout bout de champ.

À deux reprises, cette semaine-là, Barbara croisa Paul Westerfield dans le hall du Savoy. La première fois, elle était en compagnie de Forbes, la seconde en compagnie d'Arnold. Ces rencontres fortuites produisirent sur Paul un effet positif. Le vendredi matin, il arrêta Barbara dans l'escalier qui conduisait à la salle à manger. Il lui déclara qu'elle avait une coiffure époustouflante et il lui demanda si elle était prise ce soir-là.

Barbara répondit qu'un ami lui avait parlé d'une soirée au Café Royal mais que cela ne la tentait pas beaucoup. C'était sa dernière soirée à Londres et elle voulait en profiter.

« Tu pars demain ? Sur le *Mauretania* ? Moi aussi ! Qu'est-ce que tu dis de ça ? Allons passer la soirée en ville.

— Que me proposes-tu ? » demanda Barbara, prudente.

Elle n'aurait pas supporté une autre conférence philosophique.

« Il y a une réception au Berkeley, avec des gens de l'ambassade américaine, des jeunes bien entendu. J'ai entendu dire qu'ils étaient assez déchaînés. On m'a invité. Tu veux venir ? »

Barbara sourit et hocha la tête. Elle avait obtenu ce qu'elle voulait. Paul l'attirait, malgré ses préventions contre les garçons sur lesquels sa mère jetait son dévolu. Elle aimait la manière dont il écoutait ce qu'elle disait. Elle aimait la façon dont il levait un sourcil plus haut que l'autre lorsque son intérêt était éveillé. Elle aimait la façon qu'il avait de traverser une pièce, comme un chat.

Avec six jours devant elle sur le *Mauretania*, Barbara pouvait se permettre une certaine désinvolture. Elle arriva avec vingt minutes de retard à leur rendez-vous, dans le hall de l'hôtel. Elle l'appela par le surnom qu'on lui donnait du temps où ils étaient étudiants. Elle voulait lui montrer qu'elle traitait les millionnaires comme n'importe qui.

La réception fut aussi délirante que promis. Le champagne coulait à flots. Une douzaine de jeunes Américains de l'ambassade et autant de leurs amis anglais mangèrent et dansèrent jusqu'après minuit, changeant sans cesse de partenaire, accouplés comme des amoureux. Lorsque le restaurant ferma, ils se transportèrent tous à la buvette de Hyde Park Corner. Les chauffeurs de taxi les laissèrent s'installer avec leurs tasses de café dans leurs voitures en stationnement où ils restèrent assis plusieurs heures.

Barbara partageait Paul avec une Anglaise prénommée Poppy. Cela paraissait tout naturel. Un bras passé autour de chacune, il leur racontait des histoires amusantes, entrecoupées de baisers. Poppy riait beaucoup. Elle se considérait comme une authentique Cockney. Elle avait une toison de boucles blondes et des yeux clairs et expressifs.

Vers trois heures du matin, ils sortirent tous des taxis et, se tenant par la main, formèrent une ronde autour d'un lampadère. Ils chantèrent *Knees up, Mother Brown* et *Auld Lang Syne* en s'embrassant à qui mieux mieux. Puis ils demandèrent aux chauffeurs de taxi de les reconduire chez eux.

Poppy, Barbara et Paul montèrent tous les trois dans une voiture. Paul demanda à Poppy où elle habitait.

« Chicksand Street », répondit-elle avec un petit rire — chacune des paroles qu'elle prononçait était ponctuée d'un gloussement — « vous n'en avez certainement jamais entendu parler. Je parie que même le chauffeur ne connaît pas cette rue. Elle se trouve au fin fond de l'East End, si vous voulez savoir.

— Parfait. Je pense que le *Savoy* est sur le chemin. Nous te déposerons en premier, Barbara. »

Barbara hocha la tête mais elle n'appréciait pas la proposition. Elle ne comprenait pas pourquoi ils ne pouvaient pas déposer Poppy d'abord et revenir ensemble au *Savoy* puisqu'il n'était pas supposé passer la nuit avec elle. Mais elle se retint d'élever une objection. Elle sourit à Poppy, en espérant que ses gloussements stupides et son accent ridicule ennuieraient Paul à mourir.

« Et toi, Paul ? demanda Poppy en lui redressant sa cravate blanche. Quel est ton hôtel, mon amour ?

— Le *Savoy* également. »

Encore un gloussement.

« Saperlipopette ! Je ne savais pas que c'était sérieux entre vous.

— Nous ne logeons pas au même étage, dit Barbara. C'est une simple coïncidence.

— Ah, oui ? fit Poppy, secouée de rire.

— Oui », répondit Paul, un peu énervé.

Il ordonna au chauffeur de les conduire au *Savoy* puis à Chicksand Street.

« Il n'y a pas de raison de t'obliger à ce long détour alors qu'il est déjà si tard, dit-il à Barbara. Il faut se lever de bonne heure demain.

— Bien sûr », répondit Barbara qui essaya de se montrer magnanime en pensant aux cinq jours à venir sur le *Mauretania*.

Tandis qu'ils remontaient le Strand, Paul l'embrassa doucement sur les lèvres. Puis il la prit par la nuque et l'embrassa plus fort.

« C'est terminé, on dirait, mes petits anges, déclara Poppy alors que le chasseur du *Savoy* ouvrait la porte du taxi.

— Merci, Paul, dit Barbara. C'était formidable. Ça m'a beaucoup plu.

— J'imagine que je te verrai sur le bateau... »

Comme le taxi s'éloignait Barbara vit Poppy agiter la main derrière la vitre.

3

« Lydia, le taxi est là !

— Déjà ? Qu'il attende.

— Il est huit heures, dit Walter.

— Il ne faut pas une heure pour aller à Waterloo. Pourquoi as-tu appelé ce maudit type si tôt ? Le train est à neuf heures. Tu es si pressé de me voir partir ? »

Elle le demandait sans méchanceté. Elle avait épuisé sa fureur deux jours auparavant, lorsque Walter lui avait froidement annoncé qu'il avait décidé de ne pas aller en Amérique. Elle lui avait lancé un bol de soupe aux lentilles à la figure. Puis la moutarde et un pot de cranberry sauce. Elle l'avait insulté devant Sylvia. Cependant, après mûre réflexion, elle avait vu la situation sous un autre jour. Walter n'aurait été qu'un poids mort en Amérique. Il était beaucoup trop terne pour Hollywood. En tant qu'impresario, il n'aurait impressionné personne. Elle prendrait à sa place un jeune Américain plein d'initiative.

Bien sûr, la perspective d'aller seule jusqu'à Hollywood n'était pas très exaltante, mais elle avait déjà survécu à de longs et ennuyeux voyages. Les artistes ne cessaient de faire et défaire leurs malles, et de prendre le train pour des destinations lointaines. Cela lui donnerait quelque chose à raconter aux journalistes qui viendraient l'interviewer.

Quant à Walter, cet égoïste, cet ingrat, il découvrirait bientôt à quoi ressemblait la vie sans la protection d'une femme généreuse et dévouée. Son cabinet était vendu et il avait jusqu'à lundi pour déménager ses affaires de la maison. Ce qu'il ferait pour trouver de l'argent et se loger restait un mystère. Il espérait peut-être que sa bonne amie allait l'entretenir? Compte là-dessus!

Du seuil de la porte, il lui demanda:

« Tu veux que je descende quelque chose, ma chérie? »

Inoffensif jusqu'au bout. Même avec son plus beau costume plein de soupe aux lentilles et de cranberry sauce, il avait continué l'autre soir à s'excuser d'avoir changé d'avis au sujet de l'Amérique.

« Tu peux descendre ma valise, si tu y tiens. Dis au chauffeur que j'arrive tout de suite. »

Les malles, avec la plus grande partie de ses vêtements, avaient été expédiées mardi et devaient se trouver maintenant à bord du bateau.

Elle jeta un regard autour d'elle et fut prise d'une joie soudaine. Elle quittait tout ça à jamais. Quel soulagement de troquer cette Angleterre bornée, où le talent n'était plus reconnu, pour le Nouveau Monde et les opportunités qu'il offrait!

Walter l'attendait au pied de l'escalier.

« Tu as pris ton billet? Ton passeport?

— Bien sûr.

— Ton argent?

— Je ne suis pas une enfant, Walter. Lorsque tu auras une adresse fixe, n'oublie pas de me l'envoyer aux bons soins de la banque de

Californie. Mais ne sois pas assez malavisé pour me réclamer de l'argent. Puisque tu as choisi l'indépendance, en ce qui me concerne, tout est dit. Ce qui ne signifie pas que je t'accorderai le divorce. Comme tu sais, je ne suis pas vieux-jeu, mais je n'ai pas l'intention de m'embarrasser de tout ça juste pour te permettre de légitimer tes sordides relations avec la femme qui m'a téléphoné.

— Je n'ai rien commis de malhonnête, Lydia, je t'assure, répondit Walter, l'air choqué.

— Au revoir, Walter.

— Au revoir.

— Tu ne me souhaites même pas bon voyage ?

— Je n'y ai pas pensé. Excuse-moi. »

Lydia monta dans son taxi. Voilà le souvenir qu'elle garderait de Walter, celui d'un homme s'excusant toujours. Le beau dentiste à la mode, idolâtré par ses patients, sûr de lui et rassurant, n'était dans la vie privée qu'un toutou. Jusqu'à la dernière minute, elle avait mi-attendu, mi-espéré qu'en le harcelant il finirait par montrer les dents et par mordre en retour, mais il était trop tard maintenant.

4

Livy Cordell aimait le port de Southampton. Il aimait l'instant où, dans un nuage de fumée, le train pénétrait sous la verrière qui longeait le navire et où, tirant sur la lanière de cuir pour ouvrir la fenêtre, on respirait sa première bouffée d'air salé mêlé à la poussière de charbon de la locomotive. Cela lui rappelait le passé, lorsque, faisant son chemin dans le monde, il avait traversé l'Atlantique plus d'une douzaine de fois, d'abord en troisième classe puis, les bénéfices augmentant, en seconde classe. Cette fois, il voyageait en première. Il avait pris le petit déjeuner avec ses femmes dans le train, lequel était parti à neuf heures, une heure et demie après celui des passagers de troisième classe.

Un porteur les avait aidés à descendre et avait chargé leurs bagages sur un chariot. Passeports et billets avaient été contrôlés dans le train. De tous côtés, on entendait l'accent américain. Pour beaucoup, c'était la fin des vacances en Europe. L'orchestre du *Mauretania*, rassemblé sur le quai, jouait des marches militaires pour leur redonner le moral.

Livy sortit ses cartes d'embarquement. Au loin, il aperçut un visage connu.

« Dites, n'est-ce pas le jeune Westerfield ?

— Paul ? demanda Barbara avec un intérêt non déguisé. Où ça ?

— Là-bas. Il porte un canotier.

— Je ne vois rien.

— Le voilà ! s'exclama Marjorie. Il a quitté la queue. Il vient vers nous.

— Eh bien, c'est vraiment gentil, dit Livy. Vous pensez qu'il nous a vus ? »

Le ton de voix de Marjorie changea brusquement.

« Je ne pense pas, mon chéri. »

Barbara avait violemment rougi.

Paul Westerfield était en compagnie d'une très jolie fille, vêtue d'une robe en crêpe de chine doré, en accord parfait avec ses boucles blondes et son chapeau blanc, mais qui paraissait plutôt déplacée sur un embarcadère au milieu de la matinée. Elle n'en avait cure. Tenant le bras de Paul de sa main gantée de blanc, elle lui parlait, tournée vers lui et oublieuse du reste du monde. Mais l'expression de Paul indiquait assez qu'il avait remarqué les Cordell. Après un instant d'hésitation, il se dirigea vers eux. Il murmura quelque chose à Poppy qui tourna la tête et jeta d'abord sur Barbara un regard éteint. Mais soudain, son visage s'éclaira d'un sourire radieux.

« Quelle surprise ! Hello, Barbara. Comment va votre tête ce matin ?

— Comment allez-vous tous les deux ? répliqua Barbara d'un ton égal. Mère, Livy, je vous présente Poppy. Nous nous sommes rencontrées hier soir. Vous connaissez déjà Paul.

— Bien sûr, dit Livy. Enchanté de faire votre connaissance, Poppy. »

Ils échangèrent une poignée de main. Marjorie se contenta d'un signe de tête, qu'elle accompagna d'un sourire ambigu.

« Poppy est venue jusqu'ici pour me faire ses adieux, dit Paul en essayant de toute évidence de paraître naturel. On vient de nous dire que les visiteurs doivent prendre une autre passerelle.

— Là-bas, déclara Livy. J'ai vu la pancarte.

— Merci. Eh bien... je pense que je vous verrai plus tard, les amis.

— Bye-bye ! » dit Poppy.

Ils s'éloignèrent et Poppy reprit Paul par le bras. Livy se tourna vers Barbara.

« D'ici, tu ne peux voir qu'une partie de la coque du bateau. N'oublie pas de la regarder lorsque tu seras sur la passerelle. Elle est d'une taille absolument incroyable. Et tu ne la reverras plus avant notre arrivée à New York. »

C'était une tentative cousue de fil blanc, mais il fallait bien que quelqu'un s'efforce de meubler la conversation pour détourner l'attention de Barbara. Il était lui-même très embêté.

« Je veux simplement monter à bord et boire un grand gin, dit Marjorie. Et toi, Barbara ? »

Plus en avant dans la queue, Lydia Baranov franchit la passerelle et monta à bord du *Mauretania*. Un porteur la suivait avec sa valise. Au poste de contrôle, on compara sa carte d'embarquement avec la liste des passagers.

« Vous voyagez seule, Mrs. Baranov ?

— Oui, mon mari a dû annuler son voyage.

— C'est regrettable, mais j'espère que la traversée vous sera tout de même agréable, dit l'adjoint du commissaire de bord qui se tourna vers une rangée de garçons de cabine en uniforme bleu : la cabine 89 pour Mrs. Baranov ! »

Le premier garçon sortit du rang et prit la clef.

« Par ici, madame, s'il vous plaît. »

À la façon d'un vieux loup de mer, il se fraya un chemin à travers la foule qui encombrait le pont, suivi de Lydia et du porteur. Une petite tape par-ci, un petit mot par-là, et les gens s'écartaient obligeamment. Au fur et à mesure qu'il franchissait les obstacles, comme au golf ou comme un militaire en tête de son peloton, le garçon lui indiquait les périls du doigt, sans se retourner. Il pénétra dans un corridor aux parois lambrissées de merisier. Il y avait partout des groupes de passagers et de visiteurs, bavardant, pleurant, s'embrassant, agités et bruyants, tandis que porteurs, stewards, vendeurs de journaux et marchands de fleurs ne cessaient d'aller et de venir. Lydia s'arrêta pour acheter le *Daily Mail* et faillit perdre son garçon de cabine.

Le numéro 89 se trouvait en bas d'une volée d'escalier, à l'extrémité d'un autre couloir. Le garçon ouvrit la porte et alla tirer les rideaux tandis que Lydia donnait un pourboire au porteur.

« J'ai deux hublots, remarqua-t-elle. Ce sera très agréable. De quel côté du bateau sommes-nous ?

— À bâbord, madame. Nous sommes sur le pont D, appelé aussi pont supérieur. Pour aller à la salle à manger de première classe, vous n'avez qu'à marcher tout droit après la porte qui se trouve au bout du couloir. Voulez-vous que j'ouvre un hublot ?

— Oui, merci. Quelle heure est-il ?

— Environ onze heures et demie, madame. Le déjeuner est servi à une heure.

— Je ne déjeunerai pas. Je vais défaire mes bagages et lire tranquillement mon journal. Veillez à ce que je ne sois pas dérangée. »

Elle lui donna un shilling et, restée seule, alla regarder par le hublot ; mais elle ne vit rien d'autre que le sommet d'une grue. La cabine semblait occuper une situation très élevée dans le bateau. Elle n'avait pas imaginé le *Maureta-*

nia aussi grand. Elle se retourna et s'aperçut que sa malle-cabine avait déjà été déposée à côté de la commode. C'était un souci de moins.

Tout compte fait, ce n'était pas un endroit désagréable pour passer cinq jours. Elle alla inspecter la salle de bain. Elle se trouvait du côté le plus étroit, mais elle était luxueuse, tout en marbre blanc. Le mobilier de la pièce principale se composait d'une commode, d'un fauteuil, d'une coiffeuse, d'une console de toilette, d'un secrétaire et d'une petite table ronde supportant un vase rempli de roses. Le lit semblait confortable. Sur le côté opposé au mur, il y avait une planche de bois où le passager pouvait trouver refuge en cas de roulis.

Il restait encore une demi-heure avant le départ.

Elle était décidée à ne pas souffrir de sa solitude. Elle vivait le début d'une grande aventure et il aurait été ridicule de broyer du noir maintenant. Elle ouvrit sa malle et commença à sortir toutes les belles choses qu'elle s'était achetées pour les porter pendant la traversée.

5

« Tu sais, ce ne serait pas permis à New York, dit Paul à Poppy alors qu'ils étaient assis ensemble au fumoir, sirotant du xérès.

— Quoi ? Des femmes au fumoir ? Mince alors ! Moi qui croyais que c'était nous qui étions démodés !

— Non. Ça ! dit-il en levant son verre de xérès. La prohibition ! À l'aller, nous n'avons pas été autorisés à boire une goutte d'alcool avant que le bateau n'ait franchi la limite des douze milles réglementaires. Après, tu aurais dû voir la ruée vers le bar ! »

Poppy gloussa.

« Je croyais que les Yankees voyageaient sur les navires britanniques parce que la nourriture y est meilleure !

— Maintenant tu sais pourquoi. Représente-toi cinq jours à bord d'un bateau comme le *Leviathan* sans une goutte d'alcool... »

L'attention attirée soudain par une autre table, il reprit : « Tu sais qui je vois ? Barbara et ses parents... »

Ce n'était pas fait pour plaire à Poppy. Elle avait une mission à accomplir avant de quitter le bateau et il lui fallait Paul pour elle seule.

« Laisse tomber, répondit-elle. Ils ne nous ont pas vus.

— Je pourrais leur offrir un verre. J'ai été un

peu gêné de les rencontrer sur l'embarcadère. Tu en veux un autre, Poppy?

— J'ai mal à la tête. Il y a trop de fumée ici. Allons sur le pont.

— Comme tu voudras. Je vais demander à Barbara de venir avec nous. La pauvre... se trouver coincée avec ses parents... »

Poppy jura intérieurement en voyant Paul aller à la rencontre des Cordell. Tout s'était si bien passé jusqu'à présent! Il lui fallait ce bonhomme quelques minutes encore. Barbara pourrait ensuite en faire ses choux gras si ça lui chantait.

Elle s'arrêta à un mètre ou deux de la table des Cordell, au moment où la mère de Barbara disait :

« Vas-y ma chérie. Ne te crois pas obligée de rester avec nous. Vous autres, les jeunes, vous avez beaucoup plus de choses en commun. »

Barbara se leva comme à contrecœur. Paul prit une fille de chaque côté.

« Montons faire un tour au café Véranda, suggéra Poppy.

— Je croyais que tu ne te sentais pas bien? demanda Paul.

— Ça ira. On danse là-haut.

— Comment le savez-vous? » demanda Barbara.

Poppy le savait parce que Jack le lui avait dit lorsqu'ils avaient parlé de ça pour la première fois, dans sa belle maison près de Hyde Park. Jack savait tout ce qu'il y avait à savoir sur le *Mauretania*. Il possédait un plan de toutes les cabines à tous les niveaux, et la liste des passagers sur laquelle figurait le nom de Paul Westerfield.

« J'en ai entendu parler », répondit Poppy.

Le Véranda était une copie de l'orangerie de

Hampton Court. Grâce à ses larges baies et à sa verrière, c'était la seule pièce du bateau qui pouvait se passer de lumière artificielle. Elle était décorée de palmiers et de grandes corbeilles de fleurs aux couleurs vives. Des chaises en osier entouraient de petites tables. Dans un carré demeuré libre sur le sol, des couples traînaient les pieds au son d'un concertina.

« Allons, Paul, tu ne vas pas inviter l'une de nous deux à danser ? » demanda Poppy.

Paul parut gêné, mais Barbara intervint :

« Allez-y, vous deux. il ne vous reste pas beaucoup de temps. Je vais m'asseoir ici et vous regarder. »

Bien qu'elle ait fait cette proposition de bonne grâce, elle avait quand même l'air de regretter que sa mère ne l'ait pas retenue. Elle ne pouvait ni s'en aller, ni rester dignement à les regarder danser. Elle prit place à une table inoccupée au bord de la piste, et posa sur Paul et Poppy un œil vide d'expression.

Poppy faisait lentement, guidée par Paul, le tour du carré. À l'un des angles, elle aperçut une chevelure couleur de miel, plaquée en arrière. Jack était là comme convenu, prêt pour l'escamotage. Cette fois, Poppy se sentit vraiment mal car Barbara suivait du regard chacun de leurs mouvements. Il aurait été complètement idiot d'essayer de lui faire les poches sous ses yeux. Poppy connaissait bien l'art du vol à la tire. Il y avait toujours un risque. Mais sous le regard perçant de Barbara, c'était sans espoir. Il fallait imaginer autre chose.

Un bruit plus strident vint couvrir le son du concertina.

« Dommage, dit Paul. C'est le gong pour les visiteurs, je suppose. »

Poppy pressa ses hanches contre les siennes et

y ajouta encore un petit trémoussement. Paul y répondit.

« Je pourrais voyager clandestinement...

— Dans ma cabine, hein ? fit Paul en souriant.

— Pourquoi pas ? Je ne prendrais pas beaucoup de place.

— On découvre toujours les voyageurs clandestins. Tu te ferais pincer diablement vite, Poppy. La belle aux boucles blondes. »

Elle eut un petit sourire sournois :

« C'est moins voyant que des cheveux châtains... Pourquoi devrais-je te laisser à elle ?

— Barbara est une simple camarade de classe.

— Elle ne considère pas les choses de cette façon... Et puis après, que m'arriverait-il si j'étais prise ? Est-ce qu'on me ferait laver le pont ? »

La musique s'arrêta. Un jeune homme avait pénétré dans la salle et frappait sur un gong en criant :

« À terre tous ceux qui doivent rester à terre ! »

La situation tournait au cauchemar pour Poppy. En reprenant sa place à table, elle jeta un coup d'œil à Jack. Son visage était de pierre. Elle pinça les lèvres pour essayer de lui faire comprendre que les choses allaient mal. Jack ne lui accorda pas la moindre lueur de compréhension. C'était plus douloureux qu'une explosion de colère.

Le joueur de concertina saluait le public.

« Je vais vous dire au revoir maintenant, Poppy, dit Barbara. Paul va vouloir vous raccompagner et il faut que j'aille à ma cabine défaire mes bagages avant le déjeuner. C'était très amusant, n'est-ce pas ? Salut, Poppy ! »

Poppy lui en fut si reconnaissante qu'elle faillit l'embrasser. Elle la regarda s'éloigner et se tourna vers Paul :

« Il nous reste au moins dix minutes, mon chéri. Allons nous faire nos adieux en privé. »

En passant devant sa table, elle évita le regard de Jack. Elle lui fit comprendre d'un signe de tête que l'affaire n'était pas désespérée.

6

Dans la cabine de seconde classe 377, Alma entendit le gong. Elle frissonna et fit semblant de changer de position pour justifier son mouvement involontaire.

« Il n'y a vraiment pas de quoi s'énerver, dit Walter sur le ton qu'il utilisait avec ses patients. Ça va marcher, j'en suis sûr. Personne ne m'a posé de questions quand j'ai montré mon passeport dans le train. Je suis Walter Dew. Et tout le monde pensera que vous êtes Lydia Baranov. Il n'y a aucune raison d'en douter, ma chérie.

— Bien sûr. Et j'ai le rôle le plus facile », fit-elle en essayant de sourire.

Il lui répondit par un autre sourire, tout à fait sincère et naturel.

« Le mien n'est pas difficile non plus. Ce ne sera pas la première fois que j'administre du chloroforme. Le seul problème, avec l'anesthésie, c'est que cela peut être dangereux pour le patient. Mais, dans le cas présent, c'est sans importance.

— Elle ne souffrira pas, n'est-ce pas ?

— Pas du tout. Ce sera fini très vite. »

Depuis cette soirée à Richmond où ils avaient mis au point la manière de faire disparaître Lydia sans laisser de trace, Alma avait noté un changement dans le comportement de Walter. Il n'était plus aussi hésitant. Il avait l'air plus décidé, plus sûr de lui. Il souriait plus souvent. La perspective d'être libéré de Lydia avait fait de lui un autre homme.

Alma attrapa son sac.

« J'ai préparé quelques sandwiches pour vous, puisque vous ne pourrez pas déjeuner.

— Quelle gentille attention... Tomate et laitue, dit-il en ouvrant le paquet. Vous ne pouviez pas choisir mieux. »

Alma sortit un autre paquet de son sac.

« Et aussi du gâteau au chocolat.

— Mon préféré. C'est vous qui l'avez fait ?

— J'avais besoin de m'occuper l'esprit. C'est idiot. Je ne comprends pas pourquoi je suis si nerveuse alors que vous êtes parfaitement calme.

— C'est une question de discipline et de mise au point. Je sais exactement ce que j'ai à faire. Ces sandwiches sont excellents. Vous en voulez un ? »

Elle secoua la tête.

« J'aurai déjà assez de mal à trouver de l'appétit pour le déjeuner. »

Walter haussa légèrement les épaules.

« Si un repas complet vous fait peur, commandez quelque chose de léger. Ne vous laissez pas impressionner par les serveurs. N'oubliez pas qu'ils sont là pour vous servir et non pour vous espionner. Mais vous feriez bien de ne pas perdre de poids sinon les vêtements de Lydia ne vous iront pas. »

Alma réussit à lui adresser un sourire de gratitude pour cette tentative de lui faire penser à autre chose qu'aux prochaines minutes à venir.

« J'ai apporté quelques affaires personnelles dans ce sac. Il y a une aiguille et du fil au cas où je devrais procéder à des retouches, mais je pense que ma taille est la même que la sienne.

— Mais vos goûts sont différents. Lydia aime les vêtements voyants. Leur côté théâtral. Au fait, ma chère, votre robe est parfaite. On ne peut pas ne pas la remarquer. »

Alma le remercia. Elle avait choisi ce qu'elle avait de plus coloré, une robe à manches courtes en crêpe georgette rouge et blanc. Et elle portait un chapeau de paille blanc, orné d'un ruban rouge, assorti.

« Ce collier est un cadeau de Mrs. Maxwell pour mon départ.

— Il est très beau. Quelle raison lui avez-vous finalement donnée ? »

Alma sourit.

« Je lui ai dit que j'allais à Paris pour apprendre la peinture. Elle a trouvé que c'était très imprudent de ma part. Comme d'ailleurs les personnes qui ont loué ma maison. Ils ne seront pas le moins du monde surpris en ne me voyant pas revenir. Le directeur de la banque m'a même mise en garde contre la traite des blanches.

— D'où tire-t-il son expérience ? demanda Walter en souriant. Vous devez les avoir convaincus, Alma. »

Avant qu'elle n'ait eu le temps de répondre, la cabine se mit à vibrer sous l'effet d'un bruit assourdissant.

« C'est la sirène du bateau, dit Walter. N'est-ce pas merveilleux à entendre ?

— Nous bougeons ?

— Cela ne va pas tarder. »

Elle se leva et lui tendit les bras. Il la serra contre lui.

« N'y allez pas encore, murmura-t-elle.

— C'est entendu, je peux attendre encore un peu. J'irai dans sa cabine quand tout le monde sera à table. Comme elle craint le mal de mer, je lui ai conseillé de ne pas déjeuner. »

7

C'était le devoir du commandant en second de veiller au débarquement sur l'ultime passerelle. Les visiteurs avaient regagné la terre ferme et attendaient par centaines sur le quai, criant et faisant des signes aux passagers assemblés derrière les bastingages. Les derniers membres du personnel à terre quittèrent le bateau. La sirène résonna, les officiers de surveillance et de navigation se rendirent à leurs postes. Le commandant s'avança.

Le commandant Arthur H. Rostron était un homme aux cheveux argentés, plutôt frêle et rasé de près. On aurait pu le prendre pour un boutiquier n'étaient sa peau après tant d'années passées en mer et ses yeux à demi fermés à force de scruter l'horizon. Il avait pris le commandement du *Mauretania* en 1915. À cette époque, son nom était déjà légendaire au sein de la compagnie Cunard. Par une nuit horriblement froide de l'année 1912, alors qu'il commandait le *Carpathia*, il avait reçu un radiogramme d'un navire en détresse. D'autres bateaux étaient plus proches mais Arthur Rostron avait changé sa route et lancé le *Carpathia* à toute vapeur vers le lieu du drame, à soixante milles de là. Il avait fait progresser le bâtiment à une vitesse que personne n'aurait crue possible dans ces eaux périlleuses semées d'icebergs. Il avait sauvé sept cents survivants du *Titanic*.

Le commandant regarda, en bas, l'officier en second qui, devant la passerelle de débarquement, tendait le cou pour apercevoir le signal de la passerelle de commandement. Le commandant leva la main puis l'abaissa. Il était exactement midi. On détacha du navire la dernière passerelle et on lâcha les amarres de l'avant à l'arrière. Sous la traction des remorqueurs, les haussières fixées à la poupe du navire se tendirent et le *Mauretania* commença à s'écarter du quai. Le commissaire maritime en chef, coiffé d'un chapeau melon, surveillait les hommes à terre. Ils suivirent du regard le grand bateau jusqu'au moment où on lâcha la dernière amarre.

Progressivement, les remorqueurs tiraient le paquebot vers le chenal où ils pourraient le faire virer. Le pilote du port avait pris le gouvernail. Les remorqueurs commencèrent à faire pivoter le navire. Moins de cinq minutes après, son avant pointait vers le large. Les remorqueurs larguèrent alors les amarres du paquebot.

« Actionnez la sirène », ordonna le commandant Rostron.

Le *Mauretania* était sur sa route, via Cherbourg, pour y embarquer d'autres passagers avant de mettre le cap sur New York.

Sous la direction du capitaine d'armes, on se mit immédiatement à la recherche des passagers clandestins. On fouilla les endroits habituels : les chaloupes de sauvetage, les soutes, la salle des machines, la blanchisserie et les cuisines. C'était une fouille symbolique, pour satisfaire au règlement de la compagnie. Personne n'ignorait qu'à cette étape du voyage, les passagers clandestins doués d'un minimum de bon sens se mêlaient aux passagers réguliers. On ne trouva donc ni Alma, qui essayait de garder son calme dans la cabine de Walter, ni Poppy, blottie dans les bras de Paul.

8

Lydia était occupée à défaire ses bagages lorsqu'elle sentit le bateau bouger. Elle alla regarder par le hublot. La grue avait disparu. Elle ne voyait que les mouettes qui se découpaient sur le ciel bleu. Elles battaient des ailes et, pourtant, elles paraissaient ne pas progresser quand l'une d'elles s'éleva brusquement au-dessus des autres, comme suspendue à un fil invisible. Et elle poussa un cri pour célébrer son triomphe. Lydia frémit d'excitation.

Elle retourna à son travail. Certains de ses vêtements avaient besoin d'être repassés. Elle en parlerait au steward plus tard. Pour l'instant, elle était contente de passer tranquillement une heure ou deux dans sa cabine. Pour quelle raison serait-elle restée sur le pont à regarder disparaître l'Angleterre ? L'Angleterre ne l'avait pas appréciée à sa juste valeur. Mais, dans cinq jours, elle serait appuyée au bastingage avec les autres pour apercevoir dès le premier instant l'Amérique.

Le bateau parut s'immobiliser une minute puis, de nouveau, le son fracassant de la sirène retentit. Les moteurs repartirent en force et Lydia en ressentit les vibrations à travers ses chaussures. Ce n'était pas très gênant, mais elle décida de rester assise sur son lit en attendant de s'habituer à cette impression nouvelle. L'idée du mal de mer lui faisait horreur. Walter avait raison. Il était plus raisonnable de ne pas aller déjeuner. Pauvre Walter, si réfléchi, si peu aventureux ! Elle prit son journal et chassa Walter de son esprit.

Lydia n'avait pas besoin de craindre le mal de mer. Il fallait au moins une heure avant que le tangage et le roulis d'un grand navire ne détruisent l'équilibre de l'oreille interne.

Il ne lui restait plus autant de temps.

9

Les simples faits auraient pu faire croire que Poppy voulait se payer la tête de Paul Westerfield, mais ce n'était pas le cas. Elle avait une mission à remplir et elle s'y employait de son mieux. Elle n'avait pas été payée pour lui accorder ses faveurs. Elle voulait bien lui permettre quelques familiarités pour faciliter le travail, mais c'était tout. C'est ainsi que, la veille, lorsqu'il l'avait raccompagnée, elle lui avait offert une tasse de thé et un baiser sur le canapé en crin de cheval du petit salon. Elle avait passé le reste de la nuit au premier avec sa sœur Rose. À six heures du matin, lorsque Rose, selon son habitude, était descendue regarder les laitiers atteler leurs chevaux, elle avait trouvé un inconnu endormi dans la maison. Elle avait couru en informer Poppy, laquelle n'avait pas menti en répondant qu'il s'agissait d'un millionnaire américain qui avait préféré coucher ici plutôt qu'au *Savoy*. Poppy s'était rendormie pour une heure. Peu après sept heures, elle avait enfilé sa robe en crêpe de chine, noué un tablier autour de sa taille et préparé des saucisses pour deux personnes. Vers huit heures, ils étaient arrivés au *Savoy* pour prendre les bagages de Paul et, à neuf heures, ils se trouvaient dans le train.

Si Paul avait envisagé des ébats plus poussés

dans sa cabine, ils lui furent refusés. Poppy n'avait qu'un but: subtiliser le portefeuille de la poche de son blazer. Elle avait pour instruction de le prendre et de le remettre à Jack. Elle avait laissé passer la première occasion. Elle ne pouvait se permettre de manquer la seconde.

Elle lui autorisa assez de baisers pour ne pas éveiller les soupçons. Ce n'était pas Casanova, mais c'était supportable. Vingt minutes, peut-être, s'étaient écoulées lorsqu'il défit, dans son dos, la première agrafe de sa robe.

« Oh, Mon Dieu ! Je crois que nous bougeons, s'écria-t-elle avec effroi.

— Quoi ! s'exclama Paul en retirant brusquement sa main.

— Fichu bateau... Je le sens ! Oh non ! Je suis coincée... Je ne voulais pas voyager clandestinement.

— Ne te fais pas de soucis. »

Elle s'assit sur le lit.

« Et il me dit de ne pas me faire de soucis !

— Je veux dire que je peux payer.

— Payer quoi ? Je ne veux pas aller en Amérique. C'est ton pays, pas le mien.

— Tu pourras descendre à Cherbourg. On s'y arrête pour prendre d'autres passagers.

— Cherbourg ? Pour l'amour du ciel, où est-ce ? »

Jack le lui avait dit, bien sûr, mais elle s'amusait maintenant.

« En France. Tu pourras y passer la nuit et être de retour demain. Je paierai. Je te donnerai deux cents dollars.

— J'aurai besoin d'argent français.

— Tu n'auras qu'à aller au bureau de change.

— Qu'est-ce que c'est ? Je ne parle pas français.

— Bon. Je vais demander des francs au commissaire de bord.

— Paul, j'ai peur.

— Il n'y a pas de quoi. Je vais tout arranger.

— Je peux utiliser la salle de bain ?

— Oui, bien sûr. Vas-y. »

C'était un rêve, cette salle de bain d'un blanc immaculé avec ses chromes étincelants. Beaucoup mieux qu'une bassine dans la cuisine ! Poppy poussa le verrou et ouvrit les robinets de la baignoire. Elle se dévêtit et essaya le peignoir suspendu à la porte. Elle prit des poses devant le miroir. Elle tâta l'eau avec ses doigts de pied. Elle laissa tomber le peignoir sur le sol et entra dans la baignoire. Elle découvrit qu'elle pouvait s'y étendre avec de l'eau jusqu'au menton, les jambes allongées comme dans son lit.

Au bout d'un moment, Paul lui cria :

« Ça va bien là-dedans, Poppy ?

— Très bien, mon chou. Et toi ?

— Il y a déjà longtemps que tu es là. Je ne pensais pas que tu avais l'intention de prendre un bain.

— Je t'ai demandé la permission, n'est-ce pas ? J'aime prendre un bain chaque fois que j'en ai la possibilité. »

Elle prolongea son plaisir quelques minutes encore.

Lorsqu'elle sortit de la salle de bain, elle était de nouveau complètement habillée.

« Je t'ai laissé l'eau, dit-elle. Elle est encore très bonne.

— Pour moi ?

— Tu ne veux pas te débarrasser de cette odeur de train ? Leurs wagons sont peut-être confortables, mais ils vous laissent toujours tout puants. Sans vouloir te blesser, mon cœur.

— Je ne m'en rendais pas compte... »

Elle l'avait troublé. C'était le moment de se mettre au travail. Elle se colla contre lui et lui passa son bras droit autour de la taille, sous sa veste. Elle lui gratta le dos avec l'ongle et dit :

« Tu serais surpris de ce qu'on peut ramasser dans leurs compartiments de première classe. »

En même temps, de la main gauche, elle sortait doucement le portefeuille de sa poche intérieure, le laissait tomber sur le lit et poussait Paul vers la salle de bain. Il n'avait rien remarqué.

« Dépêche-toi », dit-elle en fermant la porte.

Elle cacha le portefeuille sous le couvre-lit et attendit. Elle l'entendit vider la baignoire, la remplir de nouveau, puis entrer dans l'eau. Elle s'empara alors du portefeuille, ouvrit la porte de la cabine et jeta un coup d'œil à l'extérieur. Jack était au bout du couloir, fumant une cigarette. Il attendit que le steward qui passait se fût éloigné puis il avança tranquillement et attrapa le portefeuille au passage. Ils n'échangèrent pas une parole. Poppy ferma doucement la porte. Peu après, elle bondissait comme un chat ébouillanté en entendant le signal du déjeuner.

« Oui, madame. Quel est votre nom ? demanda le maître d'hôtel.

— Baranov. Mrs. Lydia Baranov. »

Le maître d'hôtel fit courir son doigt le long de la liste des passagers de première classe.

« Ah oui ! Une table pour une personne, Mrs. Baranov ?

— S'il vous plaît », répondit Alma.

Le maître d'hôtel claqua des doigts pour appeler un serveur.

« Le numéro quarante et un pour Mrs. Baranov. Je vous souhaite bon appétit, madame. »

Alma fit un discret signe de tête et suivit le garçon. Ils descendirent quelques marches puis suivirent un long et large tapis jusqu'à l'extrémité d'une immense salle à manger, réputée être la plus extraordinaire et la plus somptueuse de toutes celles qui pouvaient cxister, aussi bien sur mer que sur terre. Sur deux niveaux, elle était richement décorée de panneaux sculptés dans le style de la Renaissance. Son plafond, également très ornementé, était incroyablement haut.

Alma avait à l'esprit les recommandations de Walter : « Ne soyez pas intimidée ; Lydia ne le serait pas. Peu importe les bévues que vous pourrez commettre aussi longtemps que vous entrerez la tête haute, décidée à être traitée en grande dame. » Walter était solide comme un roc. Il n'avait montré aucun signe de nervosité. Il comptait sur elle pour se tirer de son rôle avec succès. Elle n'avait pas le droit de le décevoir.

Un autre steward lui présenta la carte. Elle était rédigée en plusieurs langues. Avaler le moindre de ses plats était encore au dessus de ses forces. Elle resta calme.

« Je voudrais simplement une salade, sans viande ni rien d'autre, dit-elle. Vous pouvez m'arranger ça ?

— Certainement, madame. »

Le sommelier approcha. Alma le renvoya du geste. Elle avait besoin de garder la tête claire, cet après-midi.

On lui servit sa salade. Elle commença à manger. Elle se versa de l'eau, la main tremblante, et en renversa un peu. Elle regarda la nappe blanche s'assombrir là où le liquide pénétrait dans ses fibres. Vivante image d'un tampon de chloroforme... « Plaise à Dieu, pensat-elle, que tout se termine rapidement. » Elle posa la carafe d'eau sur la tache et se força à mâcher quelques feuilles de laitue. Elle essaya de se représenter New York.

Un sentiment d'immense soulagement l'envahit. La tension insupportable qu'elle avait subie s'estompait. Elle regarda la pendule au-dessus de la table du maître d'hôtel. Il était une heure quinze. Lydia était certainement morte.

10

Vue de l'arrière du *Mauretania*, l'Angleterre se réduisait à une masse confuse et grise entre la mer et le ciel. Au-delà du phare de Nab Tower, un léger croissant de vapeur indiquait la progression du bateau vers la terre ferme. Dans la timonerie, le commandant Rostron braquait ses jumelles en direction de la France. La Manche était calme en cette fin d'été et la visibilité était bonne. Le premier maître et ses adjoints étaient de quart avec le commandant. En vérité, rien ne le retenait là. Il était libre de descendre prendre un déjeuner tardif avec les passagers de première classe. Toutefois, il n'en faisait rien.

« Savez-vous que tout passager d'un navire a trois côtés ? » demanda-t-il à la cantonade.

Personne ne répondit.

« Quelqu'un peut-il me les nommer ? Vous, lieutenant ?

— Non, monsieur. Je l'ignore.

— Vraiment ? Je croyais vous l'avoir déjà dit. Sur un paquebot, les trois côtés d'un passager sont : bâbord, tribord et rang social. Sur ce navire, j'assume l'entière responsabilité des deux premiers. Je compte sur vous et les autres officiers pour me décharger un peu du troisième.

— Oui, monsieur.

— Si nous pouvons nous fier à la liste des

passagers, nous aurons une traversée sans problème. Nous n'avons ni prima donna, ni boxeurs, ni politiciens. Juste le bataillon habituel des millionnaires. Soyez patients avec eux, messieurs. S'ils vous posent des questions — et ils le feront — sur les serpents de mer, les sirènes et le mystère de la *Mary Celeste*, donnez des réponses brèves, exactes et polies. Lorsqu'ils soulèveront le problème des icebergs, rassurez-les, ne leur racontez pas vos souvenirs. Expliquez-leur que le plus grand danger, sur le *Mauretania*, ce sont les tricheurs aux cartes. Dites-leur aussi que vous ne savez pas comment faire passer en contrebande à New York l'alcool qu'ils ont acheté en Angleterre. Dites-leur tout ce que vous voulez de moi sauf que je réponds aux questions. »

Le commandant Rostron s'interrompit un instant puis demanda :

« Des questions ? »

Les turbines furent les seules à émettre un bruit.

11

Pendant les heures qui suivirent le repas, Alma respecta scrupuleusement le plan. Elle prit le café sous la coupole vitrée du grand salon où elle lia conversation avec un couple de Boston qui était venu acheter des antiquités en Europe. Ils en avaient trente caisses empilées dans la cale. Veillant à bien articuler, elle leur dit qu'elle s'appelait Lydia Baranov. Et qu'elle était comédienne. La femme déclara qu'ils n'avaient guère le temps d'aller au théâtre mais que cela changerait de voir une véritable artiste dans la troupe du navire. Alma répondit que son contrat lui interdisait de se produire dans des spectacles de variétés.

Elle se rendit sur le pont où elle se promena en compagnie d'une femme dont le mari était resté au fumoir. À trois heures, elle prit part à un exercice de simulation de mise à l'eau des chaloupes de sauvetage. Elle alla ensuite trouver le steward de service et réserva une chaise longue, côté bâbord. Vers trois heures et demie, elle avait parlé à huit personnes et donné son nom à cinq d'entre elles. Au moins une dizaine d'autres avaient dû l'entendre le prononcer.

Il fallait maintenant franchir la dernière étape. Pendant le déjeuner, elle avait dû se retenir pour ne pas courir rejoindre Walter dans la cabine de Lydia, quelle que soit la situation.

Mais l'après-midi qu'elle avait passé seule avait changé son état d'esprit. L'effort de concentration qu'elle avait dû fournir pour suivre les recommandations de Walter et se faire passer pour Lydia avait beaucoup exigé d'elle. Elle avait essayé d'oublier Walter et ce qu'il faisait. Bien que tout lui revînt après chaque rencontre avec un steward ou un passager, elle se sentait plus détachée. Le fait de s'appliquer à lier conversation avec toutes sortes d'inconnus l'avait éloignée de Walter. Quelque chose comme de la peur s'était glissée dans l'espace qui les séparait. Elle était épouvantée à l'idée de frapper à cette porte.

Cabine 89. Pont D.

Walter le lui avait rappelé plusieurs fois. Elle savait exactement où la trouver. Mais elle était si nerveuse qu'elle dut vérifier le numéro sur la liste des passagers affichée à l'extérieur du bureau du commissaire de bord. Mrs. Lydia Baranov... 89.

Elle trouva l'escalier et l'écriteau indiquant: "Cabines 70 à 90". Ses tempes battaient. Ses mains étaient glacées. Elle marcha lentement dans le couloir, comptant les portes. 89. "Ne pas déranger".

Elle s'arrêta. Elle jeta un regard derrière elle. Elle était seule. Sa bouche était sèche. Ses tempes battaient plus fort que les moteurs du bateau.

Elle ferma les yeux et frappa à la porte. Trop doucement. Elle essaya encore. Elle entendit bouger à l'intérieur.

La porte s'entrouvrit. Walter jeta un coup d'œil à l'extérieur. Ce n'était plus le même homme. Son visage avait perdu toute couleur. Des rides se dessinaient sur son front et autour des lèvres. Ses yeux semblaient noyés dans leurs orbites.

Il ne prononça pas un mot. Il ouvrit simplement la porte et fit entrer Alma.

Elle parcourut la pièce des yeux. Rien d'affreux, aucun désordre n'était en vue. Quelques affaires de Lydia. Une brosse à cheveux, un peigne, des flacons de parfum et un sac de soirée sur la coiffeuse. Une paire de chaussons roses près du lit. Un journal par terre. Des feuilles de papier de soie soigneusement pliées sur le secrétaire. La malle était contre le mur, à côté de la commode. Fermée.

Alma entendit le déclic de la porte que Walter refermait.

Elle se retourna.

« C'est fait ? Vous l'avez... ? »

Il inclina très légèrement la tête.

À cet instant, Alma avait prévu de jeter ses bras autour du cou de Walter et de presser son visage contre le sien. Cela devait représenter un tournant dans leurs relations. Il était enfin libre. Une scène à l'image du dernier chapitre de tous les romans qui l'avaient le plus émue.

Cependant quelque chose, chez Walter ou chez elle, la retenait. Elle ne pouvait se résoudre à le toucher. Elle essaya de se dire qu'il avait fait ça pour elle, qu'il était courageux, résolu et plein de sang-froid, que c'était une preuve d'amour aussi sûre que tous les supplices qu'avait jamais endurés un homme pour conquérir une femme. Mais cela l'avait marqué. C'était un meurtrier. Ses mains avaient été en contact avec la mort. Pouvait-on aimer un homme et éprouver en même temps de la répulsion pour lui ?

Il parut deviner ses sentiments. Il ne fit pas un mouvement vers elle.

« Qu'avez-vous fait ? demanda-t-il. Êtes-vous

allée déjeuner? Avez-vous dit à tout le monde que vous étiez Lydia?

— Bien sûr!»

Elle se lança dans un récit détaillé de son après-midi. Parler était un soulagement. Elle se surprit à essayer de lui redonner confiance en passant sous silence ses crises de nerfs. Elle se sentait le devoir de faire que cet homme ébranlé redevînt lui-même.

Il l'écoutait visiblement avec avidité.

«Ma chère, je vous remercie, dit-il. Vous vous êtes admirablement comportée. Quelle heure est-il?

— Presque quatre heures. Nous serons à Cherbourg dans une heure. Puis, en route pour l'Amérique!

— Nous ne devrions pas rester ensemble ici.»

La panique saisit de nouveau Alma.

«Je ne crois pas que je pourrai rester seule ici, Walter. Je ne suis pas aussi courageuse que vous. Non, je ne peux pas! répéta-t-elle en jetant un coup d'œil à la malle.

— Ce ne sera pas nécessaire. C'est moi qui vais rester. J'ai des choses à faire. Il faut que je mette la main sur ses papiers personnels.

— L'un de nous deux doit rester, je suppose?

— Nous ne pouvons pas prendre de risque.

— Vous étiez si effrayant à voir lorsque je suis entrée! Cela a été plus terrible que vous ne l'imaginiez?»

Il secoua la tête.

«Pas dans le sens que vous croyez. Pas matériellement. Mais vous pouvez le faire des dizaines de fois en pensée, envisager les moindres détails, la réalité est différente. Laissez-moi le temps, je m'en sortirai.»

Il lui tendit la main.

Si seulement elle avait pu la prendre ! Elle porta la sienne à son cou et se mit à jouer avec son collier.

« Oui, dit-elle à voix basse, il va falloir faire face. Je vais avoir besoin de temps, moi aussi.

— Du temps, nous en avons, ma chérie. Pourquoi ne montez-vous pas sur le pont assister à l'arrivée à Cherbourg ? Plus on vous voit, mieux c'est. Vers six heures, nous serons repartis et il faudra vous changer pour le dîner. Elle a acheté quelques très belles robes. Il faudra vous assurer qu'elles vous vont. »

Elle regarda de nouveau la malle. Il secoua lentement la tête.

« Elle a défait tous ses bagages.

— Bon. Vous êtes sûr qu'elles sont neuves ?

— Elle ne les a jamais portées. »

12

Vue de la mer, la Normandie est une étendue verte éblouissante avec de petites maisons blanches et grises au-dessus de plages de galets bleutés. Cherbourg est un port de pêche qui n'a jamais été destiné à recevoir de grands transatlantiques. Ceux-ci doivent mouiller dans la *Grande Rade*, sorte de port extérieur. Deux bateaux à moteur amenèrent les passagers et leurs bagages. Ils faisaient de grands signes à ceux qui étaient déjà à bord. La mer étincelait sous les rayons du soleil couchant.

Paul Westerfield trouva les Livingstone Cordell qui contemplaient toute cette agitation, appuyés au bastingage. Barbara l'aperçut la première.

« Paul ! Quel plaisir de te revoir. Tu viens te joindre à nous ? »

Son sourire était si chaleureux que Paul en fut honteux.

« J'aimerais bien, mais j'ai un problème.

— Quoi donc ? »

Marjorie se pencha vers sa fille et chuchota :

« "Qui donc ?" serait une question plus appropriée, mon chou. »

Barbara suivit le regard de sa mère et aperçut Poppy qui se tenait à quelques mètres de là.

« Je pensais qu'elle était descendue à Southampton ! »

Paul hocha la tête et s'efforça de cacher sa gêne.

« C'est ce qui était prévu, mais elle s'est légèrement trompée sur l'horaire... Elle doit débarquer ici, mais il y a ce problème dont je vous parlais : mon portefeuille a disparu.

— Disparu ? demanda Marjorie. Vous voulez dire volé ?

— Non, non. Je ne peux pas dire ça. J'ai dû le perdre quelque part. Je l'ai cherché partout. Tu étais avec nous au Véranda, Barbara ? Je crois que j'ai gardé ma veste sur moi. Poppy pense que je l'ai peut-être retirée après la danse. Le portefeuille pourrait être tombé à ce moment-là. »

Barbara secoua la tête.

« Je n'ai pas souvenir que tu l'aies retirée, mais je suis partie avant vous. Tu as demandé aux stewards du café ?

— Oui, et à celui de ma cabine et à ceux du pont. Ce n'est pas réjouissant.

— C'est désolant ! dit Marjorie compatissante. J'imagine qu'il devait contenir beaucoup d'argent.

— Ça ne serait rien si Poppy ne devait pas rentrer en Angleterre. C'est à cause de moi qu'elle est restée à bord.

— Vous avez besoin d'argent ? demanda aussitôt Marjorie. Combien voulez-vous ? Livy, sors ton portefeuille et donne à Mr. Westerfield ce qu'il lui faut. »

Livy savait qu'il valait mieux ne pas poser de questions.

« Certainement, dit-il, en sortant les uns après les autres des billets de dix dollars.

— Donne-lui dix billets de dix et deux de cent, ordonna Marjorie. Ça devrait suffire.

— Je vous suis vraiment très reconnaissant,

dit Paul. Je ne vois pas à qui d'autre j'aurais pu m'adresser.

— Au commissaire de bord, mon garçon, répondit Livy. C'est lui qu'il faut voir lorsqu'on a besoin d'argent. »

Marjorie lui lança un regard furibond.

« Seulement c'est beaucoup plus agréable d'avoir affaire à des amis dans ces cas-là. N'est-ce pas, Paul ?

— Bien évidemment. Merci, Mr. Cordell. Je ferai en sorte de vous rembourser le plus tôt possible.

— N'en parlons plus, dit Marjorie, pleine de munificence. Maintenant vous feriez mieux d'y aller et de vous assurer que cette charmante petite Anglaise sait comment rentrer chez elle. »

Après le départ de Paul elle ajouta en aparté pour Barbara :

« Parce que du diable si nous tenons à la revoir ! »

Livy avait toujours son portefeuille ouvert à la main.

« Marje, vas-tu enfin m'expliquer de quoi il s'agit ?

— Pour l'amour du Ciel, Livy ! Ce garçon est la plus grande chance de Barbara sur ce bateau.

— Maman !

— Je veux dire, ma chérie, que c'est un très gentil garçon. C'est visible. O.K., disons que Poppy a essayé de se l'approprier. Elle est séduisante, coquette, et je peux te dire par expérience, Barbara, qu'aucun homme auquel il reste un souffle de vie ne peut résister aux avances d'une fille pareille. Bien sûr, ils s'aperçoivent vite qu'ils se sont ridiculisés, n'est-ce pas, Livy ? Elle ne représente rien pour lui. Un objet que l'on jette par-dessus bord, voilà tout ce qu'elle est. N'y pense plus. Paul l'aura vite oubliée, je peux te l'assurer.

— Aussi longtemps qu'il n'aura pas oublié mes trois cents dollars... remarqua Livy.

— Je ne courrai pas après lui, dit Barbara.

— Bien sûr que non, acquiesca Marjorie. C'est lui qui viendra. Après tout, il est notre obligé, maintenant.

— J'ai compris, dit Livy.

— Merveilleux! s'écria Marjorie. Quel esprit rapide tu as, mon chéri!»

Ils restèrent un moment silencieux. Ils observaient toujours le transfert des passagers du bateau à moteur dans le paquebot. Un peu plus loin, d'un autre bateau à moteur, on procédait au levage de leurs bagages. L'air avait fraîchi sur le pont. Les spectateurs étaient peu nombreux.

«Bon, eh bien, je pense que c'est tout, dit Livy.

— Nous ne bougerons pas d'ici avant d'avoir vu qui quitte le bateau, dit Marjorie. Cette fille ne va pas se moquer de nous une seconde fois.»

Livy haussa les épaules et se mit de nouveau à regarder les mouettes.

Peu de temps après, un groupe de cinq personnes traversa la passerelle et monta à bord du bateau à moteur. Quatre d'entre elles portaient l'uniforme bleu de la Cunard, la cinquième du crêpe de chine doré. Poppy se retourna et agita la main. On tira la passerelle à bord, on largua les amarres. Les avertisseurs sifflèrent. La sirène du *Mauretania* leur répondit. Les deux bateaux s'éloignèrent en oscillant vers le port. Poppy continuait de faire de grands signes.

« Je suis contente de ne pas être à sa place, dit Barbara.

— Ne t'inquiète pas pour elle, répliqua Marjorie. Elle est la seule femme sur ce bateau et, si j'ai un tout petit peu de jugeote, ça lui convient parfaitement. Je ne serais d'ailleurs pas surprise qu'elle ait le portefeuille de Paul sur elle. »

13

Le bateau était reparti depuis près d'une heure lorsque Paul Westerfield réussit à joindre le commissaire de bord. La liste de tous les passagers embarqués à Cherbourg avait été vérifiée. On repliait le tapis de fibre de la salle d'embarquement. Un monceau de bagages attendait. Paul prit la queue des passagers qui avaient des renseignements à demander. Lorsque son tour vint et qu'il commença à relater la perte de son portefeuille, il eut l'impression que le commissaire de bord le reconnaissait. Ce qui lui fut aussitôt confirmé :

« Vous êtes Mr. Westerfield, n'est ce pas ?

— Euh, Oui... Comment avez-vous... ?

— C'est mon travail de connaître les passagers, monsieur. Vous voyagez avec une jeune Anglaise.

— Non. Elle a débarqué à Cherbourg. Elle était venue me dire au revoir.

— Je comprends. Et votre portefeuille a disparu. Puis-je vous demander combien il contenait ?

— Un peu plus de mille dollars et mon chéquier. Quelques photographies aussi, ainsi que des cartes de membre de clubs et des cartes de visite. Il est en cuir noir avec mes initiales : P. W.

— Voulez-vous attendre un instant, monsieur ? »

Le commissaire sortit une clef de sa poche et alla ouvrir un petit coffre-fort mural. Il ne devait pas avoir plus de trente-cinq ans. Il avait l'art, si largement cultivé par les vieux maîtres d'hôtel anglais, de charger d'une infinité de sens un nombre limité de phrases anodines. On aurait été malavisé de bousculer ce genre d'individu. Il sortit le portefeuille de Paul du coffre-fort.

« On nous l'a apporté il y a environ une heure, monsieur. J'avais demandé à un de mes adjoints de le mettre en sûreté.

— Je vous en suis très reconnaissant.

— À votre place, monsieur, je vérifierais son contenu.

— Vous avez raison, dit Paul qui ouvrit le portefeuille et compta les billets. Que pensez-vous de ça ? Tout y est, jusqu'au dernier... Qui vous l'a apporté ? J'aimerais le remercier personnellement.

— Un certain Mr. Gordon, monsieur. Un Anglais. Sa cabine se trouve juste au-dessus, sur le pont A. Numéro 26.

— J'y vais tout de suite. Je veux lui offrir à boire. C'est réconfortant de constater qu'il y a encore des gens honnêtes.

— Oui, monsieur. »

Paul ouvrit encore une fois son portefeuille.

« Merci, commissaire !

— À votre service, monsieur. »

Dans la cabine 26, Jack Hamilton, alias Jack Gordon, jouait aux cartes. Il sépara son jeu en deux paquets égaux qu'il posa sur sa table de nuit, puis il les rassembla et fit défiler les cartes, comme il est d'usage, en soulevant les coins de manière à ce qu'elles se mélangent. Ensuite il réunit — ou presque — les deux paquets en maintenant délicatement un léger décalage entre eux. Puis il fit glisser le paquet de gauche dans celui de droite. Il termina sa manipulation en remettant le paquet de gauche sur celui de droite. L'ordre des cartes n'avait pas été changé. Un très joli tour de passe-passe.

C'était Jack, l'homme qui avait recruté Poppy, un joueur professionnel spécialisé dans les paquebots. La traversée de l'Atlantique était idéale. Un grand nombre de joueurs gagnaient ainsi leur vie. Jack avait appris son métier en observant les professionnels. Ils avaient souvent pris le bateau avant guerre et les avait vus à l'œuvre. À cette époque, ils s'installaient au fumoir et attendaient que se présente le pigeon qu'ils plumeraient.

De nos jours, ils ne laissaient plus rien à la chance. Ils examinaient la liste des passagers plusieurs jours avant le départ, choisissaient leur victime, se renseignaient sur sa fortune, aussi bien bancaire qu'immobilière, et décidaient ce qu'on pouvait tirer de lui. Ils usaient de complices comme Poppy en guise d'appâts.

Mais ce n'était pas tout. Ils étudiaient également la liste des membres de l'équipage et notaient le nom des commissaires de bord et des officiers de sécurité. Ils travaillaient sur toutes les compagnies transatlantiques : White Star, Cunard, Hamburg-Amerika, North German Lloyd, Transat, Holland America, Canadian Pacific et la demi-douzaine de lignes américaines de Pierpont Morgan, et ne reprenaient jamais le même bateau avant au moins dix-huit mois. Même ainsi, ils ne faisaient pas leur coup en mer. Ils profitaient de la traversée pour gagner la confiance de la victime et la nettoyait ensuite, dans son hôtel de Manhattan. En

Angleterre, ils jouaient parfois la dernière partie dans le train qui les conduisait à Londres.

Jack voyageait avec peu de bagages. Il n'avait besoin que de deux costumes, d'un smoking, de quelques cravates de rechange et d'un assortiment de chemises et de sous-vêtements. Sur lui, il avait des cigarettes, de l'argent liquide et un jeu de cartes. Il ne se servait de ses cartes que pour s'entraîner. Toutes les parties à bord se jouaient avec des jeux fournis par les stewards du fumoir.

Comme il s'y attendait, on frappa à la porte. Il rangea ses cartes dans un tiroir et ouvrit la porte. C'était son pigeon.

« Mr. Gordon ? Nous ne nous connaissons pas. Je m'appelle Westerfield. Paul Westerfield II. Pardonnez-moi de vous déranger, je voulais seulement vous exprimer ma reconnaissance pour avoir rapporté mon portefeuille.

— Ah ! C'était le vôtre ? J'espère qu'il n'y manquait rien.

— Pas un centime. Me permettez-vous de vous remercier en vous offrant à boire ?

— Ce n'est pas la peine, Mr. Westerfield. Je suis très sensible à votre invitation mais je n'en vois pas la nécessité.

— Je vous en prie. J'y tiens.

— À dire vrai, je ne suis pas un pilier de bar. Leurs tabourets me donnent mal au dos.

— Alors, un café après le dîner avec un verre de cognac. Nous pourrons le prendre au salon.

— C'est tentant.

— Parfait. Je vous attendrai. Vous ai-je dit que je m'appelais Paul ?

— Et moi Jack. À tout à l'heure, Paul. »

Lorsqu'il eut refermé la porte, Jack ressortit son jeu de cartes.

14

Il y avait sept robes du soir dans la penderie, toutes les sept neuves. Elles avaient cette odeur particulière du tissu qui n'a jamais été en contact avec la peau. En soie, en satin, en crêpe-georgette, leur finition était parfaite. Alma les auraient adorées si elle les avait vues dans la vitrine d'un couturier mais ici, dans la cabine de Lydia, elle devait se faire violence pour les toucher. Elle finit par en prendre une en crêpe-georgette noir orné de nénuphars brodés.

« Celle-ci fera l'affaire, dit-elle à Walter. Puis-je aller l'essayer dans la salle de bain ?

— Bien sûr, c'est votre cabine, maintenant.

— Oui... »

Elle voulait s'en convaincre mais elle n'y parvenait pas. Tant que le corps de Lydia serait dans la malle, cette cabine serait une tombe. Tout ce qu'ils pourraient y faire serait une profanation. Elle n'était même pas sûre de ce qu'elle éprouverait quand Walter aurait jeté le corps par le hublot. Il faudrait le faire après la nuit tombée. Pourrait-elle dormir là toute seule ? Jusqu'à présent, elle avait écarté ce sujet de son esprit.

Alma entra dans la salle de bain et tira doucement le verrou. Elle était encore gênée en présence de Walter. Ce n'était pas raisonnable. Ils allaient vivre comme mari et femme. Il n'y aurait pas de mariage. Le point de départ de leur vie conjugale, c'était l'instant où Walter avait appliqué le tampon de chloroforme sur le visage de Lydia. Et pourtant, elle répugnait à se changer devant lui.

La robe était ample et semblait lui aller. Sans manches, avec un large décolleté dans le dos. Alma n'aurait jamais choisi quelque chose de ce genre, mais maintenant qu'elle se voyait dedans, elle ne pouvait nier qu'elle avait de l'élégance et du chic. Sa peau paraissait bien pâle à côté du crêpe noir. Elle prit du rouge à joues dans le sac de toilette de Lydia et se parfuma avec de l'essence de violettes. Ses idées prirent un tour moins morbide. Elle décida de se mettre du rouge sur les lèvres.

« Qu'en pensez-vous ? »

Walter était assis dans le fauteuil, avec un journal.

« Pourquoi avez-vous coloré vos lèvres de cette façon ?

— Je suis sensée être Lydia. Une actrice. Et pour mettre la dernière touche à son rôle elle ajouta : chéri.

— Je vois. »

Il avait l'air incapable de sourire.

« J'aurais aimé que vous puissiez dîner avec moi.

— J'ai un travail à faire.

— Aurez-vous besoin d'aide ? demanda Alma redoutant qu'il n'accepte.

— La seule façon que vous avez de m'aider, c'est de rester absente le plus longtemps possible. Allez voir les gens danser, allez chercher un livre dans la bibliothèque, faites-vous servir un dernier café au salon. Ce que j'ai à faire ne peut l'être avant que tout soit tranquille.

— Je ne reviendrai pas avant minuit.

— Cela devrait suffire. Les passagers se retirent de bonne heure, le premier soir. Voici la clef. Je serai parti lorsque vous rentrerez. Et, bien entendu, aussi le... »

Il jeta un regard sur la malle.

« Chéri, voulez-vous faire quelque chose pour moi ? Pourriez-vous laisser le couvercle de la malle ouvert pour que je sois sûre qu'elle est vide ?

— Je vous le promets.

— Vous verrai-je demain matin ? »

Walter secoua la tête.

« Je crois qu'il serait plus prudent que nous ne nous rencontrions pas avant l'arrivée à New York. On n'aime pas que les passagers de deuxième classe sortent des limites de leur territoire. Les stewards remarquent tout de suite ces choses-là. Vous avez été très courageuse aujourd'hui. Le plus dur est passé.

— Je l'espère. Le sort du docteur Crippen et de Ethel Le Neve me touche beaucoup plus maintenant.

— Oui, bien sûr. Mais nous n'avons pas commis les mêmes erreurs. Je crois que nous devrions oublier Crippen. Je suis censé être Walter Dew. Je me sens infiniment plus à l'aise dans son rôle. »

Le signal du dîner retentit. Walter alla prendre une étole noire dans un des tiroirs.

« Il se pourrait qu'il fasse froid, plus tard. »

Il la plaça délicatement sur les épaules d'Alma sans la toucher. Il paraissait avoir deviné qu'elle ne l'aurait pas supporté.

« Je penserai à vous », dit-elle après l'avoir remercié.

Il lui ouvrit la porte et chuchota :

« Merci. »

Il était toujours en état de choc. Alma aurait aimé avoir le courage de l'embrasser.

Elle se joignit au flot des passagers qui se dirigeaient vers la salle à manger. L'orchestre jouait. Tout le monde s'était habillé pour le dîner : les hommes portaient des cravates blanches et des cols durs et les femmes étincelaient de bijoux. Debout près des tables, des passagers accueillaient amis et connaissances, ou anciens compagnons de traversée.

« Excusez-moi... »

Alma leva les yeux s'attendant à voir le steward. Mais c'était un inconnu qui se tenait devant elle. Grand et mince, avec un visage marqué par le whisky, les intempéries ou Dieu sait quoi, elle n'aurait pas pu l'oublier si elle l'avait déjà rencontré. Les plis et les rides de son visage donnaient à son sourire une expression désarmante. Ses yeux souriaient aussi. Il devait avoir moins de cinquante ans.

« Vous êtes la comédienne Lydia Baranov ? » demanda-t-il.

Alma se figea. Elle regarda cet aimable visage comme un lapin effarouché, incapable de fuir, hypnotisé.

« Je suis désolé. J'ai dû commettre une erreur. J'ai vu votre nom sur la liste des passagers et il m'a semblé familier. Je suis sûr qu'il a existé une comédienne terriblement séduisante qui portait ce nom et qui jouait dans les pièces de Piñero avant la guerre. Je vous prie de m'excuser.

— Ne vous excusez pas », répondit Alma qui, grâce à un effort dont elle ne se serait pas crue capable, avait réussi à retrouver sa voix. « Je pensais à autre chose. En effet, c'est exact, mais je n'ai plus l'habitude d'être reconnue.

— Vraiment? fit l'inconnu, l'air sincèrement surpris. Vous ne montez plus sur scène?

— Pas depuis un certain temps, Mr...

— Oh! Finch. John Finch. Une personne tout à fait insignifiante, Miss Baranov. Un simple spectateur, quelqu'un qui aime le théâtre. Écoutez, je suis probablement un vieux bonhomme ennuyeux, mais je ne supporte pas de voir une dame dîner seule, surtout lorsqu'il s'agit de l'une des plus jolies actrices qui aient jamais honoré la scène anglaise.

— J'aime avoir une table pour moi seule. Je suis très bien comme ça, je vous remercie. »

Les plis du visage de John Finch exprimèrent cette fois la plus profonde affliction.

« Oh! mon Dieu! Je me suis sans doute mal fait comprendre. En vérité, je suis très réservé de nature. Je ne saurais vous dire quel effort il m'a fallu faire pour vaincre ma timidité et venir vous parler. Vous ne voulez pas venir partager mon repas, juste une fois? J'ai des Américains à ma table. Je suis sûr qu'ils seront très heureux de faire votre connaissance. »

Alma avait l'impression très nette que John Finch ne se laisserait pas décourager. Il reviendrait à la charge quoi qu'elle dise. Et puis, maintenant qu'elle avait surmonté le choc, elle commençait à entrevoir qu'il savait très peu de choses sur Lydia. Il était comme ces hommes à la voix de velours qui entraient dans sa boutique et trouvaient moyen de lier connaissance avec une simple remarque sur ses bijoux ou sa façon de parler. Elle pensa qu'elle saurait aisément le manier.

« Je viendrai à une condition, Mr. Finch : nous ne parlerons pas de théâtre. C'est un chapitre clos et douloureux de ma vie. »

Le visage de John Finch s'éclaira.

« Ce sera un honneur pour moi de dîner en votre compagnie, Miss Baranov, quel que soit notre sujet de conversation. Ma table est là-bas, près de la cloison.

— Avant de rejoindre les autres, je tiens à préciser que Baranov est le nom de mon mari et non celui de mon père », dit Alma en se levant.

Le renseignement fut assez lent à pénétrer dans la tête de John Finch.

« Je comprends », finit-il par dire.

Alma se sentit rassurée. En fait, elle était plutôt contente de n'être plus seule.

À l'autre bout de la salle, Paul était en train de raconter aux Livingstone Cordell qu'il avait retrouvé son portefeuille.

« Je savais qu'il réapparaîtrait, dit Marjorie. Les gens qui voyagent en première classe ont le respect du bien d'autrui. Nous n'avons jamais rien perdu au cours de toutes nos traversées vers l'Europe.

— On nous a seulement volé quelques petites choses, remarqua Livy, impavide.

— Tu devrais faire attention à ce que tu dis, riposta Marjorie. On pourrait te prendre au sérieux ». Elle se tourna vers Paul : « Il n'y a plus de raison maintenant pour que vous ne profitiez pas de la traversée. Resterez-vous ici pour danser ? L'orchestre n'est pas mauvais, je crois. Ce n'est pas ton avis, Barbara ? »

Celle-ci haussa légèrement les épaules.

« Ça peut aller.

— En fait, j'ai promis au garçon qui m'a rendu mon portefeuille de lui offrir à boire ce soir. Je dois aller le retrouver au salon. Je n'ai pas oublié votre argent, Mr. Cordell.

— Moi non plus, mon garçon, dit Livy.

— Je ne pense pas que ce soit l'endroit idéal pour vous le donner.

— Je n'ai pas de préjugés... »

Marjorie eut un soupir d'exaspération.

« Livy, c'est un lieu public, ici. Remettons ça à plus tard. Vous avez une table, Mr. Westerfield ? Nous serions enchantés de vous voir vous joindre à nous. »

Paul expliqua qu'il avait une place réservée avec des amis de son père et qu'il était temps pour lui d'y aller. Il leur souhaita bon appétit et s'éloigna rapidement.

« Voilà ce qu'on appelle de la reconnaissance ! fit Marjorie, d'un ton aigre.

— Tu l'étouffes, ce garçon, dit Livy. Laisse-le respirer. Il reviendra.

— Oui, mère, intervint Barbara. Livy a raison. Je commence à en avoir assez des efforts que tu fais pour obliger Paul à s'intéresser à moi. Tu ne peux pas nous laisser tranquilles ? »

Marjorie serra les dents.

« D'accord, si c'est ce que tu veux. Je ne fais pas ça pour mon plaisir, tu sais. »

La conversation ne fut guère animée, ce soir là, à leur table.

Vers la fin du dîner, un officier déclara qu'il était de coutume, le premier soir en mer, de choisir trois présidents parmi les passagers. Comme la plupart de ceux-ci avaient déjà fait la traversée dans l'autre sens et que beaucoup sillonnaient régulièrement l'océan, le choix fut vite fait. Ils nommèrent le P.-D.G. de la Chase Manhattan Bank président de l'*auction pool* (jeu de paris sur pronostics). Le champion de Wimbledon, Bill Tilden, fut désigné pour présider le comité des sports et un ténor italien, en route vers New York pour la nouvelle saison du Metropolitan, fut nommé président du comité des spectacles.

« Comment peut-il être président ? demanda John Finch. Il ne parle pas un mot d'anglais. Bon Dieu ! Si j'étais libre de proposer quelqu'un...

— Vous ne l'êtes pas, dit Alma vivement. Vous me l'avez promis. »

Il faut dire à son honneur que ce bavard de John avait tenu scrupuleusement sa parole. Il était vendeur de voitures et avait un stock d'histoires fascinantes à raconter au sujet de ses clients. Il avait une Lanchester 40 dans la cale du navire et il en était fier. Depuis qu'il travaillait pour Lanchester, ce modèle avait supplanté la Rolls Royce Silver Ghost dans les ventes. Maintenant, il s'attaquait au marché américain.

Alma ne connaissait rien aux voitures mais elle était contente de l'écouter. Il la faisait rire et elle pouvait se détendre tandis qu'il distrayait son entourage. Elle aimait la façon dont les sentiments se reflétaient sur son visage, exagérés par ses rides. Elle aimait l'entendre rire. Au cours du dîner, il y eut même des moments où elle oublia carrément qu'il y avait un corps dans sa cabine.

15

Paul commanda deux cognacs bien tassés et demanda à Jack Gordon :

« Vous connaissez le *Mauretania* ?

— Pas très bien. Je voyage avec la White Star d'habitude. Sur le *Majestic*. C'est un navire de construction allemande qui respire la solidité.

— Je suis venu sur le *Berengaria*, aussi je comprends ce que vous voulez dire. Vous faites souvent le voyage ?

— En ai-je l'air ? Environ une fois par an. J'ai de la famille à New York. Je suis heureux de les voir et puis, la traversée me plaît.

— Et les sports ? »

Jack sourit.

« Non. Je n'aime pas jouer au tennis sur un pont. Je nage un peu, parfois. La piscine du *Majestic* mérite vraiment qu'on se mouille pour elle. Si vous n'y prenez pas garde, sur un navire britannique, le sport et les jeux peuvent vous accaparer au point que vous n'avez plus une minute à vous. »

Le steward apporta les cognacs. Jack l'envoya chercher des cigarettes et leva son verre :

« Pour que les eaux restent calmes pendant toute la traversée !

— J'ai été si occupé depuis que je suis à bord que je n'ai même pas fait attention à l'état de la mer », dit Paul.

Partant du principe que la camaraderie exige la confidence, il lui raconta son aventure avec Poppy du début jusqu'à la fin.

« Elle doit être amusante à connaître, remarqua Jack. Un petit moineau des faubourgs, charmant et gazouillant. C'est dommage que vous ayez dû vous séparer. Mais un garçon comme vous ne restera pas longtemps à court de compagnie féminine. Rien ne vaut une traversée pour les aventures sentimentales.

— Qu'est-ce que vous me proposez ? demanda Paul en riant.

— Que pensez-vous de cette jeune personne si séduisante avec laquelle je vous ai vu avant le dîner ?

— Avant le dîner ?

— Vous étiez en conversation avec ses parents, dans la salle à manger. Ne me dites pas que vous n'avez pas remarqué cette fille sensationnelle aux cheveux châtains coupés court et dont les grands yeux bruns ne vous ont pas quitté une seconde ?

— Ah ! C'est Barbara, une fille très gentille que j'ai connue à l'université. Je suis sorti avec elle quelques fois à Londres. »

Paul s'interrompit. Au regard de Jack, il avait compris que quelqu'un se trouvait derrière lui. Il se retourna et sentit la caresse d'une douce étoffe sur sa joue. La femme portait une robe bleu paon avec des manches vaporeuses qui ondulaient légèrement lorsqu'elle bougeait les bras. Elle avait des cheveux noirs extrêmement fins, serrés en chignon. Elle devait avoir environ dix ans de plus que Paul. Son visage avait ces pommettes haut placées et ce front étroit qui lui garantissent une beauté inaltérable.

« Messieurs, pardonnez-moi d'interrompre votre conversation, dit-elle. Je m'appelle Katherine Masters et j'essaie de prendre contact avec tout le monde pour notre spectacle. Le Signor Martinelli était tout désigné pour être le président du comité ! C'est un homme charmant et un excellent chanteur. Mais son anglais est trop rudimentaire pour qu'il se mette en quête de volontaires pour mardi soir. Je fais donc une petite croisade à sa place. Il y a toujours des personnes de talent sur le *Mauretania.* »

Jack secoua la tête et sourit.

« Non, non. Je ne suis pas de celles-là.

— Désolé, mais je ne crois pas pouvoir vous aider, Miss Masters.

— Moi non plus, dit Paul. Je ne connais rien à la musique. En fait, je n'ai absolument pas d'oreille. »

Katherine ne se laissait pas facilement décourager.

« Non, il n'est pas question de musique. Entre nous soit dit », — et elle se pencha pour que personne d'autre ne puisse l'entendre, — « nous avons plus de violonistes que nécessaire. Ils voyagent avec leur instrument, n'est-ce pas ? J'espère seulement trouver quelques joyeux garçons qui ne répugneraient pas à tenir un rôle dans un sketch », ajouta-t-elle en posant la main sur l'épaule de Paul.

Une bouffée de parfum de luxe lui parvint.

« Pas moi, je regrette, dit-il.

— Le seul rôle que je puisse tenir c'est celui de partenaire au whist, dit Jack. Et encore, je ne suis pas très fort.

— Au whist ? s'exclama Miss Masters. J'adore le whist. Écoutez, je ne vous ennuierai plus avec mon spectacle si vous me prenez dans une partie à quatre.

— Ce soir ? demanda Jack.

— Pourquoi pas ? J'ai presque fini mon tour.

— Vous jouez, Paul ?
— À l'occasion. Je ne suis pas un expert.
— Posons la question d'une autre manière : si vous aviez le choix entre quelques parties de whist ce soir ou une exhibition de music-hall mardi, que feriez-vous ?
— C'est du chantage, répondit Paul en souriant.
— Marché conclu ?
— J'en ai bien l'impression !
— Merveilleux ! s'écria Miss Masters. Mais nous avons besoin d'un quatrième.
— Pas de problème, dit Jack. Paul parlait tout à l'heure avec une jeune femme qu'il a connue à l'université. Je pense qu'on pourrait la convaincre, non ?
— Je n'en sais rien, répondit Paul. Je vais le lui demander.
— Parfait, dit Miss Masters. Dans une demi-heure, alors ?
— Retrouvons-nous au fumoir, dit Jack. Je crois que c'est là que se trouvent les cartes. »

Après le départ de Miss Masters, il fit remarquer à Paul :

« Vous voyez ? Je ne sais pas comment ça se fait, mais personne n'est en sécurité sur un paquebot. J'espère que vous ne pensez pas que je vous ai forcé la main.
— Pas du tout. J'aime bien jouer aux cartes. Je crois que je ferais bien d'aller chercher Barbara. »

Il la trouva seule, assise à la table des Cordell. Elle regardait les gens danser, dont Livy et sa mère. En apercevant Paul, son visage s'éclaira. Au lieu de lui demander si elle voulait jouer au whist, sur une impulsion, il l'invita à danser. Il lui prit la main et la serra. Barbara était effectivement très séduisante.

« Tu sais, dit-il en l'entraînant, depuis le temps que nous nous connaissons, je ne crois pas que nous ayons dansé une seule fois ensemble. »

Barbara eut un petit sourire.

« Tu avais peut-être appris par quelqu'un que ce n'était pas mon fort ?

— Tu te débrouilles très bien.

— Je n'ai pas beaucoup pratiqué.

— Tes parents dansent beaucoup. Je les ai vus sur la piste du Savoy. Ils ne sont pas mauvais du tout.

— Livy, oui. Il danse merveilleusement le tango. Je ne sais pas où il l'a appris. Avant de rencontrer ma mère, j'en suis sûre. Quant à elle, elle aime montrer qu'elle a de belles chevilles et c'est tout. Ses gestes ne sont pas coordonnés. Regarde comme ses hanches ne suivent pas le rythme du reste de son corps.

— Arrête ! Tu vas me faire rire.

— C'est sans doute mesquin de ma part. Mais je l'ai trop vue, ces derniers temps.

— Je suis venu te demander si tu aimerais te joindre à une partie de cartes, dit Paul. Tu sais jouer au whist ?

— Avec qui ?

— Avec le type qui a retrouvé mon portefeuille et cette femme qui porte une robe bleue et qui essaie d'organiser un spectacle. Nous pourrions faire équipe tous les deux et gagner quelques boissons gratuites. Qu'en penses-tu, Barbara ?

— Je ne suis pas très forte à ce jeu.

— Tu es très calée en calcul mental. Il s'agit essentiellement de se souvenir des cartes qui ont été jouées. Allez, viens, nous allons former une équipe du tonnerre. J'en suis si convaincu que je suis prêt à prendre toutes nos pertes à ma charge.

— Il faut que je prévienne ma mère.

— Tu crois ? »

Il lui fit faire une volte-face pour qu'elle puisse voir sa mère qui leur adressait des signes d'encouragement par-dessus l'épaule de Livy.

Deux parties de cartes étaient déjà en cours dans les alcôves lambrissées du fumoir. Jack avait réservé une table. Il avait également acheté deux jeux de cartes au barman. Ceux-ci étaient encore scellés. Paul fit les présentations.

— Nous n'avons plus qu'à attendre Miss Masters, dit Jack.

— Katherine, rectifia Paul. Soyons aussi simples que possible. »

Katherine arriva un instant plus tard avec, manifestement, quelques touches supplémentaires de parfum.

« J'ai dû aller prendre de l'argent dans ma cabine, expliqua-t-elle après de nouvelles présentations.

— Jouons-nous pour de l'argent ? demanda Barbara.

— Bien sûr, ma chère, sinon c'est un jeu très ennuyeux, répondit Katherine.

— J'ai de l'argent anglais dont je pourrai me débarrasser, dit Jack.

— Je croyais que c'était interdit, remarqua Barbara.

— Vraiment ? fit Katherine, déçue. Ils ont l'art de vous priver de tous vos plaisirs.

— Nous pourrions tenir la marque et régler nos comptes plus tard, suggéra Paul.

— Quelle excellente idée !

— Une livre sterling sur chaque partie ? » proposa Jack.

On accepta. Paul, ayant tiré la plus petite carte, distribua le jeu. Atout, trèfle. Il se donna à lui-même une mauvaise main. Jack et Katherine gagnèrent la première et la seconde partie.

« Je t'avais prévenu que je n'étais pas forte, dit Barbara à Paul.

— Vous n'aviez pas de jeu, ma chère, déclara Katherine. Le whist est prodigieusement ennuyeux quand on a de mauvaises cartes. »

Ils jouèrent trois autres parties, Paul et Barbara n'en gagnèrent qu'une.

« Nous sommes de piètres adversaires, dit Paul.

— Arrêtons-nous dix minutes pour prendre un verre, proposa Jack. Que puis-je vous offrir, mesdames ?

— N'importe quoi avec des glaçons, répondit Katherine. Ne trouvez-vous pas qu'il fait chaud ici ? Je vais courir à ma cabine me rafraîchir.

— Prenons une bouteille de champagne, dit Jack. Je vous invite.

— Merveilleux ! s'écria Katherine. Quel homme formidable vous faites, doué pour les cartes et généreux pour la boisson. Je reviens dans une minute. »

Elle fit un petit signe à Barbara et s'éloigna rapidement.

« Ils sont gentils, remarqua Paul tandis que Jack commandait le champagne au bar.

— Oui, très sympathiques. J'espère encore que nous pourrons égaliser la marque. »

Paul sourit.

— C'est sans importance. C'est amusant.

— Nous nous en tirerions peut-être mieux si nous nous souvenions que le second joueur jette généralement ses plus basses cartes et que le troisième devrait jouer ses plus élevées. »

Paul se mit à rire.

« Tu m'as dit que tu ne jouais jamais au whist. »

Barbara rougit.

« Je connais les principes de base.

— Tu as raison. Ça m'a l'air très juste. Je vais changer ma façon de faire en conséquence. »

Il aurait pu ajouter qu'il était heureux de constater qu'elle ne manquait pas d'esprit pour rivaliser avec ses cheveux courts et ses lèvres peintes. Il avait plutôt eu tendance, jusque-là, à la prendre pour une gentille fille écrasée par sa mère.

« Et si nous convenions, poursuivit solennellement Barbara, que lorsque l'un de nous deux ouvre avec une couleur, il pourra compter sur son partenaire pour lui envoyer la même à la première occasion ?

— Et si nous convenions aussi d'essayer de terminer la partie suffisamment tôt pour retourner danser ? » suggéra Paul.

Cela parut faire plaisir à Barbara.

« J'aimerais bien, répondit-elle.

— Nous allons gagner ou perdre ?

— Tu devrais faire confiance à mon nouveau plan de bataille. Bien sûr que nous allons gagner.

— Alors, vas-y doucement avec le champagne, lui conseilla Paul en voyant Jack revenir en compagnie d'un steward.

— Katherine n'est pas encore là ? » demanda Jack puis, s'adressant au steward : « Nous la déboucherons nous-mêmes lorsque la dame sera revenue. »

Ils n'eurent pas longtemps à attendre.

« Je suis désolée, dit Katherine. Après ce qui s'est passé, j'avais vraiment cru nécessaire d'aller me regarder dans la glace. En revenant, sur le pont D où se trouve ma cabine, j'ai vu une porte s'ouvrir dans le couloir. Un homme est sorti, mais dès qu'il m'a vue, il s'est vite renfermé chez lui. On aurait dit qu'il venait d'apercevoir un fantôme.

— Ne vous en faites pas, dit Jack. C'est sûrement un type qui a cru que vous alliez lui demander de tenir un rôle dans votre spectacle. Il ne savait pas qu'il pouvait s'en tirer avec une partie de whist... »

Il déboucha le champagne et on oublia l'homme au visage terrifié de Katherine.

La partie reprit. Au cours de la première manche, Paul et Barbara firent onze levées. Paul faisait attention à jouer ses plus basses cartes lorsqu'il était le second, et ses plus fortes lorsqu'il était le troisième. Il observait avec quoi Barbara ouvrait et renvoyait la même couleur lorsque venait son tour. Ils gagnèrent trois manches successives et remportèrent la partie.

« Qu'est-ce qui vous arrive? demanda Jack. Jouez-vous mieux ou avons-nous bu trop de champagne?

— Quelqu'un en a certainement trop bu, remarqua Katherine, dépitée. Vous avez bloqué ma couleur longue dans cette dernière manche. On aurait pu faire deux levées de plus.

— Pas d'autopsie post-mortem, c'est inutile, répondit Jack. J'espère faire mieux la prochaine fois, partenaire! »

Ils gagnèrent une manche mais perdirent la partie. Le malaise entre Jack et Katherine était presque palpable. Jack se mit à fumer, Katherine à faire une moue qui la vieillissait.

« C'est incroyable comment la chance peut tourner aux cartes, dit Paul au moment où lui et Barbara gagnaient une partie et égalisaient la marque.

— La chance ne suffit pas, dit Katherine avec un regard furieux à Jack.

— Êtes-vous d'accord pour dire que la prochaine sera la partie décisive?

— Comme vous voulez, répondit Jack.

— Si vous n'y voyez pas d'inconvénient, je préférerais, dit Barbara. Il y a longtemps que je n'avais pas joué et j'ai du mal à me concentrer.

— C'est le champagne, ma chère, dit Katherine. Il nous affecte tous d'une manière différente. Alors, partenaire, allez-vous donner les cartes ou allons-nous rester à nous regarder comme ça jusqu'à New York?»

Paul et Barbara gagnèrent la dernière partie par deux manches à une.

«Et voilà! dit Jack. Félicitations! L'Amérique a gagné! Nous vous devons une livre chacun.

— Vous avez offert le champagne, dit Paul. Vous êtes quitte.

— Il faut toujours payer ses dettes, déclara Katherine. Barbara, voici une livre.

— Retirez ce billet! s'écria Jack avec une force inattendue. On ne pose pas d'argent sur les tables, ici. Êtes-vous folle?

— Prenez-le, dit Katherine en poussant le billet vers Barbara.»

Celle-ci hésita et se tourna vers Paul.

«Entendu, dit Paul en empochant l'argent. Je vais offrir une tournée à vos frais, Katherine. C'est très gentil de votre part.

— Buvez sans moi, dit Jack encore fâché. J'ai eu assez de... tout pour la soirée.»

Il leur souhaita brièvement bonne nuit et se retira. Katherine avait les yeux remplis de larmes. Barbara lui prit la main et jeta un regard à Paul pour lui faire comprendre qu'elle se sentait capable de s'occuper d'elle.

«Peut-être qu'un peu de café serait préférable, Paul.»

Il alla le commander, ne s'expliquant toujours pas la subite explosion de colère de Jack. Les jeux d'argent étaient interdits par le règlement de la Cunard mais personne n'en tenait compte. On ne les aurait certainement pas traînés devant le commandant pour une livre.

Paul n'était pas pressé de regagner la table. Il pensait que Barbara se débrouillerait mieux seule avec Katherine. Il était sur le point d'aller prendre un scotch au bar lorsqu'il aperçut Livy à l'entrée. Sa dette lui revint à l'esprit.

« Mr. Cordell !

— Livy, fiston, répondit celui-ci en lui posant la main sur le bras. Si nous prénions un verre ? Marje est allée mettre ses pieds en l'air. Ses chevilles commençaient à enfler. Elle a trop dansé.

— Je veux m'aquitter de ma dette envers vous », dit Paul en sortant son portefeuille.

Il donna à Livy la somme qu'il lui devait. Cette simple transaction faisait paraître la scène qui s'était déroulée peu auparavant d'autant plus incompréhensible.

« Merci. Un scotch ?

— Volontiers. »

Ils restèrent au bar avec leurs verres.

« Il y a une bonne ambiance sur le *Maury* remarqua Livy. C'est un bateau épatant. Je voyageais déjà sur des paquebots alors que vous n'étiez encore qu'un enfant. Je les connais tous. C'était avant que je ne rencontre Marje. Maintenant, je suis une sorte de retraité. Je ne prends le bateau qu'en vacances.

— Quelle était votre activité ?

— Import-export. Beaucoup d'argent à gagner si vous avez du flair. J'en ai gagné beaucoup et je l'ai investi dans des valeurs de père de famille. Nous vivons des intérêts.

— Pas bête!

— Vous l'avez dit, fiston. J'ai quarante-six ans et je n'ai plus de souci à me faire jusqu'à la fin de ma vie. Livingstone Cordell a fini de suer à la tâche. Je suis propriétaire d'un appartement sur Central Park. J'ai la femme la plus charmante de New York et une très jolie belle-fille en prime. Au fait, qu'est-il arrivé à Barbara? Je la croyais avec vous.

— C'est exact. Elle est là-bas, dans l'alcôve. Nous jouions aux cartes.

— Où ça? Je ne la vois pas.

— Elle nous tourne le dos. Elle est avec cette femme qui porte une robe bleue.

— Elle? Que font-elles ensemble?»

Le ton de Livy avait changé. Il semblait insinuer que Paul avait laissé tomber sa belle-fille. C'eût été trop long de tout lui expliquer.

«Elles avaient à parler. Elles m'ont envoyé commander du café. Je n'ai pas besoin qu'on me fasse un dessin.»

Livy prit Paul par le bras et le poussa fermement vers elles.

«Retournez-y tout de suite, fiston, et faites-les taire. Lorsque deux femmes sont ensemble, tout est perdu.»

Paul jeta un regard vers Barbara. Elle était plongée dans sa conversation avec Katherine. Celle-ci souriait.

«O.K.», dit-il.

Mais Livy était déjà parti.

16

Après le dîner, John Finch continua à divertir Alma et les Américains qui avaient mangé avec eux. Assis dans un fauteuil, au milieu du grand salon il leur raconta des histoires de voitures. Elles étaient très amusantes et pimentées de noms connus.

« Les hommes achètent des voitures de luxe pour impressionner les dames, disait Finch à son auditoire. Mais l'un ou l'autre, l'homme ou la voiture, est toujours atteint de surchauffe. Dans l'art de la séduction, l'automobile n'est pas un accessoire fiable. »

Il leur raconta une histoire à propos du feu roi Edouard et d'une voiture que celui-ci avait louée. Son propriétaire possédait une usine de sodas et, en guise de paiement, il espérait obtenir le label de "fournisseur de Sa Majesté". Le roi roulait sur une route de campagne avec une amie lorsqu'il tomba en panne d'essence. Il n'en fut en rien contrarié. L'entracte fut très agréable. Après quoi le roi alluma un cigare et expliqua à la dame que tout allait bien, qu'à bord se trouvait une réserve d'essence. Il descendit de voiture et ouvrit le bidon : il le trouva rempli de limonade. L'industriel n'obtint pas son label.

Le cercle des auditeurs s'élargit autour de John. À minuit, il tenait toujours bon. Ses récits devinrent plus osés. Un couple s'en alla. Alma restait la seule femme. Elle attendit la prochaine explosion de rires pour se lever et partir.

« Vous nous quittez déjà ? s'exclama John.

— Il est plus de minuit.

— Mon Dieu, c'est vrai ! Et moi qui voulais vous montrer ma Lanchester ! »

Tout le monde éclata de rire, y compris Alma.

« Une autre fois peut-être, dit-elle.

— Je vous le rappellerai. Bonne nuit, chère amie. »

Et John se lança dans une histoire sur Henry Ford.

Alma prit la direction du pont D. Son pas n'était pas très assuré. Elle avait bu plus de vin qu'elle n'en avait eu l'intention. Chaque verre l'aidait à noyer ses appréhensions. Elle n'aurait pas pu envisager sans ça de passer la nuit dans la cabine 89.

Le couloir était silencieux. Le bateau était stable. Alma était seule responsable de sa démarche oscillante. Elle suivit les panneaux jusqu'aux cabines dont les numéros commençaient par le chiffre 8. Elle compta jusqu'à 89.

L'écriteau “Ne pas déranger” avait été retiré.

Elle fouilla dans son sac, sortit la clef et en vérifia le numéro en l'approchant de la lumière. Elle la fit pénétrer dans la serrure. Elle attendit une seconde, la fit tourner et ouvrit la porte.

Il y avait de la lumière, les rideaux des hublots étaient tirés et la malle était ouverte.

Alma respira à fond. Elle s'approcha de la malle et regarda à l'intérieur. Elle était vide.

« Merci, mon Dieu ! » dit-elle à haute voix, puis elle alla refermer la porte de la cabine.

Elle visita la salle de bain. Elle ouvrit les tiroirs, la penderie. Elle n'aurait pas pu se mettre au lit sans savoir exactement ce qui se trouvait dans la pièce. Les vêtements de Lydia étaient soigneusement pliés. Tout semblait propre et neuf. Il y avait une chemise de nuit en satin noir. Il n'était pas question qu'elle la porte.

Elle retira sa robe, se démaquilla puis décida de prendre un bain. Alors qu'elle était dans l'eau, elle eut l'impression que le bateau changeait de régime. Les machines n'avaient plus la même cadence. L'eau de son bain se mit à clapoter. Cela se reproduisit plusieurs fois. À un moment donné, Alma crut même que le bateau s'était arrêté. Il vacilla de nouveau juste au moment où elle tendait la main vers sa serviette. Son estomac se retourna. Elle regrettait d'avoir tant bu.

Le transatlantique parut reprendre son rythme habituel. Rassurée, Alma enfila sa combinaison et se coucha. Elle n'éteignit pas la lumière mais elle avait moins peur qu'elle ne l'aurait pensé. Le pis était passé maintenant. Elle se tourna vers la cloison et s'endormit rapidement.

17

Du bruit dans le couloir l'éveilla. C'était le steward qui servait le thé. Un rayon de soleil éclairait le plafond. Alma regarda sa montre. Il était presque huit heures. On était dimanche. Elle avait dormi au moins sept heures. Elle s'étira et pensa à Walter. Avait-il dormi aussi bien qu'elle ?

Elle prit un bain, s'habilla et alla prendre son petit déjeuner. Il y avait de l'animation au restaurant. Les passagers portaient des vêtements plus légers. Les officiers étaient en blanc.

Alma s'installa à la même table que la veille. Elle voulait prendre son petit déjeuner seule. Si John Finch venait l'inviter, elle refuserait de le suivre. Elle n'essaya pas de l'apercevoir. Elle mangea tranquillement et copieusement.

Il n'était pas le genre d'homme à disparaître pour bien longtemps. En sortant du restaurant, Alma alla prendre l'air sur le pont. C'était une magnifique matinée pour une promenade. Elle avait à peine fait quelques pas qu'elle entendit une voix familière.

« On veut montrer qu'on s'est couché tôt hier soir ? »

John Finch était installé dans un transat, les jambes en l'air. Il portait un pull en jersey bleu et un pantalon de flanelle blanche.

Alma s'arrêta et le salua.

« Avez-vous vraiment si bien dormi ? demanda-t-il.

— Oui, merci. Je me sentais très bien.

— Vous avez de la chance. J'ai été debout la moitié de la nuit. »

Alma sourit.

« Vous ne devriez pas raconter autant d'histoires.

— Non, chère amie, ce n'est pas à cause de ça, mais à cause de toutes ces émotions... Peu après que vous soyez partie, le bateau a changé de direction.

— En effet, il me semble avoir remarqué quelque chose.

— Nous aussi. Nous sommes tous montés sur le pont pour voir. Il y avait au moins cinquante personnes qui se demandaient ce qui se passait. Personne n'en savait rien. Mais, vous pouvez me croire, nous avons fait demi-tour et pris la direction de l'Angleterre. Puis nous avons tourné de nouveau. Le bateau a décrit un cercle complet.

— Pourquoi ?

— Un homme à la mer. »

Alma se raidit.

« Vous dites ?

— Un homme à la mer. Un malheureux était tombé du navire. Un couple d'amoureux qui contemplait la lune sur le pont l'avait vu. Ils ont prévenu le commandant qui a immédiatement ordonné les recherches. C'est le règlement, m'a-t-on dit. Il faut rebrousser chemin et chercher, même si les chances sont minimes. On a allumé les projecteurs et le bateau a fait route dans l'autre sens. Ils sont très puissants, ces projecteurs. Nous étions tous penchés par-dessus le bastingage. Et, le croirez-vous, ma chère ? Nous l'avons retrouvé.

— Qui ça ?

— Une femme, la pauvre âme ! Ils ont mis une chaloupe à la mer et sont allés la chercher. Mais elle était déjà morte. Quelle façon horrible d'en finir avec la vie ! »

QUATRIÈME PARTIE

Son nouveau job

1

Après le petit déjeuner, une grande effervescence régna dans le grand salon. Une équipe de stewards s'affaira. Ils poussèrent les tables contre le mur et en apportèrent une grande de la salle à manger qu'ils placèrent à l'extrémité de la pièce, à côté du piano. Puis ils disposèrent les fauteuils et les divans en rang, face à la table. Pendant ce temps, des garçons de cabine apportaient des chaises du restaurant qu'ils installèrent derrière les fauteuils. Deux d'entre eux passèrent dans les rangs pour poser un livre de cantiques sur chaque siège.

À onze heures moins le quart, les passagers de première classe qui voulaient assister à l'office du dimanche commencèrent à arriver. Les fauteuils furent rapidement occupés. Les retardataires prirent les chaises. À onze heures moins cinq, ce fut le tour des passagers de seconde et troisième classes. Ceux qui ne trouvèrent plus de place restèrent debout, derrière, avec les membres de l'équipage. Parmi eux, Walter, très maître de lui.

Alma, assise plusieurs rangs en avant, était certaine qu'il l'avait vue. Elle ne s'était retournée qu'une seule fois pour le chercher des yeux. Elle essayait de rester calme. C'était une terrible malchance que le corps de Lydia eût été retrouvé mais tout espoir n'était pas perdu. Qui saurait qu'il s'agissait d'elle? Ce n'était qu'une inconnue qui avait sauté ou était tombée par-dessus bord. En vérifiant la liste des passagers, on s'apercevrait que personne ne manquait. Cette mort resterait à jamais un mystère.

Le commandant Rostron entra dans le salon en compagnie des officiers supérieurs. Ils prirent place à la table. Le service commença par un psaume. Le commissaire du bord lut un extrait de l'évangile: «et Jésus dit à Simon, "ne crains rien désormais ce sont des hommes que tu pêcheras". Ils ramenèrent les barques à terre et, laissant tout là, ils le suivirent». Les fidèles se levèrent pour entendre les prières prononcées par le commandant. On lut un autre passage du Nouveau Testament et on chanta encore un psaume.

Ensuite, le commandant Rostron demanda à chacun de s'asseoir, et il alla se placer debout devant la table.

«Mesdames et messieurs, commença-t-il, le service religieux est terminé. Je n'ai pas pour habitude de m'adresser aux passagers dans ces circonstances mais il s'est passé un événement hier soir qu'il est de mon devoir de vous relater. Certains d'entre vous savent déjà qu'on a vu une passagère tomber à l'eau. On m'en a averti et j'ai immédiatement donné des ordres pour qu'on fasse demi-tour et qu'on entame des recherches. La passagère a été retrouvée mais il était trop tard pour la sauver. Nous ignorons encore qui elle est et dans quelles circonstances ce tragique accident s'est produit. Mr. Saxon, l'officier chargé de la sécurité — le commandant indiqua un des officiers qui se leva — est chargé de l'enquête. Si vous pouvez aider à identifier le corps ou apporter quelque lumière que ce soit sur ce qui s'est passé, je vous serais très reconnaissant de lui en faire part. Son bureau est à côté de celui du commissaire de bord. Je voudrais seulement ajouter que ce genre de tragédie arrive forcément de temps à autre sur les paquebots de la taille du *Mauretania*, qui transporte deux mille passagers et huit cents hommes d'équipage. Dans ces circonstances, les mesures appropriées sont prises par le commandant mais la vie à bord continue normalement. J'espère que cela ne vous empêchera pas de profiter de votre traversée.

Le commandant Rostron prit son livre de prières et quitta le salon. Un murmure courut dans l'assistance, qui ne tarda pas à se transformer en un véritable chœur de voix. Rares étaient ceux qui n'avaient aucun souvenir de la nuit précédente. La plupart avaient remarqué des sons et des mouvements étranges, ainsi que des femmes seules sur le pont. Ceux qui avaient assisté aux recherches les racontaient aux autres.

Alma se retourna et fit semblant d'écouter un homme qui, assis derrière elle, prétendait avoir entendu un cri. Elle jeta un coup d'œil à Walter. Leurs regards se croisèrent. Il ne semblait pas troublé. Il tourna légèrement la tête de droite à gauche, puis emboita le pas aux fidèles qui se dirigeaient vers la porte. Alma comprit ce qu'il avait voulu lui dire. Il n'y avait pas de raison de s'affoler. Elle se leva et se dirigea vers l'autre sortie.

Marjorie Livingstone Cordell avait réussi à s'asseoir dans un fauteuil au second rang. Elle avait apprécié les psaumes mais le commandant ne l'avait pas convaincue.

« C'est facile de dire de ne pas s'inquiéter, qu'on tire des corps de l'eau à chaque voyage.

Cela ne me suffit pas. Imaginez que cette pauvre femme ait été poussée. Qui démêlera les faits? Le petit bonhomme à la moustache rousse qui s'est levé lorsque le commandant a prononcé son nom? À moi, il n'inspire pas confiance.

— À moi non plus. Vous avez raison, reconnut sa voisine.

— Marjorie, si tu me pardonnes l'expression, intervint Livy qui était assis de l'autre côté, tu nages complètement. C'est exactement le genre de travail pour lequel l'officier de sécurité a été formé. C'est le flic du bateau. C'est lui qui s'occupe des passagers clandestins, des contrebandiers, des ivrognes.

— Les passagers clandestins sont une chose, les assassins en sont une autre, répondit Marjorie d'un ton sec.

— Pour l'amour du Ciel, qui parle d'assassinat?

— Je pensais qu'il s'agissait d'un suicide, remarqua la voisine.

— Assassinat, suicide, accident, croyez-vous vraiment que la petite moustache rousse puisse faire la différence?

— Il s'appelle Saxon, chérie, dit Livy.

— Je vais te dire une chose, Livy. Si c'était moi ou ma fille qui avait été repêchée, tu ne serais pas si satisfait de le voir chargé de l'enquête. Mais où est Barbara? Je ne l'ai pas vue ici.

— Non. J'imagine qu'elle n'a pas eu envie de suivre l'office.

— Nous ne l'avons pas vue non plus au petit déjeuner. Oh! mon Dieu! Où est-elle, Livy?»

Marjorie se leva et regarda autour d'elle, affolée.

«Calme-toi, Marje. Elle peut se trouver n'importe où: dans sa cabine, au bar, dans la bibliothèque... Elle est peut-être étendue quelque part. »

Marjorie poussa un cri de désespoir.

« Sur une chaise longue, ma chérie. Sur une chaise longue !

— Il faut la retrouver !

— O.K. Va voir dans sa cabine. Moi, je vais regarder dans tous les autres endroits.

— Nous devrions peut-être en parler au commandant ? Il pourrait lancer un appel public.

— Pas avant d'avoir vérifié, Marje. Fais ce que je te dis, tu veux bien ? »

2

Lorsque le commandant Rostron revint sur la passerelle, le médecin du bord l'attendait.

« Si vous avez quelques minutes, commandant, j'aimerais que vous alliez voir le corps à la morgue.

— Je l'ai vu hier, docteur. Je ne l'ai pas reconnu.

— Il ne s'agit pas de cela mais de quelque chose que personne n'a remarqué la nuit dernière.

— Ne pouvez-vous pas simplement me dire ce que c'est ? »

Le docteur jeta un regard furtif en direction des officiers à portée de voix.

« Je crois que vous devriez le voir vous-même, commandant.

— Bon. Alors, allons-y. Je serai sans doute obligé de vous tenir pour responsable d'avoir gâché mon repas, docteur. »

Dans l'étroit magasin, situé sur le pont inférieur et qui servait occasionnellement de morgue, le docteur tira le drap et montra au commandant ce qui le préoccupait.

« Je vois... fit le commandant en poussant un profond soupir. C'est mauvais, docteur. Très mauvais. L'avez-vous montré à Mr. Saxon ?

— Pas encore, commandant.

— Je crois que vous feriez mieux de le faire.

Et tout de suite. Entre nous, j'espère qu'il sera à la hauteur. Oui, espérons-le. »

Livy trouva Barbara peu avant le déjeuner. Elle était assise au fumoir avec Paul. Ils avaient des cartes disposées sur la table devant eux et ils semblaient en pleine discussion à ce propos.

« Nom de Dieu, que je suis content de te voir !

— Hello, Livy, dit Barbara d'un ton désinvolte. Tu arrives bien. Tu sais jouer au bridge aux enchères ? Paul essaie de m'apprendre.

— On ne t'as pas aperçue de la matinée. Ta mère est presque folle d'inquiétude. »

Barbara secoua la tête d'un air grave.

« Elle, inquiète ? Livy, que penser d'une mère qui est prise de panique parce qu'elle ne m'a pas vue au petit déjeuner ? Je ne suis plus une enfant. J'ai survécu un an à Paris sans que maman me tienne la main. Il va falloir que nous ayons une conversation avec elle.

— Elle avait une raison pour s'inquiéter, Barbara. Tu n'as pas assisté au service dominical, n'est-ce pas ?

— C'est pour ça ? » Barbara se tourna vers Paul : « Je n'ai pas suivi le service religieux. Je suis vraiment une brebis perdue. »

Livy ne releva pas le sarcasme.

« Je veux simplement dire que tu n'as pas entendu les informations du commandant au sujet de la femme morte.

— La femme morte ? Qui est mort ?

— Tout est là. Personne n'en sait rien. Elle est tombée à la mer, la nuit dernière, et elle était morte lorsqu'on l'a repêchée. On ignore qui elle est. Tu comprends maintenant pourquoi Marje est dans un tel état ? »

Barbara se leva.

« J'y vais tout de suite. Où est-elle ?

— Elle est allée jeter un coup d'œil dans ta cabine... Que diriez-vous d'une bière, Paul ? »

Ils rapportèrent leurs verres à la même table.

« Alors, vous voulez apprendre le bridge à Barbara ? » demanda Livy.

Paul hocha la tête.

« C'est un jeu intéressant. Nous avons joué au whist hier soir et à la fin, nous nous en sortions plutôt bien... Il paraît que le bridge serait encore mieux, alors j'essaie de montrer à Barbara comment on fait les annonces.

— Vous devriez constituer une bonne équipe. N'avez-vous pas étudié les mathématiques tous les deux ?

— Je ne sais pas si c'est vraiment un avantage, répondit Paul en souriant.

— Ces gens avec lesquels vous jouiez, comment en êtes-vous arrivés à vous entendre pour faire une partie ensemble ?

— Oh ! Par pur hasard. J'étais en train de discuter avec ce type qui a retrouvé mon portefeuille, quand la femme qui recrute des artistes est venue pour essayer de nous embaucher.

— Celle qui s'entretenait avec Barbara ?

— Tout juste. Jack a parlé de whist en passant et elle nous a immédiatement proposé de ne plus nous ennuyer avec son spectacle si nous acceptions de faire une partie. J'ai donc demandé à Barbara d'être ma partenaire et tout s'est très bien passé jusqu'au moment où les deux autres se sont brouillés.

— Pourquoi ?

— L'histoire habituelle. Elle a critiqué sa

façon de jouer. Il l'a d'abord très bien pris mais, en fin de partie, elle a mis de l'argent sur la table. Les jeux d'argent sont interdits et il lui a ordonné brutalement de reprendre son argent. Tout cela est un peu ridicule, mais les gens s'énervent aux cartes. Il a quitté la table et l'a laissée au bord des larmes. Barbara l'a calmée. C'est à ce moment-là que je vous ai rencontré au bar.

— Je vois. Et cela ne vous a pas dégoûté des cartes, vous deux ?

— Pourquoi ? Nous ne nous sommes pas disputés. Nous avons gagné.

— Barbara n'est pas toujours aussi calme qu'elle le paraît. Elle peut devenir enragée quand elle joue. Elle n'aime pas perdre.

— Je m'en suis aperçu. C'est à son honneur, Livy. Cela me plaît. »

3

Il n'y avait pas de tables individuelles dans la salle à manger de deuxième classe, seulement des tables pour quatre ou six couverts. Walter avait pris son petit déjeuner de bonne heure. Il s'était assis à l'extrémité d'une table de six. Un jeune couple avait pris place à l'autre bout. Probablement des jeunes mariés. Ils n'avaient pas adressé la parole à Walter.

Le déjeuner dominical se passa autrement. Il était servi à une heure précise et tout le monde arriva en même temps. Walter se rendit à une table de quatre. Trois personnes étaient déjà installées : un couple avec un enfant, une petite fille avec une natte qui se balançait derrière le dossier de sa chaise. Walter demanda la permission de se joindre à eux.

« Je vous en prie, répondit l'homme avec un accent anglais des Midlands. Nous serons heureux d'avoir de la compagnie. Je m'appelle Wilf Dutton. Voici ma femme Jane et notre Sally.

— Dew. Walter Dew. »

Walter sourit et s'empara du menu.

« Pourquoi ce monsieur s'assied à notre table ? demanda Sally.

— Ce n'est pas la nôtre. Nous devons la partager, répondit Jane en souriant d'un air gêné.

— C'est mieux qu'à la maison, dit Wilf.

— Pardon ?

— J'ai dit : "c'est mieux qu'à la maison". On a le choix entre trois rôtis.

— Oui. C'est juste.

— Nous émigrons. Il n'y a pas de travail à Leicester. Vous connaissez cette ville ? Sûrement pas. Mon frère a une entreprise à Rhode Island. Il travaille dans le bâtiment, comme moi. Il m'a conseillé de tout liquider et de venir le rejoindre. Il nous a même envoyé les billets, en seconde classe. Pas mal, hein ? Est-ce que je ne devrais pas vous connaître, Mr. Dew ? »

Walter secoua la tête.

« Je ne pense pas.

— Il me semble que je vous ai déjà vu. Vous n'êtes jamais venu à Leicester ?

— Wilf, intervint Jane, ne pose pas de questions personnelles.

— Il n'y a rien de personnel là-dedans.

— Il se peut que j'y sois allé étant enfant, dit Walter. Mais certainement pas récemment.

— Dans quelle partie êtes-vous, Mr. Dew ?

— Wilf... dit Jane sur un ton plaintif.

— Je suis à la retraite », répondit Walter qui se tourna vers la petite fille : « C'est ta première traversée de l'océan, Sally ?

— Sally, le monsieur te parle, dit Jane.

— Vous n'avez pas l'air assez vieux pour être à la retraite, dit Wilf. Vous étiez quoi ? Soldat ?

— Réponds à la question, insista Jane.

— Non, dit Sally.

— Pourquoi devrait-elle répondre ? dit Walter. Elle est comme moi, un peu timide au premier abord. Avez-vous vu le menu, Mrs. Dutton ?

— Si ce n'est pas votre visage que je connais, alors c'est peut-être votre nom, dit Wilf. Walter Dew. Vous n'êtes pas célèbre, par hasard ?

— C'est un nom très commun.

— Joueur de cricket ?

— On vient prendre la commande, chéri, dit Jane. Minestrone, qu'est-ce que c'est ?

— Une soupe aux légumes, répondit Walter.

— C'est à moi qu'elle l'a demandé. J'aurais pu le lui dire, répliqua Wilf.

— Changeons de sujet, décida Jane. Avez-vous entendu parler de cette pauvre femme qui est tombée par-dessus bord, Mr. Dew ? »

Ce sujet occupait aussi bien les tables rondes et recouvertes de nappes blanches de la salle à manger de première classe que les tables pliantes alignées en troisième classe. Les passagers passèrent l'après-midi à exposer leurs théories. Des témoins venaient en flot régulier déposer devant l'officier de sécurité, et faisaient ensuite profiter de leurs renseignements ceux qui se reposaient sur le pont. La nouvelle se répandit que Mr. Saxon posait des questions étranges. Il voulait savoir si on avait vu des gens sur le pont ou du côté des cabines aux alentours de minuit. Il demanda à plusieurs témoins s'ils avaient entendu un bruit de lutte ou un cri.

L'un des informateurs de Mr. Saxon était un garçon de cabine. Il paraissait très nerveux. Il resta au garde-à-vous pendant toute sa déposition, les yeux sur l'abat-jour de la lampe suspendue au-dessus de la tête de Mr. Saxon. Quand il eut fini, l'officier lui demanda :

« Vous êtes certain de ne pas vous tromper ? Vous voyez beaucoup de passagers le jour de l'embarquement. Comment pouvez-vous en être sûr ?

— Je ne sais pas, monsieur.

— Quel nom avez-vous dit ?

— Mrs. Brownhoff, monsieur. »

Mr. Saxon jeta un regard à l'un de ses assistants qui consulta la liste des passagers. Il secoua la tête.

« Il n'y a personne de ce nom à bord. Vous dites qu'il s'agissait d'une passagère ayant une carte d'embarquement ?

— Oui, monsieur.

— Vous avez conduit cette dame à sa cabine. Quelle numéro portait-elle ? »

Le garçon baissa les yeux.

« Vous ne vous en souvenez pas, mon garçon ?

— C'était une cabine située à bâbord, monsieur.

— Comment pouvez-vous vous rappeler ça ?

— Elle m'a demandé de quel côté du bateau elle se trouvait. Et elle m'a donné un shilling. »

Mr. Saxon jeta un regard de côté.

« C'est probablement un renseignement intéressant... Et vous dites, poursuivit-il en s'adressant de nouveau au garçon, que vous n'avez pas revu cette dame depuis. Avez-vous pour principe de vérifier si toutes les personnes que vous avez conduites à leur cabine sont toujours à bord ?

— Non, monsieur.

— Si votre Mrs. Brownhoff ne s'était pas sentie bien pendant son premier jour en mer, ne se pourrait-il pas qu'elle soit restée dans sa cabine ce qui expliquerait que vous ne l'ayez vue nulle part ?

— J'imagine, monsieur.

— Vous imaginez ? Que voulez-vous dire par là ?

— Je veux dire que oui, monsieur. Je ne l'aurais pas vue.

— Je crois que nous perdons un temps précieux », dit Mr. Saxon.

L'officier qui avait la liste des passagers en main intervint :

« Il y a une Mrs. Baranov dans la cabine 89.

— Elle n'a pas disparu, dit l'officier qui notait les dépositions. Elle était au service religieux, ce matin. Elle a les cheveux bruns, le teint plutôt pâle, sourit peu mais est néanmoins séduisante. Elle doit avoir autour de trente ans.

— Ce portrait correspond-il à la personne qui vous a donné le shilling ? demanda Mr. Saxon au garçon.

— Oui, monsieur.

— Bon. Il semble que nous ayons éclairci ce petit mystère. Quelqu'un vous a-t-il poussé à faire cette déposition ?

— Non, monsieur.

— Parce que si vous cherchiez délibérément à me gêner dans l'exercice de mes fonctions, je veillerais personnellement à ce que vous ne soyez plus jamais employé sur le *Mauretania* ou sur tout autre bateau. Retournez à vos occupations. »

Il fallut enregistrer des dépositions tout l'après-midi. C'était nécessaire mais Mr. Saxon n'avait pas l'esprit en repos. Il avait d'autres choses à faire. Vérifier par exemple que toutes les cabines étaient bien occupées. Il ne faisait pas confiance aux stewards. Il connaissait leur réputation, les histoires qui couraient à propos de leur comportement envers les passagères non accompagnées. Cette vérification aurait dû être faite parallèlement. Il manquait à la fois de temps et d'assistance.

4

Vers l'heure du thé la nouvelle se répandit que la femme avait été assassinée. Dans le salon de première classe, où le décor XVIIIe entretenait une atmosphère d'élégance douillette, des commentaires à faire frémir volaient au-dessus des canapés au saumon et des théières en argent. Les dames écoutaient, bouches bées, leurs compagnons leur décrire les horreurs cachées au-dessous d'elles, dans les ponts inférieurs : des égorgeurs armés de poignards, des chauffeurs irlandais ivres, des mécaniciens rapaces, des émigrants pillards rôdaient dans l'entrepont en attendant la nuit. Personne n'était en sécurité. C'était une vision effrayante. Il n'y avait pas d'issue. Ils étaient prisonniers du navire.

Cette anxiété s'exprimait avec des degrés divers dans tous les endroits publics :

« C'est peut-être un maniaque. Quelles mesures prend-on ?

— Ma chérie, on ne prend pas de mesures, on ne prend que des témoignages.

— C'est absurde. Le commandant devrait nous assurer un minimum de protection.

— Tu n'as pas vraiment peur, n'est-ce pas ? Toi qui es toujours si courageuse...

— Pas de pommade, tu veux ? Si tu avais le moindre souci de ma sécurité, tu irais trouver le commandant et tu lui demanderais ce qu'il a l'intention de faire pour nous protéger contre ce maniaque.

— Fais-lui crédit, ma chérie. Il fait de son mieux, j'en suis sûr.»

Sur le pont, Alma surprit un dialogue de ce genre. Le vent porta jusqu'à elle les dernières paroles échangées :

«C'est pour les pauvres femmes comme elle que je suis désolée. Imaginez-vous toute seule, sachant qu'un assassin est en liberté...»

Alma avait passé l'après-midi à lire dans sa cabine et venait de sortir pour prendre l'air. Le mot "assassin" lui fit un choc. Elle se mit à trembler. Avait-elle bien entendu ? Une nausée l'envahit. Elle se tourna vers la mer et s'agrippa au bastingage.

«Dites, vous avez besoin d'aide ? demanda quelqu'un.

— Non, merci.

— Vous êtes terriblement pâle. Avez-vous essayé les pilules *Mothersill* ? Elles sont très efficaces. J'en ai sur moi si vous voulez.

— Non, ce n'est pas cela. Je vais très bien.»

Au-dessous, sur le pont principal, Wilf et Jane Dutton se promenaient bras dessus, bras dessous. Sally les suivait avec sa corde à sauter. Jane ne cessait de se retourner.

«Tu ne peux pas l'oublier un instant ? demanda Wilf. Elle n'est pas folle. Elle ne va pas sauter par-dessus bord.

— Tu sais très bien pourquoi je la surveille, répondit Jane.

— Il s'agissait d'une femme, mon ange. Les hommes qui s'intéressent aux femmes ne perdent pas leur temps avec les petites filles. Si quelqu'un court des risques, c'est toi.

— C'est horrible, dit Jane. Je regrette que nous

ne soyons pas restés à Leicester, avec ou sans travail.

— Eh bien, pas moi. Hé! Ce n'est pas le type avec lequel nous avons déjeuné?»

Jane aperçut une silhouette voûtée, tournée vers l'océan.

«Oui, c'est lui. Laisse-le, Wilf. Nous ne sommes pas de son monde. Il n'a pas envie de se mêler à nous.

— Il n'a rien de plus que les autres. On l'a bien vu. "Mr. Walter Dew, retraité". Retraité de quoi, j'aimerais bien le savoir. Pourquoi a-t-il été si discret là-dessus? À ton avis, quel était sa profession? Prêteur sur gages? Non, ce n'est pas le genre. Quelque chose de plus chic. Un gigolo? Ça y ressemblerait plus. Tu aimerais danser un slow avec lui?

— Ne sois pas stupide.

— Eh bien, sinon quoi? En tout cas quelque chose de louche, ou je mange mon chapeau.

— Ce serait une bonne chose. Il est horrible. Graisseux et tout effiloché. Je ne sais pas ce que ton frère va en penser. Ils ne portent pas des choses pareilles en Amérique.

— J'ai trouvé! C'est lui l'assassin! Voilà pourquoi il parle si peu.

— Plus bas, Wilf!

— Le docteur Crippen en personne!

— C'est ridicule. Il a été pendu avant la guerre.

— Je sais. C'était une plaisanterie. Ce pauvre vieux Crippen sur le bateau et... Wilf s'interrompit. Nom de Dieu! Je sais qui il est!»

5

Entre sept et huit heures, les passagers de première classe se réunissaient au salon pour prendre l'apéritif. C'était le moment où les femmes paradaient dans leurs robes du soir, dont les soies et les satins de couleurs vives scintillaient au milieu des habits noirs et des chemises blanches des hommes. À ce point culminant de la journée, même les lambris d'acajou sculptés du salon ne semblaient pas trop recherchés. Le *Mauretania* avait été conçu pour de tels spectacles.

Barbara portait une robe de taffetas vert émeraude de chez Lanvin qu'elle avait achetée à Londres. Elle lui aurait coûté moitié prix à Paris mais la mode, à cette époque, était le dernier de ses soucis. C'était une chance que Livy fût si généreux de son argent ! Elle portait des boucles d'oreilles incrustées d'émeraudes et tenait un éventail noir à la main. La veille, elle avait été incommodée par la fumée des cigares, mais cela ne devait pas l'empêcher de faire une autre partie. Elle voulait que Paul fût son partenaire au bridge. Elle était certaine qu'ils gagneraient.

« Il faut voir si ça intéresse Jack, dit Paul, tandis qu'ils sirotaient du xérès. Nous ne pouvons pas décider pour lui.

— Katherine sera d'accord, dit Barbara. Elle

m'a dit hier soir que le bridge valait mieux que le whist.

— Ils ne voudront peut-être plus jouer ensemble après l'accrochage d'hier soir?

— C'était complètement idiot. À mon avis, ils seront tous les deux très heureux d'avoir l'occasion de recommencer.

— Peut-être. Il faudra le leur demander. Tu les as vus aujourd'hui?»

Le gong retentit.

«Dommage! dit Paul. Il aurait mieux valu les trouver avant le dîner.»

Barbara avait les yeux fixés sur la porte de communication avec le fumoir.

«Voici Jack. Il vient d'entrer.»

Ils contournèrent un groupe important pour aller à sa rencontre. Il avait une expression préoccupée qui ne le quitta pas, même après que Paul l'eut salué.

«Nous vous cherchions justement, Jack. Que diriez-vous d'une partie de cartes après le dîner? Barbara veut apprendre à jouer au bridge.

— Quoi? demanda Jack, l'air absent.

— Katherine dit que cela me plaira plus que le whist, intervint Barbara.

— Katherine? Vous lui avez parlé?

— Hier soir, après votre départ. Elle prétend qu'une traversée en bateau est la meilleure occasion d'apprendre.

— Oui, confirma Jack sans aucun enthousiasme.

— Si cela ne vous tente pas, je pense que nous pourrons trouver un autre partenaire, suggéra Barbara. Ce doit être très ennuyeux de jouer avec un débutant.

— Ce n'est pas cela, dit Jack. Pas cela du tout.

— Si Katherine est d'accord, voulez-vous que

nous nous retrouvions au fumoir comme hier soir ? »

Jack ne parut pas entendre la question. Il demanda à Barbara :

« Qu'a-t-elle dit d'autre hier soir ?

— Je ne sais pas. Rien d'important. Nous avons bu un café. Elle était un peu malheureuse mais elle s'est sentie mieux rapidement. Nous avons surtout papoté entre femmes.

— Que voulez-vous dire ? »

Barbara rougit.

« Eh bien, je lui ai raconté comment j'avais connu Paul.

— Et c'est tout ?

— À peu près. Elle est allée se coucher peu de temps après. J'aurais dû remarquer quelque chose ?

— Non. Excusez-moi. J'ai l'air de vous faire passer un interrogatoire.

— Je ne pense pas qu'elle veuille faire une histoire de ce petit incident.

— Non, probablement pas, répondit Jack. Si vous voulez bien m'excuser maintenant... »

Il suivit le mouvement général des passagers vers la salle à manger.

« Mais, vous ne nous avez toujours pas répondu... », commença Barbara.

Paul lui prit le bras.

« Laissons tomber pour le moment », dit-il.

6

« Vous voici ! s'écria John Finch comme s'il avait fait la plus grande découverte de la traversée. Il y a des heures que je ne vous ai pas vue !

— J'ai passé la journée au calme, expliqua Alma.

— Rien d'étonnant à ça », répondit John, qui se tenait debout près de la table d'Alma.

Il pencha la tête pour lui dire sur un ton confidentiel :

« Écoutez, il y a une question que j'aimerais discuter avec vous. Serait-ce me montrer trop insistant que de vous inviter de nouveau à ma table ? »

Alma avait mis au point sa réponse :

« J'apprécie votre gentillesse, Mr. Finch, et votre compagnie m'a été très agréable, hier soir, mais je crois préférable de vous dire que je voyage seule par choix délibéré. Vous me pardonnerez donc, je l'espère, de décliner votre invitation. »

John cligna des yeux.

« Oh, mon Dieu ! Qu'ai-je donc dit ? Chère Mrs. Baranov, je n'ai pas dû me faire comprendre. La question dont j'ai parlé n'a rien de personnel. Je ne suis pas le genre de type pour lequel les dames me prennent souvent. Il s'agit d'une question d'intérêt général, je vous l'assure. Elle concerne la malheureuse affaire de cette femme qu'on a repêchée hier. »

Alma se raidit. Les battements de son cœur s'accélérèrent. Elle eut besoin de toutes ses forces pour ne pas perdre son contrôle.

« Le sujet est très différent, je le reconnais, mais il ne me paraît pas tellement convenir à des propos de table. »

John parut déçu.

« Je peux difficilement le nier.

— De toute façon, ajouta Alma, je ne vois pas en quoi il me concerne.

— Seulement dans la mesure où il concerne toutes les femmes non accompagnées qui sont sur ce bateau, répliqua John avec une feinte désinvolture. Mais puisque manifestement vous préférez ne pas en parler..., ajouta-t-il avec un geste d'indifférence.

— Cela ne peut-il attendre que nous ayons fini de dîner ? »

John sourit.

« Je réserverai un fauteuil pour vous, au salon.

— Vous savez, disait-il une heure plus tard, tandis qu'on leur servait le café à une table discrètement située derrière un palmier, certains passagers sont préoccupés par la façon dont l'enquête sur ce malheureux incident est menée. Le sentiment général est que l'officier chargé de la sécurité — par ailleurs certainement très consciencieux — n'est pas très efficace. D'après ce qu'on dit, il se laisse submerger par les dépositions alors qu'aucune mesure n'est prise pour savoir qui était cette femme et comment elle a trouvé la mort. Le bruit court qu'elle aurait été assassinée.

— Je l'ai aussi entendu dire, mais j'imagine que c'est une rumeur sans fondement.

— Espérons-le, mais la rumeur est quasi générale. Les gens ont peur, ma chère amie. Il ne font pas confiance à Mr. Saxon pour les protéger. Les femmes seules comme vous ont le droit d'exiger qu'on assure leur sécurité.

— Oh! dit Alma, essayant de dissimuler son soulagement. Je n'ai pas besoin de protection, merci. »

Elle en avait rencontré, dans ses romans, de ces chevaliers servants qui se proposaient de veiller sur la vertu de crédules femelles voyageant seules...

John prit une expression peinée.

« Vous faites fausse route, ma chère. Je voulais seulement vous demander si vous étiez disposée à vous joindre à notre délégation.

— Quelle délégation ?

— Celle des passagers, unis dans un même souci. Il y en a déjà vingt ou trente, des hommes pour la plupart. Nous avons besoin d'une femme pour exprimer le point de vue de l'autre sexe. Et j'ai pensé à vous.

— Non, répondit fermement Alma. Pas moi.

— Pourquoi pas ? Le commandant est un être humain. Il ne va pas nous manger.

— Je ne vois pas de motif justifiant cette délégation. Qu'espérez-vous obtenir ?

— J'allais y venir. Je ne sais pas si je vous ai dit que notre souci n'était pas réservé aux passagers de première classe. En seconde et en troisième classes, il y a des gens tout aussi insatisfaits que vous et moi de la façon dont cette affaire est menée. Et ils nous ont fait savoir que, par un hasard extraordinaire, il se trouve en deuxième classe quelqu'un de beaucoup plus qualifié que Mr. Saxon pour enquêter sur une mort mystérieuse. Même vous, vous devez avoir entendu parler de lui : il s'agit de l'inspecteur Dew, de Scotland Yard. »

7

Le commandant Rostron posa la main sur l'épaule de Mr. Saxon.

« Cela ne vous discréditerait pas, lui assura-t-il. Personne ne peut trouver à redire à ce que vous avez déjà fait pour résoudre ce crime. Toutes ces dépositions nous seront très utiles. Mais l'inspecteur Dew — s'il s'agit bien de lui — est un spécialiste du crime. Ou plutôt, un spécialiste de la détection du crime, rectifia le commandant avec un sourire. Il a passé vingt ans ou plus à Scotland Yard.

— Oui, commandant, dit Mr. Saxon sur un ton peu convaincu.

— Ça devrait compter, poursuivit le commandant. La police considère que le meurtre est l'affaire des experts, n'est-ce pas ? Lorsque vous apparteniez à la police du port de Londres, avant d'entrer à la Cunard, avez-vous, euh... rencontré beaucoup de cas de ce genre ? »

Mr. Saxon serra les lèvres et secoua la tête.

« Il s'agissait surtout d'infractions au règlement des douanes, monsieur. Mais je me sens capable de me débrouiller ici aussi.

— Oui, vous nous en avez fait la démonstration, Mr. Saxon. Mais la question n'est pas seulement de trouver un assassin. Il est tout aussi important de montrer aux passagers que nous nous soucions de leur sécurité. Ce sont eux qui ont eu l'idée de recourir aux services de Dew. Je suis bien obligé d'en tenir compte, n'est-ce pas ? C'est une question de confiance.

— Nous ne savons même pas s'il est bien l'homme de Scotland Yard, remarqua Mr. Saxon.

— C'est un des points que je me propose d'éclaircir, l'autre étant de savoir s'il est disposé à nous aider. L'idée peut lui déplaire. Il a quitté Scotland Yard avant la guerre. »

Mr. Saxon reprit espoir.

« Il préférera peut-être m'assister », monsieur.

Le commandant eut une expression de doute.

« Je ne pense pas pouvoir demander à un homme de la réputation de Dew d'être votre subordonné. Et je crois que les passagers seraient plus heureux de savoir qu'il a pris la direction de l'enquête. Mais ne tirons aucune conclusion hâtive, Mr. Saxon. Je voulais simplement vous mettre au courant de la situation. Je peux compter sur votre collaboration quelle que soit la solution adoptée ?

— Oui, monsieur, répondit laconiquement Mr. Saxon.

— Je voudrais que vous soyez présent pour intervenir si nécessaire mais ne dites rien avant que je ne vous y invite, déclara le commandant en enfilant sa veste. Il doit se trouver dehors avec l'officier de quart. Ayez l'amabilité de lui demander d'entrer, voulez-vous ? »

L'homme qui entra était assez grand pour être un policier. Il était assez âgé pour être un policier à la retraite. Il portait la grosse moustache noire que les photographies de l'inspecteur Dew parues dans la presse — où on le voyait en compagnie de Crippen et de Le Neve, à la descente du bateau — avaient rendu familières.

Mais, aujourd'hui, il ressemblait plus à la proie qu'au limier. Il regardait de tous côtés comme s'il cherchait un moyen de fuir.

Le commandant Rostron lui tendit la main.

« C'est si gentil à vous de venir nous voir, Mr. Dew ! Il n'est pas nécessaire de faire les présentations. Je suis sûr que vous savez qui nous sommes et nous sommes certains de savoir qui vous êtes. »

Le commandant souriait. C'est tout juste s'il ne clignait pas de l'œil. Walter fixait sur lui un regard éteint.

« Asseyons-nous », suggéra le commandant en lui indiquant un fauteuil. Quant à lui, il se jucha sans façon sur son grand bureau d'acajou. Saxon s'installa sur une chaise, près de la porte.

« Je ne suis pas du genre à tourner autour du pot, dit le commandant. Je ne vous ai pas fait venir pour prendre l'apéritif, Mr. Dew, — si je puis vous appeler ainsi — aussi agréable que cela pût être. Comme vous savez, nous avons repêché une femme, la nuit dernière, et elle était morte, la pauvre âme. Vous en avez entendu parler ?

— Oui, murmura Walter.

— Mr. Saxon, ici présent, a pris l'enquête en main. C'est l'officier responsable de la sécurité qui se charge de tout incident survenant en mer. Mr. Saxon a été dans la police, n'est-ce pas, Mr. Saxon ?

— Dans la police des docks, précisa Mr. Saxon. Au port de Londres.

— Il sait y faire avec les passagers clandestins et les contrebandiers, mais une mort suspecte, c'est une tout autre histoire. Je m'ouvre à vous, maintenant, Mr. Dew. J'ai parlé d'une mort suspecte. »

Walter hocha la tête d'un air grave.

« Une information m'est parvenue, poursuivit le commandant, information vous concernant. C'est peut-être une erreur. Les coïncidences, ça existe. Mais sauf erreur, donc, vous êtes le seul homme sur le *Mauretania* qui puissiez nous aider dans notre enquête. »

Il s'interrompit pour juger de l'effet de ses paroles. Walter, les yeux baissés, regardait ses mains. Elles tremblaient.

« Vous êtes bien l'inspecteur principal Dew, autrefois en service à Scotland Yard ? » demanda le commandant sur un ton moins assuré.

Walter leva les yeux. Il regarda le commandant. Il regarda Mr. Saxon.

« De quoi s'agit-il ?

— Je croyais m'être expliqué. Nous avons besoin d'un enquêteur expérimenté. Mr. Dew, êtes-vous, oui ou non, l'homme qui a arrêté le docteur Crippen ?

— Eh bien... oui », répondit Walter en tripotant sa cravate.

Le commandant jeta un regard à Saxon.

« Voilà qui me soulage. Pendant un moment, j'ai cru... Peu importe. Je serai tout à fait honnête avec vous, inspecteur. Nous pensons que la femme était déjà morte lorsqu'elle a été jetée à la mer. Nous croyons qu'elle a été assassinée.

— Et pourquoi le croyez-vous ? demanda Walter en fronçant les sourcils.

— Vous devriez voir ça vous-même, inspecteur. Vous faire votre propre opinion. Si vous acceptez de vous occuper de l'affaire, bien entendu.

— Vous voulez dire... de vous aider ?

— Nous avions plus que ça en tête. Nous espérions que vous pourriez vous charger de l'enquête. »

Walter secoua la tête.

« Non c'est impossible.

— Pourquoi, inspecteur ? Mr. Saxon ne serait que trop content de laisser la première place à un policier aussi éminent et expérimenté que vous. »

Walter tourna la tête vers Mr. Saxon dont le regard était perdu dans le vide.

« Je... hm... Je suis à la retraite, dit Walter.

— Nous ne l'ignorons pas, mais vous êtes plus jeune que moi, me semble-t-il, et je prétends n'être pas encore décrépit, répondit le commandant en riant. Vous ne me ferez pas croire que vous êtes moins perspicace que le jour où vous avez passé les menottes à Crippen.

— Je n'ai pas d'autorité. Je ne suis plus qu'un simple individu. »

Le commandant balaya l'objection d'un grand geste.

« Ne vous inquiétez pas pour ça. Vous bénéficierez de ma propre autorité. C'est suffisant. Seigneur ! J'ai le droit de baptiser, de marier, d'enterrer les passagers, et je n'aurais pas celui d'engager un bon détective pour s'occuper d'eux ?

— Pour s'occuper d'eux ?

— Pour trouver le criminel, inspecteur. Vous savez, j'ai des devoirs envers eux.

— Certainement.

— Et je considère qu'il est de mon devoir de vous demander votre collaboration.

— Je ne suis qu'un passager sur votre bateau, dit Walter. Je ne possède rien de ce qui est nécessaire à un détective.

— Tel que... ? »

Mal à l'aise, Walter s'agita dans son fauteuil.

« Eh bien, un carnet.

— Vous l'aurez, dit le commandant. Des menottes, une loupe... Tout ce que vous voulez... Un crayon, un mètre, ajouta-t-il en se mettant à attraper des objets sur son bureau.

— Les casiers judiciaires, dit Walter. C'est très difficile de travailler sans casiers judiciaires.

— Je peux envoyer un radiogramme à Scotland Yard. Vous devriez être le premier à le savoir, inspecteur.

— Ah oui !

— Vous ai-je convaincu ?

— Oui, dit Walter, l'air sombre. Je suppose que oui.

— Bravo ! Nous vous en sommes très reconnaissants, n'est-ce pas, Mr. Saxon ?

— Très reconnaissants, répéta celui-ci.

— Immensément reconnaissants, dit le commandant. Je suppose que vous voulez voir le corps maintenant », ajouta-t-il en se levant et en se dirigeant vers la porte.

8

Cette journée, qui avait fait battre les cœurs et mis les nerfs de tous à l'épreuve, était pourtant bien un dimanche. À neuf heures du soir, tous les sièges du salon de première classe étaient occupés. Un récital de piano et de violon avait été prévu. Mais la principale attraction de ce concert était incontestablement le Signor Martinelli qui avait consenti à interpréter, pendant la seconde partie de la soirée, quelques-uns de ses airs les plus populaires.

Alma avait trouvé une place à l'extrémité d'un rang, à côté d'une femme vêtue d'une robe de crêpe noir et argent, qui ne s'intéressait visiblement qu'à la personne assise à sa gauche, un homme de petite taille portant une ceinture de smoking pourpre. Alma avait pensé que cet endroit en valait bien un autre pour passer la soirée à rassembler tranquillement ses idées. Mais elle avait compté sans John Finch. Elle entendit sa voix résonner à son oreille à la fin d'une étude de Chopin. Il était assis juste derrière elle.

« J'ai pensé que vous aimeriez savoir où nous en sommes. Le commandant est un vieux renard. Il nous a écouté sans un battement de paupière. À croire qu'il savait que Dew était à bord de son navire, mais je suis bien sûr que non. Il nous a remerciés de l'avoir averti et a prétendu qu'il allait y réfléchir. Que je sois pendu si je n'ai pas entendu dire que, vingt minutes après, Dew était convoqué dans son bureau. »

Ses derniers mots furent couverts par quelques sifflets. La pianiste entamait le morceau suivant. Alma ne l'écouta pas. Elle essayait de concevoir l'inconcevable. Si les renseignements de John étaient exacts, Walter avait été invité à enquêter sur le meurtre qu'il avait lui-même commis. Cela dépassait l'entendement. Mais, petit à petit, elle commença à entrevoir que s'il acceptait ce rôle et parvenait à le jouer de façon convaincante, personne ne devinerait jamais la vérité.

« Le bruit court que le commandant va s'adresser à nous pendant l'entracte, reprit John tandis qu'on applaudissait la pianiste. À mon avis, il ne sera pas seul. Il a un atout dans la main, à présent, et il veut le montrer à tout le monde. »

Pendant le solo de violon, Alma fit des prières pour Walter. Le pauvre devait à peine être remis du choc, après sa convocation dans le bureau du commandant, et maintenant il allait devoir s'exhiber devant tous les passagers ! Surmonterait-il cette épreuve ?

Le violoniste jouait son deuxième morceau lorsque Alma fut parcourue d'un frisson glacé : le commandant se tenait dans l'embrasure de la porte, flanqué de Walter, blanc comme un mort. Ils attendirent la dernière note. Ils attendirent la fin des applaudissements. Et puis ils allèrent prendre la place du soliste.

Tout le monde se tut. Le commandant prit la parole :

« Je n'interromperai pas votre plaisir bien longtemps, mesdames et messieurs. Ceux parmi vous qui étiez présents au service dominical, ce matin, se souviendront que j'y avais évoqué un sujet douloureux ; le décès d'une passagère. Depuis, certains d'entre vous ont eu la bonté de donner à l'officier chargé de la sécurité des renseignements se rapportant à l'incident. Cependant, il reste encore des questions sans réponse. Je sais que vous êtes impatients de voir cette affaire résolue et, bien entendu, je partage votre sentiment. Je suis donc heureux de vous annoncer que j'ai accepté l'offre de ce gentleman à ma gauche qui se propose de nous aider. Il a été Inspecteur Principal à Scotland Yard, c'est un limier célèbre. En vérité, en-dehors du monde de la fiction, je ne pense pas qu'il existe un policier plus connu que celui qui a arrêté Crippen : l'Inspecteur Principal Dew ! »

Un tonnerre d'applaudissements accueillit ses paroles. Les passagers tendaient le cou pour apercevoir l'homme qui avait arrêté Crippen. Les yeux de Walter lui sortaient bien un peu de la tête, mais il tenait bon. Le commandant poursuivit :

« Étant donné les circonstances, j'ai demandé à l'Inspecteur Principal de mener l'enquête à la place de Mr. Saxon, lequel a beaucoup d'autres tâches à remplir sur ce bateau. Je ne sais pas si, à ce stade, vous avez quelque chose à nous dire, inspecteur...

— Non, répondit Walter fermement.

— En ce cas, j'ajouterai seulement que j'ai la certitude que les passagers et l'équipage vous apporteront tout leur soutien pour donner à l'enquête une conclusion rapide et satisfaisante.

— Bravo ! cria quelqu'un et les applaudissements redoublèrent.

— Et maintenant, quinze minutes d'entracte avant que le Signor Martinelli ne chante pour vous », annonça le commandant.

Il adressa quelques mots à Walter et ils quittèrent ensemble le salon.

« Ne vous l'avais-je pas dit ? demanda John.

— Oui », répondit Alma qui commençait de nouveau à respirer.

Quelques rangs plus bas, Marjorie se tourna vers Livy :

« On dirait qu'ils ont mis un professionnel sur l'affaire. Qui était ce Crippen ?

— Il a fait les gros titres des journaux il y a quelques années... C'était un médecin de Londres. Il a empoisonné sa femme, il l'a coupée en petits morceaux et il a enterré les morceaux dans sa cave. Ensuite, il a pris un bateau pour le Canada avec sa maîtresse.

— Eh bien ! Ces Anglais ont peut-être de bonnes manières mais ils se font des choses horribles les uns aux autres...

— Chérie, le docteur Crippen était de Coldwater, dans le Michigan ! »

Cependant, les Britanniques étaient sans nul doute aussi satisfaits que les Américains de voir l'inspecteur Dew chargé de l'affaire. Tout en prenant le café, on discuta passionnément de sa carrière. Au cours de ses vingt années d'activité, le seul cas qu'il n'avait pas réussi à résoudre était celui de Jack l'éventreur. Cela avait été sa première affaire, il est vrai, et il était très jeune, à l'époque. Il n'existait pas de policier plus brillant. Toutes les terreurs accumulées pendant la journée s'envolèrent. Un chœur de louanges s'éleva à la gloire de Dew, de Scotland Yard et du commandant Rostron.

L'humeur était si joyeuse que Martinelli rencontra ce jour-là son meilleur public. On l'applaudit, on l'acclama, on le bissa. Et on ne prêta pas attention au fait que sa dernière chanson s'intitulait *Nessun Dorma* : Personne ne dormira.

9

Après le récital, Alma refusa l'offre de John d'aller prendre "un verre ou deux" avec lui et elle se rendit dans le petit salon. Avant la guerre, lorsque le fumoir était réservé aux hommes, le petit salon était le refuge des femmes. Il y régnait une atmosphère tranquille et raffinée. Les fauteuils étaient recouverts de tissu et le sol, d'un tapis vert tendre. Des exemplaires de *Vanity Fair* et de *Vogue* étaient disposés sur des petites tables basses. Alma préférait rester là plutôt que dans sa cabine. Elle lia bientôt conversation avec une dame de Baltimore, laquelle fuyait son ex-mari qui voulait une réconciliation. C'était réconfortant de prêter l'oreille aux soucis de quelqu'un d'autre.

Soudain, vers minuit, un garçon de cabine annonça qu'on cherchait Mrs. Baranov. Il dut répéter le nom deux fois avant qu'Alma ne réagît. Il lui remit un message ainsi libellé: *Poste de Sauvetage n° 3, Pont principal, dès que possible. W..*

Walter. Il avait besoin d'elle. Le pauvre avait eu à subir une terrible épreuve. Leur plan s'était retourné contre lui. Il n'était plus maître des événements. C'était un appel au secours.

Alma prit congé de son interlocutrice.

« Soyez prudente, lui dit celle-ci. Ne prenez pas de risques. »

Ce fut la seule allusion, dans leur conversation, au sujet qui en obsédait tant d'autres.

Alma se rendit d'abord dans sa cabine et elle mit sur ses épaules la cape de velours noir de Lydia. Il devait faire froid dehors. Avant de sortir, elle releva le capuchon.

Le vent s'engouffra dans sa cape et la projeta en avant. Alma la serra plus fort autour d'elle. Le pont semblait désert mais ce n'était vraisemblablement pas le vent qui empêchait les passagers de se promener au clair de lune. Elle savait qu'elle n'avait rien à craindre et, pourtant, elle avait l'estomac crispé. Elle ne savait pas très bien comment les postes de sauvetage étaient numérotés. Il fallait espérer qu'elle allait du bon côté.

Soudain, on lui agrippa l'épaule. Des doigts s'enfoncèrent dans sa chair. On lui fit faire volte-face. Le capuchon glissa de sa tête. Elle poussa un cri. Walter était là, devant elle. Dans la lumière du bateau, ses yeux avaient une expression démoniaque.

« Alma ! s'écria-t-il, stupéfait. Mon Dieu ! Vous m'avez donné un tel choc. J'ai cru... Il la serra contre lui. Pardonnez-moi. Je dois être fou. Dans cette cape, je vous avais prise pour Lydia.

— Elle est morte, répondit Alma, tremblante de peur. Lydia est morte.

— Oui. J'ai perdu la tête. C'est tout à fait stupide.

— C'est compréhensible si on songe à tout ce que vous venez de vivre. »

Walter secoua la tête.

« Quoi qu'il en soit, je vous ai effrayée. Est-ce que je vous ai fait mal ?

— Juste un petit peu. »

Une mèche de cheveux lui barrait le visage.

Walter la releva. Elle crut qu'il allait l'embrasser mais il n'en fit rien.

« Il n'y a personne, dit-il. J'ai fait le tour du pont. Marchons un peu. »

Elle avait levé la tête pour rencontrer ses lèvres. Elle la baissa comme si elle avait voulu faire un signe d'acquiescement. Walter n'avait rien remarqué. Il y avait intérêt à se rappeler que, dans les romans d'amour, tous les hommes, sans exception, ont besoin d'être guidés pour comprendre les subtilités de l'âme féminine. Il fallait de la persévérance.

« Quelle peur vous avez dû ressentir lorsque vous avez été convoqué par le commandant ! dit-elle.

— Oui. Je me demandais ce qu'il me voulait. J'aurais dû le deviner.

— C'est ma faute. C'est moi qui ai eu l'idée de vous appeler Walter Dew.

— Nous l'avons eue ensemble.

— Comment imaginer une chose pareille... qu'ils vous demanderaient d'enquêter sur la mort de Lydia ! Chéri, quels moments vous avez dû traverser ! Vous étiez blanc comme un linge lorsque le commandant vous a présenté aux passagers. Mais vous avez été merveilleux, si convaincant !

— Si j'étais blanc, c'est pour la bonne raison que je venais juste d'aller voir le corps. »

Elle lui serra le bras des deux mains.

« Quelle horreur, Walter ! Je n'en savais rien.

— Il y avait de quoi être troublé. Imaginez-vous que le corps n'était pas celui de Lydia.

— Comment ? s'exclama Alma, dans un sursaut. Ce n'était pas Lydia ?

— Je sais, dit Walter. Cela paraît incroyable.

— Vous en êtes certain ?

— Absolument.

— On peut changer après la mort.

— Je ne me suis pas trompé, Alma. C'était une autre femme. »

Alma pensa avec horreur que Walter avait perdu la tête. Il n'avait pas supporté l'épreuve. Aussi calmement qu'elle put, elle demanda :

« Comment est-ce possible, Walter ? »

Il haussa les épaules.

« Je n'en ai aucune idée. Mais cela signifie que nous ne sommes plus en danger. Puisque ce n'est pas Lydia, nous sommes délivrés. »

Alma s'efforça de parler comme si elle acceptait sa version des faits.

« Mais il reste encore une difficulté à résoudre, non ?

— Laquelle ?

— Tout le monde vous prend maintenant pour l'inspecteur Dew. On attend de vous des résultats.

— Dans ce cas, je ferai mon possible pour leur en fournir, répondit Walter sans l'ombre d'une hésitation.

— Mais comment, Walter ? Vous n'êtes pas un vrai détective.

— Oh, mais si !

— Non, Walter, insista Alma. Vous n'en êtes pas un.

— Laissez-moi terminer, s'il vous plaît. Aux yeux de tous, — sauf vous — je suis Dew, et c'est la seule chose qui compte. Le commandant est satisfait. Il m'appuie de toute son autorité. Vous l'avez entendu ce soir. Je suis l'homme qui a arrêté Crippen. Et la sécurité des passagers m'a été confiée.

— Oui, chéri, ils le croient, mais vous ne l'êtes pas. Vous ne saurez pas quoi faire. Nous avons encore quatre jours à passer en mer. Il y a une femme morte à bord et vous dites que ce n'est pas Lydia. Il n'y a guère là où se raccrocher.

— Une femme assassinée.

— Mais s'il ne s'agit pas de Lydia, comment savoir si c'est vrai ?

— Elle a le cou meurtri. Cette femme a été étranglée, Alma. »

Elle retint son souffle. Comment pouvait-il avoir l'air aussi normal et raconter des choses pareilles ?

« Il y a donc un assassin à bord, poursuivit Walter, et j'ai le devoir envers les passagers et l'équipage de l'arrêter. Il n'y a personne d'autre pour le faire.

— Non, dit Alma. Personne d'autre.

— D'abord, il s'agit d'identifier la victime. J'ai déjà interrogé les stewards. C'est très simple. Ils connaissent tous les passagers maintenant. Tout le travail d'un détective consiste à vérifier les faits ; il faut simplement observer et questionner. J'ai fait ça toute ma vie.

— Vous n'avez pas peur ?

— Plus maintenant. Je suis du côté de l'ordre et de la loi. On me regarde avec respect. J'aime être le centre de l'attention. Je n'étais pas heureux dans le rôle de fugitif. C'est ça qui me faisait peur. Et il y a aussi d'autres avantages, ajouta-t-il en riant. On m'a donné une cabine de première classe. Dans le même couloir que vous. Le n° 75. »

Il la prit par la taille, d'un geste possessif. Alma serra la cape sur sa poitrine.

« Il serait imprudent de nous montrer ensemble, dit-elle.

— Évidemment.

— Mais je ne demanderais qu'à vous aider si je savais comment. »

Ils continuèrent leur promenade. L'océan, tout

noir, paraissait diabolique. Alma leva les yeux vers le ciel. Les mâts, avec leurs fils télégraphiques, glissaient devant la lune, blanche et pleine.

« Je crois que je devrais aller me coucher, dit Alma.

— Oui, dit Walter. Moi, je vais faire un dernier tour sur le pont. »

Il ne l'embrassa pas. Elle lui en fut reconnaissante. Elle ne voulait pas rester un instant de plus.

En approchant de sa cabine, elle rencontra la dame de Baltimore qui écarquilla les yeux en voyant Alma.

« Vous êtes sortie sur le pont ?

— Juste prendre un peu l'air.

— Comment avez-vous osé ? Vous auriez pu rencontrer l'assassin... »

Une fois dans sa cabine, Alma ferma sa porte à clef et tira le verrou. Mais elle ne se sentait toujours pas en sécurité. Elle poussa le fauteuil devant la porte.

Plus tard, dans son lit, elle essaya d'analyser ses craintes. Walter lui avait fait peur lorsqu'il l'avait saisie par l'épaule mais il s'en était expliqué. Avec cette cape, il l'avait prise pour Lydia. Qu'il ait eu une hallucination, elle pouvait le comprendre. Qu'il s'obstine à répéter que le corps n'était pas celui de Lydia pouvait être le fruit d'une autre aberration de son cerveau troublé. C'était peut-être inquiétant, mais cela ne lui faisait pas peur. À la racine de ses craintes, il y avait quelque chose qu'il avait dit : *Aux yeux de tous — sauf vous — je suis Dew...* Elle avait perçu comme du ressentiment dans ce *sauf vous*. Il voulait être Dew. C'était une nouvelle identité excitante et faite pour impressionner. L'homme qui avait arrêté Crippen et qui était maintenant le sauveur du *Mauretania*... Il n'y avait qu'un obstacle pour que l'illusion fût complète : Alma. Elle connaissait la vérité et c'était la raison pour laquelle il lui faisait peur.

10

John Finch n'avait pas été présenté à Paul Westerfield mais il se souciait peu des règles de bienséance.

« La matinée est agréable, lui dit-il en le trouvant sur le pont-promenade occupé à observer la mer après le petit déjeuner, le lundi. Lorsque cette brume se lèvera, nous serons dans une fournaise, si je m'y connais un peu.

— Vous croyez ? demanda Paul.

— C'est l'occasion de vous entraîner au *deck tennis*, mon vieux. Qui sait, vous serez peut-être de taille à battre le grand Bill Tilden ? Sur un pont, le jeu est très différent de celui qu'on pratique à Wimbledon. À moins que vous ne préfériez la roulette ?

— Faites-vous partie du comité des sports ? »

John éclata de rire.

« Non, non, vous ne trouverez jamais John Finch dans aucun comité et surtout pas dans celui-là. Je ne suis pas personnellement amateur de ce genre d'activités. Un petit pari sur les résultats, voilà un plaisir suffisant pour moi.

— Je ne parie jamais.

— Non ? demanda John, sceptique. J'aurais juré vous avoir vu jouer au whist l'autre soir, au fumoir.

— C'était une partie entre amis.

— Cela va sans dire, répondit John avec un

clin d'œil. Mais si jamais cela vous amusait d'en faire un, j'ai entendu dire que le coiffeur du navire prenait les paris sur le temps qu'il faudra à l'inspecteur Dew pour arrêter son homme.

— Voilà une belle initiative.

— N'est-ce pas ? Je pense engager un petit billet de cinq. Le coiffeur parie à quatre contre un que Dew n'arrêtera personne demain.

— Je ne suis pas très intéressé.

— Vous devriez l'être, mon vieux. Savez-vous que Dew a déjà obtenu un premier résultat ? Il a découvert l'identité de la victime. Ce matin, avec les stewards de première classe, il a fait le tour de toutes les cabines pour en trouver une qui n'aurait pas été occupée pendant la nuit. Il en a trouvé deux ou trois, évidemment. On sait ce que les gens font la nuit, sur un bateau. Il les a toutes éliminées, sauf une, et il a emmené le steward jeter un coup d'œil sur le corps.

— Il l'a identifié ?

— Tout de suite. Sans hésitation.

— Qui est-ce ?

— Eh bien, justement, une de vos amies, mon vieux. Une des quatre personnes avec laquelle vous avez fait cette partie de whist. Katherine Masters. »

CINQUIÈME PARTIE

Le roi à New York

1

Sur le pont, les chaises longues étaient disposées sur quatre rangs. Les habitués, dès qu'ils étaient à bord, s'en faisaient aussitôt réserver une. Cela fait, la chaise longue était marquée au nom de son locataire et lui était garantie pour la durée de la traversée. L'endroit précis où elle se trouvait était d'une importance capitale. Personne, à moins d'être spartiate ou de faire le voyage pour la première fois, n'acceptait une place à tribord lorsque le navire allait à New York. Même face au sud, on était mieux sous une couverture pour jouir de la vue. Venaient ensuite des considérations plus subtiles. Une place au premier rang était essentielle pour attirer l'attention du steward. Le voyageur avisé voulait savoir aussi qui serait installé près de lui. Une aventure amoureuse pouvait se manigancer à l'aide d'un pourboire au steward.

Grâce aux dispositions prises par Marjorie, les Livingstone Cordell étaient magnifiquement placés au premier rang des chaises longues à bâbord, à l'abri d'une cheminée hors service qui ne risquait donc pas de les barbouiller de suie. La chaise longue voisine de celle de Barbara portait le nom de "Paul Westerfield II". Ce matin, elle était inoccupée.

« Qu'est-il arrivé à ce garçon ? demanda Marjorie à sa fille. Vous vous êtes encore disputés ?

— Non, mère, Paul est allé voir Mr. Gordon.
— Qui est-ce ?
— L'Anglais qui a retrouvé son portefeuille. Il a joué aux cartes avec nous, samedi soir. Paul voulait s'assurer que Jack était au courant pour Katherine, la femme qui a été repêchée.
— Il devrait le savoir maintenant. Tout le monde en a entendu parler. C'était une amie à lui ?
— Non. Ils ont fait connaissance à l'occasion de cette partie de cartes. À dire vrai, ils ne se sont pas très bien entendus. À la fin, elle était plutôt énervée.
— La pauvre, c'est terrible ! Tu ne penses pas qu'elle s'est suicidée ?
— Mère ! Elle a été étranglée. »
Marjorie se tourna de l'autre côté.
« Tu entends, Livy ? Barbara dit que la femme a été étranglée.
— Hm ?
— Il est complètement dans la lune, remarqua Marjorie. Barbara, ma chérie, je crois qu'il serait plus sage de ne pas te mêler de cette affaire.
— Je ne peux rien changer à ce qui s'est passé, mère. J'ai joué aux cartes avec Katherine le soir où elle a été tuée. On me posera obligatoirement des questions à ce sujet.
— Ni moi, ni Livy n'aimerions lire ton nom dans les journaux. Si cet inspecteur t'interroge, sois brève, hein ?
— Je n'aurai pas grand chose à lui dire. De toute façon, Paul et Jack lui auront déjà tout appris. Son assassinat ne peut avoir aucun lien avec la partie de cartes, alors ne t'en fais pas.
— Tu ne peux pas en être certaine, répondit Marjorie. Ce Jack Gordon... que sais-tu de lui ? Il pourrait être l'assassin.
— Mère, c'est ridicule.

— Crois-moi, Barbara. J'ai eu trois maris et je connais un peu les hommes, dit-elle en s'assurant que Livy avait les yeux fermés. Ils peuvent être de parfaits gentlemen en apparence mais, laissés seuls avec une femme sans défense, ils deviennent des monstres. Certains d'entre eux, du moins, reprit-elle en jetant de nouveau un coup d'œil à Livy. Les hommes doivent être dressés, comme tous les autres animaux, sinon ils attaquent. Je ne serais pas du tout surprise si ton ami, le charmant Mr. Gordon, se révélait être le meurtrier.

— J'imagine plutôt que ce sera quelqu'un de tout à fait inattendu.

— Ouais, intervint Livy sans ouvrir les yeux. Tu as pensé à Paul ? »

2

Le médecin du *Mauretania* leva les yeux de ses notes pour regarder le patient qui entrait.

« Inspecteur ! Je pensais avoir affaire à un malade. Que puis-je pour vous ? »

Walter hésita.

« À vrai dire, je voudrais vous consulter, docteur.

— Bien sûr, je suis à votre service. C'est au sujet du corps ?

— Non, il s'agit de mon pouce. Je crois que je me suis blessé.

— Vraiment ? Voyons ça. Comment est-ce arrivé ?

— Ce matin, après le petit déjeuner, je suis allé examiner la cabine de la victime.

— Ah, oui ! Je connais ça. Vous avez voulu vérifier s'il était possible de passer le corps par le hublot et vous avez essayé de l'ouvrir. Votre pouce souffre de la maladie du hublot, inspecteur. Après le mal de mer, c'est le mal le plus répandu, ici. Vous auriez dû demander à un steward de le faire à votre place. Ils ont des clefs pour ça. C'est douloureux ?

— Un peu.

— Pouvez-vous l'étendre ?

— Il me semble.

— Bien. C'est une simple foulure. Je peux vous mettre un doigtier, mais cela ne vous aidera pas à guérir. Ainsi vous pensez que le meurtrier a jeté le corps par le hublot? Dans ce cas, vous devriez chercher qui d'autre a aussi un pouce foulé.

— Non, répondit Walter. Ce n'est pas si simple. J'ai remarqué que certains hublots étaient ouverts lorsque nous sommes montés à bord.

— Voilà ce que c'est que d'avoir passé des années à Scotland Yard, dit le médecin, admiratif. Loin de moi l'idée de vous apprendre votre travail, inspecteur. Avez-vous trouvé quelque chose d'intéressant dans cette cabine?

— Presque rien. Beaucoup de vêtements. Quelques flacons de parfum.

— Pas de bijoux?

— Non, dit Walter. Pas de bijoux.

— C'est déjà quelque chose. Si ses bijoux ont été volés, cela pourrait constituer un mobile, non?

— Peut-être.

— Si j'ai mentionné les bijoux, c'est parce que j'ai trouvé la marque d'un anneau à l'annulaire de sa main gauche.

— Il a pu glisser dans l'eau.

— À l'annulaire, inspecteur, insista le docteur.

— Elle n'était pas mariée. J'ai vu son passeport. Il ne fait pas de doute qu'elle était Miss Katherine Masters.

— Je vous assure que je ne me suis pas trompé. Je vous le montrerai si vous voulez.

— Non, non. Ce ne sera pas nécessaire, dit Walter tandis qu'un sourire apparaissait sur son visage. Il s'agit peut-être d'une bague de fiançailles.

— C'est possible, lui accorda le médecin, cependant sceptique. À mon avis, Miss Masters avait l'expérience des hommes, inspecteur.

— Vous croyez ? fit Walter, ironique. Vous la connaissiez ? »

Le docteur commençait à être dérouté par la manière de raisonner de l'inspecteur.

« Non. Mais je l'ai examinée pour voir si elle avait été violée.

— Oh ! Je vous comprends, maintenant.

— Pour moi, elle n'a pas été victime de violences sexuelles.

— Parfait, dit Walter. C'est toujours bon d'être débarrassé d'un motif.

— J'allais ajouter que l'examen indique qu'elle était mariée.

— Ou aurait dû l'être. Il faut tenir compte de la guerre.

— De la guerre ?

— Elle a changé le monde, docteur. L'innocence a vécu.

— Juste.

— Non pas que je l'approuve.

— Mon Dieu, non ! dit le docteur qui ne voulait pas entamer une discussion. Il y a un autre point sur lequel je dois attirer votre attention, inspecteur.

— Concernant ma blessure ?

— Non, non. Il s'agit de tout autre chose. Ce n'est peut-être pas important mais je crois de mon devoir de vous le dire. Comme vous savez, nous avons placé le corps de Miss Masters dans un réduit qui sert de morgue sous l'entrepont.

— Oui.

— La porte est verrouillée et nous gardons la clef ici avec celles de l'infirmerie et des armoires à pharmacie. Un garçon de salle en a la charge. Dimanche, j'ai été occupé ici avec les cas habituels : mal de mer et “maladie du hublot”. Deux infirmières et le garçon de salle étaient de service avec moi. Dans la soirée, un homme s'est présenté au bureau et a dit au garçon de salle qu'il avait besoin de la clef donnant accès à la morgue. Il a prétendu qu'on lui avait demandé d'identifier la victime.

— Lui a-t-on remis cette clef?

— Oui. Le garçon de salle, ce soir-là, était un jeune homme du nom de Topley. C'est sa première traversée. Il est très gentil mais pas particulièrement futé. Il a donné la clef et il ne sait pas à quoi ressemblait l'homme auquel il l'a remise. Je ne l'ai découvert qu'en fin de soirée en constatant que la clef n'était pas à sa place. Topley est descendu voir et l'a trouvée dans la serrure de la porte du réduit.

— Le passager ne l'avait pas rapportée? C'est un peu fort! s'exclama Walter.»

Le docteur lui jeta un regard pénétrant.

«Le problème, c'est qu'il est descendu voir le corps sans autorisation. Ni le commandant ni l'officier chargé de la sécurité ne le lui avaient demandé. Pourquoi un passager agirait-il ainsi?

— C'est justement la question que je me posais, dit Walter.

— Vous pouvez interroger Topley si vous voulez. Mais je doute que vous tiriez grand-chose de lui.

— Je ne vais pas gaspiller ma salive, déclara Walter. Merci, en tout cas, de me l'avoir signalé. Il regarda son pouce et essaya de le remuer: la mobilité commence à revenir. Je ne pense pas avoir besoin d'un doigtier.

— Vous ne me posez pas de questions sur les contusions?»

Walter retourna sa main et l'examina.

«Les contusions que cette femme portait au cou, reprit le docteur un peu irrité. J'ai été le premier à les remarquer.

— Je vous en félicite.

— Il ne fait pas de doute qu'elle a été étranglée, inspecteur. Les marques correspondent à une strangulation manuelle.

— Oui, dit Walter. Très déplaisant. Et assez cruel. Un meurtre n'a pas besoin d'être aussi brutal. Bon, il est presque l'heure de déjeuner. Merci pour votre diagnostic. »

Resté seul, le docteur se demanda quel était le secret des succès de l'inspecteur Dew. Il semblait avoir le don d'obtenir des renseignements sans les réclamer. Il avait une manière si détournée de vous interroger qu'on oubliait sa qualité de policier. Il est vrai qu'il avait quitté Scotland Yard avant la guerre. Il était soit hors course, soit d'une habileté diabolique. Le docteur ne résolut pas la question.

3

Sur le pont-promenade tout ensoleillé, Alma pensait avec honte à son comportement de la veille. Elle avait dépassé ses forces. Elle avait besoin de repos. Elle avait sous-estimé la tension nerveuse que le meurtre leur avait fait subir. Walter était excusable parce qu'il était encore soumis à rude épreuve, mais elle, elle était délivrée de son fardeau. Elle devait maintenant se conduire normalement. Aussi, lorsqu'un steward annonça que le *Berengaria* était en vue, se joignit-elle à la foule qui s'était rassemblée à tribord pour voir passer le grand paquebot.

Elle s'en félicita. La vue de ce vaisseau progressant à toute vapeur vers eux — avec sa coque noire qui transformait l'eau bleue en écume et sa superstructure blanche où s'agitait toute une rangée de bras — la remplit d'exaltation. Les sirènes mugirent à l'unisson. Les deux bateaux s'immobilisèrent à quelques centaines de mètres l'un de l'autre et un canot fut mis à la mer pour échanger le courrier. Lorsque les turbines se remirent en marche, les bras furent encore plus nombreux à s'agiter et les sifflements de la vapeur vinrent se joindre aux saluts. Alma suivit des yeux le *Berengaria* jusqu'à ce qu'il ne restât plus en vue que la fumée de ses trois cheminées. Jusqu'alors, elle n'avait pas remarqué que John était à côté d'elle. Elle n'en fut pas fâchée.

« Vous savez, bien sûr, que le *Berengaria* a été lancé par le Kaiser, lui dit-il. Il s'appelait l'*Imperator* avant que la Cunard ne l'acquière pour en faire son vaisseau-amiral. Butin de guerre. Mais ça ne me dérange pas. C'est quand même un magnifique bateau. Il y aurait beaucoup à dire sur le fait de naviguer sous différentes couleurs, vous ne pensez pas, Mrs. Baranov ? »

Peut-être Alma rougit-elle, mais le vent fouettait, il était impossible de le savoir. Elle fit un sourire dépourvu de signification.

« C'était juste une façon d'aborder le sujet du bal costumé de demain, reprit John. Vous y allez, n'est-ce pas ?

— Je ne me suis même pas posé la question.

— Je ne me l'étais pas posée non plus jusqu'à ce matin. Certaines personnes ont apporté des costumes faits exprès, de véritables vêtements de théâtre. Mais ça ne me dit rien. Cela doit avoir un caractère plus improvisé, vous ne trouvez pas ?

— Ma foi, si. Je suis venue sans rien.

— Vous avez eu raison, ma chère. Si vous vous étiez donné le mal d'apporter tout ce qu'il faut pour incarner une héroïne célèbre, vous auriez à coup sûr trouvé au moins deux autres femmes habillées comme vous qui vous auraient gâché tout votre plaisir.

— Comment vous déguiserez-vous ? demanda Alma en riant.

— C'est toute la question. Je n'ai pas encore pris de décision. J'essaie de trouver quelque chose d'original. Il m'est venu une idée plutôt d'actualité. De quoi aurais-je l'air en docteur Crippen ? »

Alma fit l'effort de sourire.

« Pas mal, non ? demanda John.

— Tout le monde n'apprécierait peut-être pas...

— Vous avez sans doute raison. De toute façon, je suis trop grand. C'était un petit bonhomme, n'est-ce pas ? Difficile à imiter. Les gens me prendraient pour un homme politique. En fait, j'ai une meilleure idée mais j'ai besoin d'aide. Pardonnez-moi de vous poser cette question, chère amie, mais savez-vous vous servir d'une aiguille et de fil ?

— Ça dépend de ce que vous avez en tête.

— Rien de très compliqué. Quelques ourlets ici et là... Pardieu ! C'est vraiment une idée sensationnelle, s'exclama-t-il en se souriant à lui-même. Maintenant, il faut trouver quelque chose pour vous. »

4

Après le déjeuner, Jack Gordon se mit à la recherche de l'inspecteur Dew. Il le trouva au grand salon, assis dans un fauteuil entre le piano et un palmier en pot. Il semblait dormir. Jack prononça son nom et n'obtint aucune réponse. Il le répéta et posa la main sur son bras.

Walter la repoussa brusquement et ouvrit les yeux.

« Inspecteur Dew? répéta Jack pour la troisième fois. Je suis désolé de vous déranger.

— Qu'y a-t-il?

— Je m'appelle Gordon, Jack Gordon. Pouvons-nous parler de l'affaire dont vous êtes chargé?

— De l'affaire? Ah, oui! Vous avez une chaise? »

Jack prit celle qui se trouvait de l'autre côté du palmier et s'assit en face de Walter.

« Pas comme ça, dit celui-ci. Un peu plus à droite. Je veux avoir toute la vue sur le salon. J'observe! ajouta-t-il avec un clin d'œil. »

Jack regarda par-dessus son épaule mais ne vit que deux ecclésiastiques en train de jouer aux dames.

« Que vouliez-vous me dire, Mr. Collins?

— Gordon. J'ai préféré venir vous parler sans attendre que vous me fassiez chercher. J'étais avec Miss Masters le jour où elle a été tuée. J'ai joué aux cartes avec elle au fumoir. J'étais son partenaire au whist. Vous me demanderez certainement mon témoignage.

— Vous faites preuve de beaucoup de civisme en prenant les devants, Mr. Collins.

— Gordon, inspecteur.

— J'avais très bien entendu, Mr. Collins. Mais si cela ne vous ennuie pas, j'ai l'habitude d'appeler les témoins par leur nom de famille. Parlez-moi de cette partie de whist. Qui étaient vos adversaires ?

— Un jeune couple d'Américains. Lui s'appelle Westerfield, je crois. »

Walter prit son crayon et son carnet.

« Je vais en prendre note. Je n'ai pas la mémoire des noms. Généralement, je laisse ce soin à mon adjoint.

— Oui, fit Jack avec un rire gêné.

— Et quel est celui de la partenaire de Mr. Westerfield ?

— Ça c'est plus difficile. On l'appelle Barbara. Je n'ai pas compris son nom de famille.

— Ne vous faites pas de souci, Mr. Collins. Je le découvrirai à ma façon. Ce qui m'intéresse maintenant, c'est Miss Masters. J'ai cru comprendre que vous étiez amis ?

— Non. Nous ne nous étions jamais rencontrés avant samedi. Tout s'est passé après le dîner. J'étais assis ici à discuter avec Mr. Westerfield lorsque Miss Masters est venue nous demander de participer au spectacle organisé sur le bateau. Aucun de nous n'était très enthousiaste et nous sommes tombés d'accord pour faire quelques parties de whist à la place. Paul — Mr. Westerfield — est allé demander à Barbara si elle voulait être sa partenaire.

— La partie s'est bien passée ?

— Dans l'ensemble, oui, dit Jack qui croisa les bras et les décroisa aussitôt. Mais puisque vous l'apprendrez de toute façon, je préfère vous le raconter moi-même. À la fin, il y a eu une sorte de malentendu. Paul et Barbara avaient emporté la manche décisive. Après avoir bien commencé, Miss Masters et moi nous avons plutôt mal joué. Elle me critiquait et cela m'énervait. Après quoi elle a sorti un billet de banque pour payer ses dettes. Je ne sais si vous connaissez le règlement en vigueur sur les transatlantiques, inspecteur, mais personne ne pose d'argent sur une table de jeu dans un lieu public. Je l'ai un peu rudoyée. Je lui ai fait savoir en quelques mots bien sentis que ce n'était pas une chose à faire. Puis je suis parti. Elle était sur le point de fondre en larmes et je ne supporte pas ça. Et voilà, fit-il en haussant les épaules. Vous comprenez, j'en suis sûr, combien je le regrette.

— Ne prenez pas cette affaire aussi à cœur, lui conseilla Walter. Ce n'est pas comme si elle s'était suicidée. Je peux vous dire, en confidence, qu'elle a été étranglée.

— C'est en effet lc bruit qui court», reprit Jack.

Ses lèvres avaient brusquement pâli et il fixait Walter avec une extraordinaire intensité.

« Il faut que vous trouviez le monstre qui a commis ce crime, inspecteur. Il mérite la corde. »

Walter hocha la tête et passa un doigt dans son col.

« Vous allez l'arrêter ? demanda Jack.

— Si Dieu veut.

— Je ne vois pas la moindre explication à un crime aussi atroce. »

Walter écoutait, immobile comme un sphinx.

« Un crime sans motif, continua Jack. Un acte insensé. Vous avez affaire à un maniaque.

— À qui pensez-vous ? demanda Walter avec intérêt. »

Jack cligna des yeux.

« À personne. Je veux seulement qu'il soit arrêté.

— Vous étiez assis en face de Miss Masters, reprit Walter. Vous avez dû voir ses mains.

— Que voulez-vous dire ? Je ne triche pas.

— Je ne parle pas de ses cartes, Mr. Collins, mais de ses mains, au sens propre. Avez-vous remarqué si elle portait un anneau à un doigt de la main gauche ? »

Jack secoua la tête.

« Comme vous savez, elle était célibataire.

— Elle aurait pu être fiancée ?

— Elle n'avait pas de bague. »

Walter nota quelque chose dans son carnet et leva les yeux :

« Rien d'autre, Mr. Collins ?

— Si... Pourriez-vous me passer un instant votre carnet et votre crayon ? »

Walter écarquilla les yeux mais s'exécuta. Jack inscrivit son nom et lui rendit son bien.

« Pour votre dossier, inspecteur. N'hésitez pas à faire appel à moi si vous avez besoin d'aide.

— Merci, dit Walter. Merci beaucoup. »

Il attendit que Jack eût quitté le salon pour demander à un steward où était Paul Westerfield.

Il le trouva sur le pont en train de disputer la première manche d'un tournoi de *deck-tennis*. Le jeu consiste à envoyer un anneau de caoutchouc par-dessus un filet de badmington. Le court avait été tracé à la craie sur le pont. L'adversaire de Paul était un Anglais d'âge moyen qui compensait sa moindre agilité en faisant osciller l'anneau en l'air; coup bien connu et extrêmement déroutant. Il se peut aussi que la présence de Walter sur la ligne de touche, en chapeau melon, ait contribué à faire perdre à Paul sa concentration. Il fut vaincu dans la manche décisive. Il serra la main du vainqueur. Une jeune femme lui tendit son pullover.

« Mr. Westerfield, si vous n'êtes pas trop épuisé..., dit Walter.

— Non, monsieur. Ce match exigeait plus d'adresse que d'endurance. Je vois que vous connaissez mon nom. Voici Miss Barbara Cordell, qui figure aussi sur votre liste, je suppose.

— Ah, oui.

— Voulez-vous nous parler à tous les deux ensemble ?

— Ensemble ? Je n'y avais pas pensé.

— Nous n'avons pas de secret l'un pour l'autre.

— Je crois que l'inspecteur préférerait s'entretenir avec toi, seul à seul, dit Barbara.

— Non, répliqua Walter. Nous gagnerons du temps.

— Parfait, dit Paul. Si nous allions au Véranda ? Je meurs de soif. »

Ils s'installèrent à une table située derrière un paravent en treillis. Le café était grand ouvert sur l'extérieur. Walter demanda à Barbara si les courants d'air ne la gênaient pas.

« C'est très agréable quand le soleil brille, dit-elle. Et si j'ai froid, je mettrai mon cardigan. Vous ne retirez pas votre chapeau, inspecteur ? »

Walter jeta un regard autour de lui.

« Je n'arrivais pas à comprendre si nous étions à l'intérieur ou dehors, répondit-il en posant son chapeau à côté de lui, sur un siège.

— Cela change quelque chose ?

— Il vaut toujours mieux respecter les usages, répondit Walter sur le ton de la confidence. Je suis peut-être un peu démodé. Ma dernière traversée de l'Atlantique remonte à plusieurs années.

— Nous en avons entendu parler, dit Paul. Comme tout le monde, d'ailleurs. Vous êtes passé maintenant dans les annales de la marine. »

Walter recula légèrement sur son siège et demanda prudemment :

« Comment avez-vous su qui j'étais ? »

Paul échangea un regard avec Barbara. Il ne pouvait s'agir que d'une démonstration d'humour anglais.

« Je suppose que vous faites allusion à l'affaire Crippen ?

— Ah ! fit Walter avec plus de chaleur.

— Je me souviens d'avoir vu dans le *New York Times* une photographie de vous avec le docteur Crippen, descendant la passerelle à votre arrivée en Angleterre. Vous portiez un chapeau. En revanche, je ne me rappelle pas le nom du bateau.

— Le même, en fait, dit Walter.

— Le *Mauretania* ?

— Le chapeau, rectifia Walter en le ramassant. Ce même chapeau. Et maintenant, puis-je faire appel à vos souvenirs d'un passé plus récent ? Que pouvez-vous me dire au sujet de la femme qui a été tuée dans la nuit de samedi à dimanche ?

— Katherine ? Pas grand-chose, inspecteur. Nous n'avons passé qu'une soirée avec elle ; elle nous avait proposé de jouer au whist. »

Barbara l'interrompit.

« À moi, elle n'a rien proposé. Si tu te souviens, Paul, c'est toi qui m'as invitée après que vous ayez tout organisé.

— Oui, reconnut Paul, mais est-ce si important? Enfin, si vous voulez toute l'histoire, je prenais un café et un cognac au salon, après le dîner, en compagnie d'un Anglais du nom de Jack Gordon lorsque Katherine — Miss Masters — est venue nous demander si nous accepterions d'apporter notre contribution au spectacle. Elle voulait que nous jouions dans un sketch. Jack a répondu en plaisantant qu'il ne savait jouer qu'au whist. Katherine l'a pris au mot et c'est ainsi que la partie a été décidée.

— J'étais dans la salle à manger avec mes parents, continua Barbara. Paul est venu me demander de me joindre à eux.

— Nous nous sommes connus à l'université, précisa Paul.

— Et il se trouve que nous sommes descendus aux mêmes hôtels à Paris et à Londres, ajouta Barbara. »

Walter sortit son carnet.

« Je ferais bien de noter tout ça. Voulez-vous commander? Voilà le steward qui vient.

— Bien sûr, dit Paul. Et de votre côté, inspecteur? »

Walter fronça les sourcils.

« Que voulez-vous boire?

— Oh! Du thé, s'il vous plaît.

— Avec du sucre? Du lait?

— Pas de sucre. Ça donne des caries. À vous, Miss Cordell! Comment épelez-vous votre nom?

— B, A, R, commença Barbara.

— Non! fit-il en l'interrompant. Votre nom de famille. Cordell.

— Ce n'est pas le mien. En réalité, je m'appelle Barlinski. »

Walter regarda Barbara avec surprise.

« Livingstone Cordell est mon beau-père, précisa-t-elle. C'est le troisième mari de ma mère. Elle a divorcé d'avec mon père lorsque j'avais sept ans. Pour ne pas entrer dans toutes ces explications, j'accepte qu'on m'appelle Cordell. Voulez-vous que je vous épelle mon nom ? »

Walter lui tendit son carnet et son crayon.

« Peut-être pourriez-vous l'écrire à ma place ?

— Voulez-vous que j'écrive aussi celui de Paul ? »

Avec l'expression de quelqu'un pris en défaut encore une fois, Walter hocha la tête. Lorsque Barbara lui rendit son carnet, il l'examina de près.

« Voulez-vous savoir comment s'est déroulée la partie de cartes ? demanda Paul.

— Pas vraiment. Mr... euh... Gordon m'en a déjà fait un compte-rendu, dit-il après avoir regardé son carnet. Parlez-moi plutôt de lui.

— Il est très gentil, commença Barbara. Il a trouvé le portefeuille de Paul et l'a rapporté au commissaire.

— Je l'avais perdu peu de temps après être monté à bord, expliqua Paul. Il contenait beaucoup d'argent, plus de mille dollars. Je ne suis pas à court, mais c'était quand même très embêtant.

— Il a dû emprunter de l'argent à Livy, continua Barbara.

— Livy ?

— Livingstone, précisa Paul. Son père.

— Beau-père, rectifia Barbara.

— Quelle importance ? remarqua Paul. Ce qui est arrivé à cause de ce portefeuille ne vous intéresse certainement pas, ajouta-t-il pour Walter. L'essentiel c'est que Jack Gordon l'a trouvé et l'a restitué. Il m'a sorti d'affaire et c'est tout.

— Lui ? s'écria Barbara offensée. Attends un peu. Et Livy ? Il t'a donné plein d'argent. Sans son aide, où serait Poppy à l'heure actuelle ?

— Poppy ? demanda Walter d'un ton où perçait le désespoir.

— Une amie à nous, dit Paul.

— À nous ? répéta Barbara sur un ton sarcastique.

— Une Anglaise que nous avons rencontrée à Londres.

— Elle a des cheveux blonds, une silhouette avec tout ce qui faut et une robe coupée de façon à n'en rien cacher, dit Barbara. Elle est venue à Southampton pour assister au départ de Paul. Pour une raison mystérieuse, elle n'est pas descendue à terre lorsque la cloche a sonné et elle a fait la traversée jusqu'en France. Dans l'émotion, Paul a perdu son portefeuille et Livy lui a prêté assez d'argent pour payer le retour de Poppy en Angleterre.

— Oubliez Poppy, dit Paul à Walter. Elle n'a rien à voir avec votre enquête. Vous nous avez demandé ce que nous pensions de Jack ? Il est très bien. Il s'est un peu énervé à la fin quand Katherine a sorti son argent, mais on ne peut pas l'en blâmer. Elle s'était permis quelques réflexions désagréables sur sa façon de jouer et il n'avait pas réagi.

— Il semble que les cartes fassent ressortir ce qu'il y a de plus mauvais dans l'homme, remarqua Walter.

— Ils étaient très sympathiques tous les deux, dit Barbara. Après le départ de Jack, Paul est allé commander du café et j'ai eu une longue conversation avec Katherine. Elle n'en voulait pas à Jack, elle se reprochait au contraire de l'avoir énervé. Nous avions décidé d'essayer d'entraîner les hommes à faire une autre partie le lendemain.

— Tu ne me l'avais pas dit, remarqua Paul.

— Pourquoi l'aurais-je fait ? C'était un accord pris entre nous deux. Je t'ai bien dit qu'elle m'avait offert de m'apprendre à jouer au bridge.

— Sur quoi d'autre étiez-vous encore tombées d'accord ? demanda Paul.

— Sur certaines choses à propos des hommes en général.

— Et ensuite ? demanda vivement Walter.

— Paul est revenu avec le café et, peu de temps après, Katherine nous a quittés pour rejoindre sa cabine. Il devait être aux environs de minuit.

— Nous sommes allés au dancing, nous avons fait quelques tours de valse et nous sommes rentrés, dit Paul. C'est seulement le dimanche matin, peu avant le déjeuner, que nous avons entendu dire pour la première fois que quelqu'un avait été tué.

— Je n'arrive toujours pas à comprendre, remarqua Barbara. Katherine était seule et ne connaissait personne sur le bateau.

— Oui, approuva Walter. C'est déconcertant.

— Ce n'est pas tout à fait exact, intervint Paul. Elle devait avoir rencontré des gens au comité du spectacle dont elle faisait partie. Et n'oublions pas qu'elle faisait le tour du bateau à la recherche de volontaires.

— Ce n'est pas vraiment suffisant pour se faire assassiner, dit Barbara.

— Cela a dû effrayer quelqu'un. Rappelle-toi ce qu'elle nous a raconté en revenant, quand elle est allée se parfumer.

— Ah oui ! s'écria Barbara. Je l'avais oublié.

Vers le milieu de la partie, expliqua-t-elle à Walter, nous avons fait une pause et Katherine est allée se rafraîchir. Lorsqu'elle est revenue, elle nous a dit qu'elle avait vu un homme sortir d'une cabine. En l'apercevant, il avait reculé et refermé sa porte comme s'il venait de rencontrer un fantôme. Elle en avait été si surprise qu'elle était retournée dans sa cabine vérifier dans la glace qu'elle n'avait rien d'anormal.

— Jack a suggéré qu'il s'agissait sans doute d'un type terrifié à l'idée de participer à ce spectacle, ajouta Paul. Ma foi, comment expliquer sinon qu'il se soit conduit de manière aussi étrange ? »

Walter toussota nerveusement.

« J'avoue que je n'en sais rien. »

5

Après le dîner, Alma rentra dans sa cabine pour faire de la couture. Elle était contente d'avoir trouvé une occupation. John lui avait procuré une aiguille, du fil et même un dé à coudre. C'était incroyable la quantité de matériaux et d'accessoires que les passagers pouvaient utiliser quand ils s'appliquaient vraiment à se confectionner des déguisements. En passant sur le pont, cet après-midi, elle avait vu des bouts de corde transformés en perruques et en barbes, des chapeaux fabriqués avec des serviettes de table et des toges avec les couvre-lits de la Compagnie. Moins ingénieuse, Alma avait décidé de se déguiser en infirmière. Elle espérait ainsi prendre part au bal sans trop attirer l'attention sur elle.

On frappa à la porte. Elle se leva, pensant qu'il s'agissait de John et décidée à le renvoyer. Elle lui avait pourtant fait comprendre qu'elle lui remettrait son habit le lendemain matin. Il aurait été tout à fait inconvenant de recevoir la visite d'un monsieur dans la soirée, quelle qu'en soit la raison.

Elle entrebâilla la porte. C'était Walter. Silencieux. Attendant qu'elle le fasse entrer. Elle hésita, essayant de chasser le malaise qu'elle avait éprouvé la nuit précédente.

Il avait l'air plus fatigué que menaçant. Elle

recula et le laissa entrer. Ils ne s'embrassèrent pas.

Il se dirigea vers le fauteuil.

« Pas là », dit-elle.

Une aiguille enfilée était plantée dans le bras.

« Que fabriquez-vous ? demanda-t-il en s'asseyant sur une chaise.

— Un déguisement. J'essaie de me conduire comme les autres.

— C'est très bien.

— Cela m'est facile. Personne ne m'observe. Je me demande sans cesse comment vous vous débrouillez. Jouer le rôle d'un détective de façon convaincante, cela doit exiger une terrible tension d'esprit.

— Je suis plutôt épuisé mais que je sois Dew, personne n'en doute.

— Comment savez-vous quelles questions poser ?

— Curieusement, j'en ai posé très peu. Je laisse parler les gens et j'essaie, dans mes réponses, de paraître modérément intéressé. Je note leur nom dans mon carnet du mieux que je peux. Jusqu'à présent, ils me manifestent le plus grand respect. Je me demande combien de temps cela durera.

— Nous sommes censés arriver à New York jeudi matin. Encore trois nuits.

— Ce ne sont pas les nuits que je redoute. Mais j'ai l'impression que l'on compte sur moi pour trouver rapidement une solution. J'ai promis d'avoir un entretien avec le commandant ce soir.

— Vous pourrez lui dire quelque chose ?

— Pratiquement rien. J'ai un vague soupçon... malheureusement sans rapport avec le meurtre.

— Lequel?

— J'ai parlé aux personnes qui ont joué au whist avec la victime le soir de sa mort: un Anglais doucereux, aux cheveux blonds plaqués en arrière, et un couple de jeunes Américains, probablement très riches. En les écoutant, je me suis retrouvé à l'époque où j'étais artiste de music-hall. Je vous ai dit ce que je faisais alors, oui?

— Extra-lucide. Walter, c'est formidable! Vous avez lu dans leurs pensées!»

Walter secoua la tête.

«Je n'ai rien fait d'aussi impressionnant. Je me suis simplement rappelé comment nous faisions pour trouver des volontaires dans le public.

— Je m'en souviens. C'était des compères.

— Oui. Ce n'est rien d'autre qu'une intuition, mais je ne peux m'empêcher de penser que Gordon — l'Anglais onctueux — se sert des jeunes Américains.

— Pour les battre aux cartes en trichant?

— Tout à la fin, oui. Comprenez bien: Westerfield, l'Américain, égare son portefeuille, Gordon le retrouve et le remet au commissaire. Naturellement, Westerfield va le remercier. Un lien fondé sur la confiance s'établit entre eux. Alors qu'ils prennent un verre ensemble, Katherine Masters s'approche d'eux, cherchant apparemment des volontaires pour un spectacle. À la place, on décide une partie de cartes. À première vue, un arrangement parfaitement spontané.

— Mais vous soupçonnez Katherine d'avoir été de connivence avec Gordon?

— Cette idée m'est venue à l'esprit. Ce serait une jolie escroquerie. Gordon ne m'a pas touché un mot du portefeuille.

— Cela vous paraît significatif?

— Oui, si le portefeuille a été subtilisé de la poche de Westerfield et abandonné quelque part où Gordon l'aurait pris.

— Qui aurait fait ça ?

— Une fille s'appelant Poppy qui est montée à bord avec Westerfield.

— Un coup monté bien compliqué, Walter. Ils ont gagné beaucoup d'argent ?

— Ils ont perdu. »

Alma secoua la tête avec compassion.

« Ce qui donne le coup de grâce à votre théorie, n'est-ce pas ?

— Non. Comme vous l'avez dit, leur plan était très compliqué. S'il y a du vrai là-dedans, ils ne voulaient pas atteindre leur but en une soirée. Ils auraient joué toute la semaine en augmentant les enjeux et ils auraient frappé le grand coup le dernier soir.

— Ils auraient donc perdu délibérément ?

— Oui. D'ailleurs, ils ont apparemment fort bien joué les premières manches, et tout s'est gâté pour eux ensuite. Elle a critiqué sa façon de jouer et il l'a poussée aux larmes à la fin de la soirée.

— Vous croyez que le scénario a été monté de toutes pièces ?

— Toujours est-il que les Américains y ont cru.

— Mais où était l'intérêt ?

— Leur confirmer que Gordon et Miss Masters ne se connaissaient pas, qu'ils jouaient mal et pouvaient être facilement battus. Laissée seule avec Miss Masters, l'Américaine l'a réconfortée et lui a promis de faire une partie de bridge le lendemain.

— Cela devient plausible. Vous êtes un vrai détective, Walter. »

Le visage de celui-ci s'éclaira.

« Vous croyez ?

— Mais cela n'explique pas la mort de Miss Masters.

— Non.

— Et maintenant qu'elle est morte, cela va être difficile à prouver. »

Walter hocha tristement la tête.

« À moins..., commença Alma.

— Oui ?

— Vous pourriez vérifier si elle faisait vraiment partie du comité du spectacle. »

6

Giovanni Martinelli se faisait faire les ongles chez le coiffeur et conversait avec lui en italien lorsque Walter entra. Ils s'interrompirent brusquement.

« Signor Martinelli ? »

Le grand ténor leva les sourcils.

« Pardonnez-moi de vous déranger. Je m'appelle Dew, inspecteur Dew. J'enquête sur la triste fin de Miss Masters. Il y a un petit détail sur lequel vous pourriez peut-être m'éclairer. J'ai appris que le soir de sa mort, Miss Masters a demandé à quelques personnes, au nom du comité dont vous êtes le président, de participer au spectacle qu'il organisait. Je veux seulement savoir si elle était effectivement accréditée par vous. »

Martinelli le regarda fixement sans répondre.

« Je vérifie seulement les déclarations faites par d'autres témoins. C'est une simple formalité. »

Walter sortit son carnet et son crayon pour appuyer ses dires. Aussitôt un large sourire s'épanouit sur le visage de Martinelli. Il prit le carnet et le crayon des mains de Walter et les lui rendit après y avoir inscrit quelques mots.

Il avait écrit : *G. Martinelli, Mauretania, 1921.*

7

Le petit différend né entre Paul et Barbara pendant leur entretien avec Walter persista pendant la soirée. On dansa dans la salle à manger, après le dîner. Paul vint s'asseoir à la table des Cordell, en face de Barbara. Il aurait pu se rapprocher d'elle lorsque Livy alla danser un tango avec Marjorie mais il ne le fit pas. Il aurait pu lui parler mais il n'avait d'yeux que pour les danseurs. Barbara commençait à se demander pourquoi il était venu les rejoindre. Le tango prit fin et Marjorie revint.

« Alors, les jeunes, vous ne dansez pas, ce soir ? demanda-t-elle. Vous ne devriez pas permettre à la vieille génération de vous faire honte.

— Paul a joué une partie de *deck tennis* très fatigante, aujourd'hui, mère », dit Barbara.

Paul ne releva pas le sarcasme.

« Lorsque vous dansez avec Livy, tous les autres ont l'impression d'être en bois, répondit-il à Marjorie.

— Flatteur ! s'exclama celle-ci avec un petit frémissement de plaisir qui fit miroiter les paillettes de sa robe. Dans ce cas, nous allons rester assis pendant la prochaine danse pour vous laisser la possibilité de guincher.

Ce fut une valse. Paul et Barbara tournèrent gravement autour de la piste, aux accents de *I'm forever glowing bubbles*. Paul était un danseur acceptable, généralement capable de faire oublier ses imperfections grâce à une amusante conversation. Ce soir, il ne voulait pas ou ne pouvait pas amuser Barbara. Vers la fin, celle-ci lui dit :

« Je suis désolée.

— Pourquoi ?

— Parce que ma mère t'a imposé cette danse.

— Pas du tout. C'est moi qui t'ai invitée, non ? »

Elle hocha la tête. Un petit roulement de batterie annonça la fin du morceau.

« Vous faites un très beau couple », dit Marjorie lorsqu'ils revinrent s'asseoir.

Ils laissèrent passer les deux danses suivantes, puis ils prirent part à une valse à l'ancienne mode, dont les pas demandaient trop d'attention pour leur permettre de dialoguer. Lorsqu'elle fut terminée, Paul dit :

« Je crois que je vais aller me coucher de bonne heure. Je ne suis pas d'une compagnie très agréable.

— Ce n'est pas facile en présence de mes parents, remarqua Barbara.

— Je n'ai rien contre eux. Ils sont très gentils.

— On pourrait aller se promener sur le pont.

— Il fait trop froid. Le vent se lève.

— Dommage. Je ne voudrais pour rien au monde que tu prennes froid à cause de moi. »

Elle regretta aussitôt ses paroles qui sonnaient comme un reproche. Elle avait seulement voulu dire qu'elle déplorait sincèrement cette gêne qui s'était installée entre eux.

« C'est vrai, je suis désolée, dit-elle. Je t'en prie, ne va pas te coucher. »

Étonné, Paul répondit tranquillement :

« Barbara, tirons un trait sur cette journée, tu veux ? Nous serons peut-être de meilleure humeur demain. Bonne nuit ! »

Barbara retourna seule à leur table. En guise d'excuse, elle expliqua à ses parents que Paul ne se sentait pas bien. Sa mère lui lança un regard perçant et fit la remarque que les jeunes gens étaient décidément beaucoup plus fragiles que les femmes ne l'imaginaient. Livy alla chercher des boissons et, en revenant, les informa que Paul était au bar du fumoir.

« Il doit avoir besoin de quelques whiskies pour se remettre, dit-il à Barbara. Viens, tu n'as pas encore dansé avec moi. »

Elle lui était reconnaissante de ses attentions. Il s'employait souvent à adoucir les piques de Marjorie et, maintenant, il voulait l'empêcher de penser que Paul l'avait abandonnée.

« Ne t'en fais pas, lui dit-il. Il s'intéresse à toi. Je l'ai observé. Il a beaucoup à apprendre sur les femmes mais il fait de son mieux. Donne lui le temps. »

Barbara déposa un petit baiser sur sa joue.

« Tu es très gentil avec moi. »

Elle décida d'assister encore à une ou deux danses et d'aller se coucher ensuite. Livy entraîna Marjorie dans un fox-trot. Barbara les observa en se demandant si sa mère appréciait son mari à sa juste valeur.

« Toute seule ? » fit une voix.

Elle jeta un regard en arrière et aperçut Jack Gordon, penché sur elle. Les lumières se reflétaient dans ses cheveux blonds et sa chemise blanche.

« Pas tout à fait. Mes parents sont en train de danser.

— Et pourquoi pas vous? M'accorderiez-vous ce plaisir?»

À tout autre moment, elle aurait refusé poliment, mais maintenant elle n'hésita pas. Elle se leva et prit Jack par le bras jusqu'à la piste de danse. Elle fut sensible aussitôt à son assurance. Il la guidait sans effort et avec un sens du rythme qui renforçait encore le sien.

«Je ne savais pas que vous aimiez danser, lui dit-elle.»

Il sourit.

«Je serais fou de ne pas aimer ça quand cela me donne l'occasion d'avoir dans mes bras une aussi jolie fille.»

C'était l'attaque la plus rapide à laquelle elle ait jamais été soumise de la part d'un homme. Un signal d'alarme s'alluma dans sa tête mais, néanmoins, elle n'en fut pas mécontente.

«Je ne vous avais jamais vu sur cette piste, dit-elle.

— Je ne vous avais jamais vue seule.»

Barbara essaya de l'orienter vers des sujets moins personnels. Au train où il allait, la conversation risquait de se terminer de façon très gênante.

«On annonce du mauvais temps pour demain.

— Demain ne m'intéresse pas.

— Cela vous intéresserait si vous vous sentiez aussi nerveux que moi à cette idée.

— N'y pensez plus, Barbara. Je connais un bon remède au mal de mer.

— Oh, ma mère a des pilules dans sa cabine.

— Je ne voulais pas parler de pilules, mais de quelque chose de beaucoup plus agréable à prendre. Un verre de cognac toutes les deux heures. En voulez-vous un tout de suite pour étayer les fondations ? »

Barbara eut le souffle coupé par la rapidité de sa manœuvre.

« Nous sommes au milieu d'une danse, remarqua-t-elle.

— Nous pouvons attendre la fin.

— C'est très gentil de votre part mais je préfère ne pas aller boire.

— Pourquoi ?

— Il y a quelqu'un que j'aimerais mieux ne pas rencontrer. Je ne sais pas exactement où il est, mais on m'a dit qu'on l'avait vu au bar.

— Quelqu'un que je connais ?

— Je préfère ne pas répondre.

— Je vais aller chercher les cognacs et les apporter ici.

— Je suis avec mes parents.

— Vous ne pouvez pas changer de table ? »

Son insistance commençait à la troubler. Cette rencontre, qui était arrivée à point pour lui redonner confiance en elle, perdait rapidement de son charme.

« Merci, Jack, je ne veux pas de cognac. Si nous dansions, tout simplement ?

— Oublions le brandy, alors, et dansons. Après, nous nous esquiverons et nous irons chercher un endroit plus tranquille.

— Non. Je veux rester ici.

— De quoi avez-vous peur ? Je ne vais pas vous faire de mal. »

La musique s'arrêta.

« Bonne nuit ! dit Barbara, qui se détourna habilement pour aller à la rencontre de sa mère et de Livy et quitter la piste avec eux.

« Qui était-ce ? demanda Marjorie. Il a l'air d'un séducteur professionnel.

— Aidez-moi seulement à me débarrasser de lui, murmura Barbara. »

Mais Jack était déjà parti.

Après la dernière valse, tous trois regagnèrent leurs cabines sur le pont D. Celle de Barbara était trois portes plus loin que celle de ses parents. Elle leur souhaita bonne nuit et poursuivit son chemin. Elle sortit la clef de son sac et la fit tourner dans la serrure. Au moment d'ouvrir la porte, elle prit conscience d'une présence derrière elle. Une présence si proche qu'elle sentait son haleine sur sa nuque. L'idée la traversa qu'il s'agissait peut-être de Paul, venu s'excuser après leur désaccord. Elle se retourna.

Jack était à trente centimètres d'elle.

« Vous m'y avez obligé, dit-il à voix basse. Cela n'aurait pas dû se passer comme ça. »

Elle s'apprêta à crier tandis qu'il avançait sur elle.

8

« Des tricheurs ? demanda le commandant Rostron.

— C'est une hypothèse que j'envisage », répondit prudemment Walter.

Ils étaient installés dans la cabine du commandant avec une carafe de scotch, un siphon et deux verres de cristal. Walter fumait un cigare.

« Je n'irai pas jusqu'à dire que vous vous trompez, inspecteur, mais nous avons l'œil à ce genre de chose. Je reconnais volontiers qu'avant guerre le contrôle n'était pas sérieux, mais il s'est beaucoup renforcé depuis — sur les bâtiments de la compagnie Cunard, je veux dire — et c'est devenu très rare aujourd'hui. Certes, vous ne pouvez pas empêcher les gens de jouer aux cartes, et c'est toujours difficile à détecter. Mais l'officier de sécurité et ses hommes sont payés pour ça. Confronté à un meurtre, Mr. Saxon n'est peut-être pas Sherlock Holmes, mais il connaît les tricheurs, je vous le garantis.

— Je n'en doute pas, dit Walter.

— Le commissaire est très physionomiste. Il me prévient toujours lorsque des tricheurs professionnels montent à bord. La plupart d'entre eux sont bien connus. Ils passent leur vie, comme moi, à traverser l'océan.

— Ainsi vous pensez qu'il est peu probable

que Mr. Gordon et Miss Masters fassent partie de la profession?

— Je ne dirais pas que c'est impossible. Je suis sûr, autant qu'il est possible de l'être, qu'ils n'avaient jamais joué auparavant sur le *Mauretania*, mais, comme vous savez, il y a des dizaines d'autres bateaux qui traversent l'océan. Je peux demander à Mr. Saxon de prendre des renseignements, si vous voulez.

— Pas à ce stade, merci, répondit Walter. Je préfère travailler seul.

— Les grands se montrent rarement au fumoir, dit le commandant. Ils jouent dans les cabines derrière la porte verrouillée. Ils laissent les "pigeons" comme ils les appellent, gagner de grosses sommes. Bien sûr, ils récupèrent tout ensuite, et bien davantage, dans une dernière partie qui se joue généralement après la traversée, dans le train-paquebot ou dans un hôtel de New York. Même si nous avons des soupçons, ils échappent alors à notre contrôle. Ces parasites sont très malins, inspecteur.»

Walter hocha la tête et souffla un rond de fumée parfait. Le commandant Rostron se demandait si l'inspecteur ne lui cachait pas quelque chose. En tout cas, il n'était pas bavard.

«S'ils étaient bien des tricheurs, hasarda le commandant, pourquoi l'un d'entre eux aurait-il été assassiné?»

Walter tira sur son cigare, exhala la fumée et déclara sur un ton plein de signification:

«Justement.

— Il serait possible qu'une de leurs précédentes victimes les ait reconnus et ait voulu se venger, poursuivit le commandant. Mais assassiner est une forme extrême de la vengeance.

— Extrême, reconnut Walter.

— Il faut qu'un homme soit dans une situation vraiment désespérée pour en venir là, ou qu'il soit sans pitié!

— L'un ou l'autre, approuva Walter.

— Oui, dit le commandant.

— Tout à fait», dit Walter.

Le silence tomba. Il y avait longtemps que le commandant Rostron n'avait pas rencontré d'homme aussi peu bavard que l'inspecteur Dew. Cela commençait à lui déplaire. De toute évidence, l'inspecteur n'était pas disposé à parler de tout ce qu'il avait en tête. Le seul moyen de le lui extorquer était de lui poser des questions directes.

«Alors, inspecteur, savez-vous pourquoi Miss Masters a été assassinée?

— Non.

— Avez-vous des suspects?

— Des suspects?» répéta Walter. Il attrapa son verre et but une gorgée de whisky: «Non.

— Je vois. Le cas est difficile...»

Walter réfléchit à la question.

«Non.

— J'ai demandé à vous voir, espérant que vous vous étiez fait une idée sur le meurtre, mais nous avons simplement discuté la question de savoir si la victime était ou non une joueuse professionnelle. Supposons qu'elle l'ait été. Où cela vous mènerait-il?

— Au lit. La nuit porte conseil.»

Le commandant poussa un profond soupir. Walter se racla la gorge.

«J'allais vous faire remarquer...

— Oui?

— Que ce whisky est excellent, commandant.

— Oh! Je suis content que vous l'aimiez. Je vous souhaite une bonne nuit. Prenez des forces. Il y a de l'orage dans l'air.»

9

Alma dormit mal cette nuit-là. Elle rêva qu'elle était poursuivie par Walter. Il portait son grand manteau et son chapeau melon. Il n'était plus Walter Baranov. Il était devenu l'inspecteur Dew, et elle, Ethel Le Neve. Il la pourchassait dans toutes les parties du bateau, sur les ponts, dans les escaliers, en deuxième classe, en troisième classe, dans les cuisines, dans la cale. Chaque fois qu'elle trouvait un endroit où se cacher, il s'en approchait et elle s'enfuyait, terrifiée. Tout le monde était contre elle, la montrait du doigt, indiquant à Walter le chemin qu'elle avait pris. Il finit par la coincer dans un corridor enfoui dans une partie du bateau où aucun passager ne s'aventurait. Il avança vers elle, les yeux brillant comme ceux d'un fou et les doigts écartés comme des serres. Elle tendit la main pour se protéger et toucha une poignée de porte. Elle la tourna, la porte s'ouvrit, elle se précipita à l'intérieur et claqua la porte derrière elle. Elle se retrouva dans une espèce de caverne de briques remplie de silhouettes immobiles. C'était la chambre des horreurs. Une des silhouettes se détacha, une femme revêtue d'un long manteau noir. Son visage était blafard et elle avait des algues dans les cheveux. C'était Lydia. Elle prit Alma par le bras et la promena devant les effigies d'abominables assassins :

Burke et Hare, William Palmer, le Docteur Pritchard et Neill Cream. Il y avait un personnage à l'écart. Sur une plaque, devant lui, on pouvait lire: H. H. Crippen. Alma regarda son visage et se mit à hurler. C'était John. On avait exécuté le doux, le gentil, l'innocent John Finch!

10

Mr. Saxon, l'officier de sécurité, précéda Walter dans un autre escalier de fer puis le long d'un passage éclairé par des ampoules nues. Après les couloirs recouverts de tapis des niveaux supérieurs, le bruit que faisaient leurs chaussures de cuir sur le métal blessait l'oreille. Mr. Saxon avait toutefois la démarche élastique et assurée d'un millionnaire en première classe. C'est que ce matin, Mr. Saxon se sentait l'âme d'un millionnaire. Il avait arrêté l'étrangleur.

« Je n'ai pas voulu interrompre votre sommeil, disait-il à Walter d'une voix qui rebondissait sur les murs de tôle. Ce n'était pas nécessaire, absolument pas nécessaire. Vous avez eu une journée très fatigante, inspecteur, il vous a fallu mettre en œuvre toute votre intelligence et toute votre expérience du Yard pour disséquer les motifs du crime. Vous aviez mérité votre repos. Pourquoi vous aurais-je dérangé puisque l'individu était bouclé pour la nuit? Bien sûr, j'en ai informé le commandant. Il a été plutôt content de voir que c'était ses hommes, après tout, qui avaient résolu l'affaire. En tout cas, il a été d'accord avec moi pour vous laisser tranquille jusqu'à ce matin.

Walter ne répondit rien. Barbara lui avait déjà fait, la veille, le récit de l'incident. Il ne faisait pas de doute pour elle qu'elle avait été face à face avec l'assassin. C'était un fait que Jack Gordon était entré de force dans sa cabine. Heureusement, son cri avait été entendu par un passager suffisamment conscient de ses responsabilités pour appeler le bureau de Mr. Saxon. Et incontestablement, après avoir forcé la porte de la cabine, Saxon et son adjoint avaient trouvé Gordon tenant Barbara par derrière, une main sur son cou et l'autre sur sa bouche. Walter avait pu constater qu'elle avait au cou une ecchymose.

Un homme montait la garde devant la porte de la cellule. Saxon lui ordonna d'ouvrir la porte et de la refermer derrière eux.

« Nous sommes capables, vous et moi, de venir à bout d'un étrangleur de femmes sans défense, dit-il à Walter. Les hommes qui font ce genre de chose sont des lâches. »

Jack Gordon portait toujours son vêtement de soirée. On lui avait enlevé son nœud papillon, ses bretelles et ses chaussures. Lorsqu'il se leva du matelas sur lequel ils le trouvèrent effondré, il fut obligé de retenir son pantalon d'une main. Ses yeux étaient cerclés de rouge et ses cheveux, généralement plaqués, lui tombaient sur le front.

« Vous avez déjà rencontré l'inspecteur principal Dew ? » lui demanda Saxon.

Gordon hocha la tête.

« Asseyez-vous, je vous en prie », dit Walter du ton dont il s'adressait à ses clients.

Mr. Saxon installa une chaise au milieu de la pièce pour son prisonnier et se plaça derrière lui. Walter se jucha sur le bord d'une table.

« Je viens de parler à l'instant à Miss Barlinski, dit-il. J'ai vu les marques qu'elle a au cou.

— Les marques ? répéta Jack l'air absent.

— Celles qu'ont laissées vos mains. »

Jack secoua la tête.

« Je la tenais si serrée ?

— Ne prenez pas cet air innocent, Gordon. Je vous ai surpris en train de l'étrangler. »

Jack se retourna brusquement.

« C'est faux ! J'essayais de l'empêcher de crier.

— De respirer, rectifia Saxon.

— Non !

— L'inspecteur Dew a vu les marques de strangulation.

— C'est absurde. Je ne l'ai pas étranglée.

— Vous avez étranglé l'autre, dit Saxon.

— Vous dites n'importe quoi.

— Mr. Gordon, devons-nous comprendre que vous niez avoir étranglé Miss Masters ?

— Pour l'amour du Ciel ! Je n'ai étranglé personne ! »

Mr. Saxon lui murmura confidentiellement à l'oreille :

« Nous avons deux femmes, l'une morte, avec les traces laissées par l'assassin sur son cou, l'autre, par bonheur vivante, avec celles de vos mains sur son cou.

— Voulez-vous m'écouter ? Ce ne sont pas les mêmes.

— De quoi parlez-vous ?

— Des marques ! hurla Jack, désespéré. Les marques ne sont pas pareilles ! »

Il y eut un silence. Mr. Saxon se redressa. Il souriait.

« Comment le savez-vous ? demanda-t-il d'une voix qui n'était guère qu'un murmure. Il se mit à rire et poursuivit plus fort : Comment le savez-vous, Gordon ? Comment ? Oui, comment ? »

Il était secoué d'un rire triomphal. Jack Gordon laissa tomber sa tête sur sa poitrine et se couvrit les yeux.

« Vous le savez parce que vous avez vu les marques que vous avez faites, dit Saxon d'une voix presque chantante. Vous avez vu le corps.

— Oui », répondit Jack sans lever les yeux.

Il se mit à sangloter.

« Ils sont tous pareils, dit Mr. Saxon à Walter. Pleins de pitié pour eux-mêmes quand ils sont pris, mais sans pitié pour leurs victimes. »

L'excitation le faisait transpirer. Il sortit un mouchoir de sa poche, s'épongea le front et l'extrémité de ses moustaches rousses.

« Nous ferions bien de prendre sa déposition maintenant qu'il a reconnu les faits.

— En ce cas, vous n'avez plus besoin de moi, dit Walter. Vous avez un homme dehors. Je retrouverai mon chemin, merci. »

Jack Gordon leva brusquement la tête.

« Je ne suis pas l'assassin. Pour l'amour de Dieu, écoutez-moi ! Je n'ai pas étranglé Katherine. C'était ma femme ! »

Walter lança un regard à Mr. Saxon qui avait repris sa place derrière le prisonnier. L'incrédulité était peinte sur son visage. Il secoua la tête. Cligna de l'œil à Walter. Se tapota le front du doigt.

« Entendu, inspecteur, si vous préférez m'abandonner cette tâche... »

Jack se leva et saisit Walter par le bras.

« Non, je vous en prie, restez, écoutez-moi ! Vous êtes mon seul espoir. »

Tandis qu'il parlait, Saxon l'avait empoigné par derrière et rassis de force.

« Vous avez intérêt à savoir qu'il ne faut jamais lever la main sur un officier de police, lui souffla-t-il dans l'oreille tout en lui maintenant la tête en arrière. Cela peut avoir des conséquences tout à fait désastreuses. »

Walter se dirigea vers la porte.

« Votre adjoint ouvrira-t-il si je frappe ?

— Je vais l'appeler », répondit Mr. Saxon.

Il libéra Jack pour rejoindre Walter.

« Inspecteur Dew ! s'écria Jack. Croyez-vous qu'un homme pourrait tuer sa femme et la jeter à la mer ? »

Walter se raidit. Du geste, il empêcha Mr. Saxon d'appeler son assistant et se retourna :

« Cela semble peu probable. Très bien, écoutons ce que vous avez à dire. »

Il alla s'appuyer à la table, face à Jack. Exaspéré, Mr. Saxon poussa un énorme soupir.

« Je suis un tricheur professionnel, commença Jack d'un ton plus posé. Je gagne ma vie en jouant sur les paquebots. Si vous ne me croyez pas, aller chercher le paquet de cartes qui se trouve dans le tiroir du haut de ma coiffeuse et je vous montrerai comment je le manipule. Kate était ma femme et ma partenaire.

— Il ment, dit Mr. Saxon. Il ment pour sauver sa vie.

— Elle portait la trace d'un anneau au doigt, fit remarquer Walter. Le docteur avait pensé qu'elle devait être mariée.

— Elle n'emportait jamais son alliance, reprit Jack. Je peux vous dire où elle est : dans notre appartement de Park Terrace. Sur les bateaux, nous nous faisions passer pour étrangers l'un à l'autre. Les gens ne font pas confiance à un couple. Il y a eu trop d'histoires de tricheurs de ce genre.

— Vous n'avez rien à m'apprendre à ce sujet, repartit Mr. Saxon avec irritation. Les tricheurs, je les connais tous. Vous n'êtes pas l'un d'entre eux. »

Jack avait repris le contrôle de lui-même. Il répondit calmement :

« Ceux que vous connaissez sont ceux qui se sont fait prendre... Notre cible était un jeune Américain, Paul Westerfield, reprit-il, s'adressant de nouveau à Walter. Son père est plusieurs fois millionnaire et le garçon n'est pas à court non plus. Je me suis servi d'une fille pour lui subtiliser son portefeuille.

— Poppy ? » demanda Walter.

Jack ouvrit de grands yeux.

« En effet.

— Comment le savez-vous ? demanda Mr. Saxon.

— Continuez, dit Walter à Jack.

— C'est moi qui était censé avoir retrouvé le portefeuille et le jeune Westerfield s'est montré reconnaissant comme il convient. Il m'a offert à boire et Kate a profité de ce que nous étions ensemble pous nous aborder. Elle a prétexté qu'elle faisait partie du comité du spectacle. Il n'a pas été difficile d'arranger une partie de whist. Le garçon a pris son amie Barbara comme partenaire et le tour était joué. Pour Kate et moi, c'était la routine. Nous avons d'abord gagné un peu, puis perdu un peu plus, nous nous sommes finalement disputés pour plus de vraisemblance, et je suis allé me coucher. Kate était chargée d'organiser une partie de bridge pour le lendemain.

— Et une autre pour le lendemain soir, intervint Mr. Saxon. Et une autre encore pour le soir suivant. Je connais vos méthodes de travail, démons ! Vous laissez croire à vos partenaires qu'ils vont gagner une fortune puis vous les écrasez à la fin, vous les dépouillez en une seule partie. »

Jack dit à Walter en aparté :

« Il a l'air de me croire maintenant. De toute façon, ce qui se serait passé ensuite relève de la pure spéculation puisque ma femme a été assassinée. Inspecteur, je vous ai dit hier que je voulais que vous trouviez son meurtrier. Je suis venu à vous de moi-même, non ? Et je vous ai donné tous les renseignements qui pouvaient vous être utiles.

— Vous ne m'avez pas dit que c'était votre femme, remarqua Walter.

— Pour l'amour du Ciel, pourquoi l'aurais-je fait ? Tout le monde l'ignorait. Quel que soit l'assassin, il ne l'a pas tuée parce qu'elle était ma femme.

— Comment pouvez-vous en être sûr ? demanda Mr. Saxon. Vous avez dû escroquer des centaines de gens au cours de votre carrière. Il se pourrait qu'une de vos victimes se soit trouvée sur le bateau et vous ait reconnus, vous et votre femme.

— Vous croyez peut-être que je n'ai pas examiné la liste des passagers ? Je suis un professionnel. Les pigeons avec lesquels je joue sont triés sur le volet. Ils font l'objet d'une enquête et je ne les oublie jamais.

— Tout cela est très plausible, dit Mr. Saxon, mais répondez à cette question : quand avez-vous vu votre femme pour la dernière fois ?

— Samedi soir, lorsque j'ai quitté la partie. Je viens de vous le dire. »

Mr. Saxon eut le sourire d'un homme qui a amorcé son piège et voit sa proie y pénétrer.

« En ce cas, voulez-vous expliquer à l'inspecteur comment il se fait que vous ayez vu les marques sur son cou ? »

Jack regarda Walter.
« Je crois qu'il le sait. »
Walter resta impassible.
« Je pense que vous devriez nous le raconter. »
Jack haussa les épaules.
« Si vous voulez. Dimanche matin, j'ai entendu parler d'une femme repêchée dans l'océan. Je n'ai fait aucun rapprochement avec Kate. Je n'avais aucune raison de penser que quelque chose lui était arrivé. Mais à mesure que le temps passait, ne la voyant nulle part sur le bateau, ni paraître aux repas, j'ai commencé à m'inquiéter. Je suis allé à sa cabine sans obtenir de réponse. Je ne pouvais pas prendre le risque de parler de mes craintes car ma femme allait peut-être très bien et j'aurais ainsi dévoilé notre mise en scène. Il ne me restait plus qu'une chose à faire : voir la morte de mes propres yeux.
— Comme c'est vraisemblable ! dit Mr. Saxon.
— C'est peut-être vrai, dit Walter. Comment y êtes-vous parvenu ? demanda-t-il à Jack.
— Je suis allé à l'infirmerie. Le préposé était très occupé à relever le nom de tous les imbéciles qui s'étaient blessés la main en essayant d'ouvrir leur hublot. Je lui ai dit que l'on m'avait envoyé chercher la clef de la morgue parce qu'il y avait une chance pour que je puisse identifier le corps. Il me l'a donnée sans même me regarder, et je suis descendu. »
Jack s'interrompit et baissa la tête.
« C'est un moment que je souhaite ne jamais revivre. C'était horrible à voir. J'ai cru que mes jambes allaient refuser de me porter. Je suis remonté en titubant jusqu'à ma cabine et je suis resté sur mon lit, tremblant de rage et de désespoir.

— Et la clef? demanda Walter.

— J'ai dû la laisser sur la porte.»

Walter regarda l'officier de sécurité et hocha la tête:

«C'est conforme aux déclarations du médecin.»

Mais Mr. Saxon n'était toujours pas satisfait.

«Tout ce désespoir m'impressionnerait bien davantage si je ne vous avais pas trouvé en train de violenter une jeune fille innocente. Est-ce la conduite normale d'un homme dont la femme vient d'être tuée? Ce désespoir n'a pas duré très longtemps, non?»

Jack bondit de sa chaise le poing levé mais Mr. Saxon fut plus rapide. Il le saisit par le poignet et le précipita contre le mur de la cellule. Si Jack l'avait heurté de face, il se serait ouvert le crâne. Ce fut son épaule qui encaissa et il s'écroula sur le sol, le pantalon autour des pieds. Mr. Saxon s'apprêtait à lui botter les fesses mais Walter le repoussa.

«Ça suffit!

— Vous l'avez vu, fit Saxon d'une voix grinçante. Il m'a attaqué.

— Aidez-le à se relever», lui ordonna Walter avec une autorité inhabituelle.

Mr. Saxon prit Jack sous les aisselles et le laissa retomber comme un paquet sur la chaise en le menaçant:

«Vous ferez bien de vous en tenir au whist, à l'avenir.»

De la main gauche, Jack remonta son pantalon jusqu'aux genoux pour retrouver un semblant de dignité. Sa chemise était déchirée à l'épaule et tachée de sang. Il plia sa main droite pour vérifier sa mobilité.

« Vous devriez aller lui chercher quelque chose à boire », suggéra Walter.

Mr. Saxon s'approcha de la porte et cria un ordre à son adjoint.

« Si c'est du thé, dit Walter, j'en prendrai un, moi aussi. Voulez-vous nous dire ce qui s'est passé avec cette fille ? demanda-t-il à Jack.

— J'allais y venir, inspecteur. J'étais profondément amoureux de ma femme et je n'accepterai pas que quelqu'un dénigre les sentiments que nous avions l'un pour l'autre, déclara-t-il en jetant un regard noir à Saxon. Je ne méritais pas une femme pareille. Je ne l'ai pas toujours traitée aussi bien que j'aurais dû et il m'est arrivé de courtiser des jeunes femmes qui ne la valaient pas. J'ai honte, aujourd'hui, quand j'y pense. Quand il n'a plus fait de doute pour moi qu'elle était morte, j'ai eu une explosion de colère contre le salaud qui avait fait ça. Voulais-je me venger ? Je ne sais pas. Je crois plutôt que je me sentais le devoir, en mémoire de Kate, de confondre son assassin. Oui, je sais, ce n'est pas mon travail, c'est le vôtre, mais cela me touche personnellement. Pouvez-vous imaginer ce que vous ressentiriez si votre femme était assassinée ? »

Walter prit la question comme un effet de rhétorique. Il enchaîna :

« Vous alliez nous dire pourquoi vous avez agressé cette fille.

— Quand j'ai quitté le fumoir, le soir où Kate a été tuée, Westerfield est allé chercher des boissons. Kate est donc restée seule avec Barbara. Y avez-vous pensé, inspecteur ? Qu'est-ce que ces deux femmes se sont raconté ? Kate a-t-elle confié à Barbara quelque chose qui pourrait nous aider à identifier l'assassin ?

— Nous ? dit Walter.

— Il veut vous faire croire qu'il n'a pas cessé de nous aider, remarqua Mr. Saxon, sarcastique.

— Pouvez-vous aller voir si le thé est prêt? demanda Walter, comme s'il s'adressait à une réceptionniste.

— Il me semblait que votre enquête s'enlisait, poursuivit Jack. J'ai décidé de poser certaines questions moi-même. Je voulais savoir ce que Barbara pouvait avoir à dire, et j'ai profité d'une occasion pour l'inviter à danser. Cela a paru lui faire plaisir. Bien sûr, je ne pouvais pas lui faire subir tout de suite un interrogatoire.

— Elle prétend que vous lui avez fait une cour serrée. »

Jack secoua la tête.

« C'était un simple flirt.

— Vous voyez? dit Mr. Saxon. Il le reconnait.

— J'ai dansé une fois avec elle, reprit Jack. Elle était avec ses parents. Je ne pouvais pas recommencer. Il fallait que je l'emmène ailleurs, dans un endroit où j'aurais pu la questionner sérieusement. C'est vrai, je me suis trompé. J'ai pensé qu'elle serait sensible à mes compliments — comme la plupart des filles si j'en crois mon expérience. Mais elle ne s'est pas laissé impressionner. La danse terminée, elle m'a tourné le dos. J'aurais dû en rester là mais je voulais désespérément savoir ce qu'elle pouvait avoir à dire. À la fin de la soirée, je l'ai suivie jusqu'à sa cabine. Je l'ai abordée devant la porte et j'ai voulu lui expliquer pourquoi j'étais là, mais elle s'est mise à crier. J'ai eu peur. Je l'ai poussée à l'intérieur et j'ai claqué la porte derrière moi. Je pense qu'elle a cru que je voulais la violer. Je voulais seulement la calmer pour pouvoir lui parler. Je lui ai fermé la bouche de la main pour l'empêcher de crier, mais cela n'a fait que l'effrayer davantage. J'étais en train de lutter avec elle au moment où il a fait irruption», ajouta-t-il en montrant du doigt Mr. Saxon qui entrait, un plateau dans les mains.

Walter prit les deux tasses de thé fumant et en tendit une à Jack.

«Vous ne pouvez pas vraiment blâmer Mr. Saxon de vous avoir mis sous les verrous. Votre conduite a été fort imprudente.

— Mais vous me croyez, inspecteur?

— Sans doute. Votre déclaration corrobore ce que d'autres personnes m'ont dit.

— Vous allez me relâcher, alors?

— Il serait préférable que je parle d'abord au commandant et aux personnes concernées. Elles pourraient avoir un choc si elles vous voyaient en liberté.

— Comment va Barbara? Je lui ai vraiment fait mal?

— Elle se remet bien.

— J'aimerais m'excuser auprès d'elle.

— Ne précipitons rien, Mr. Gordon.

— Vous lui parlerez vous-même?

— Cela me paraît souhaitable.

— Pourriez-vous lui demander ce que Kate lui a raconté après la partie de whist?

— C'est déjà fait.

— Et alors? Est-ce qu'il y avait quelque chose d'intéressant dans ce qu'elle lui a dit?

— Qui sait? répondit Walter sur un ton énigmatique.

— Elle n'a nommé personne — quelqu'un qu'elle aurait remarqué sur le bateau?

— Seulement vous.»

Jack poussa un soupir.

«Ç'aurait été trop demander. On ne pouvait quand même pas espérer qu'elle nous livre le nom de son assassin. Toute cette histoire pour rien...

— C'est votre point de vue, dit Walter. Personnellement, je ne le partage pas. Le fait que nous ayons mis un homme sous les verrous a remonté le moral des passagers et de l'équipage. Il y a une véritable ambiance de carnaval sur le pont ce matin. La cordialité règne.

— Mais je ne suis pas l'étrangleur!

— Il paraît dommage de les décevoir... Voulez-vous une autre tasse de thé?

— Je veux sortir d'ici.

— Je vous comprends, dit Walter avec une évidente sincérité.

— Je vous ai dit ce qui s'était passé. Vous ne me croyez pas?

— Essayez de garder votre calme, Mr. Gordon. Je dois réfléchir à ce que je dois faire. Je suis responsable de la sécurité de plus de deux mille personnes. Mais nous pouvons certainement vous rendre la vie plus agréable. Avez-vous eu droit à un petit déjeuner?

— Je veux voir le commandant.

— Vous n'êtes pas en mesure d'exiger quoi que ce soit. Le commandant a d'autres choses en tête pour le moment. On a annoncé du mauvais temps. Je vais vous dire ce que je vais faire: je vais vérifier votre déposition. Cela me prendra bien une heure ou deux. Mais d'abord, je voudrais la clef de votre cabine.

— J'ai ça, dit Mr. Saxon.

— Pourquoi faire? demanda Jack. Pour voir si le jeu de cartes est bien à l'endroit que je vous ai indiqué?

— Non. Pour vous faire porter des vêtements de rechange. Les vôtres sont terriblement déplacés, ici.»

11

Marjorie avait insisté pour que Barbara passât la matinée à se reposer dans sa cabine. Le temps étant gris et le vent nettement plus frais, ce n'était pas une grosse punition. De plus, elle avait eu l'honneur de recevoir la visite du commandant Rostron en personne qui lui avait exprimé toute la part qu'il avait prise à son horrible aventure. Elle avait reçu aussi la visite du médecin et de l'inspecteur Dew. Le premier lui avait garanti que son cou aurait retrouvé son aspect normal avant qu'ils n'atteignent New York. L'inspecteur lui avait parlé du temps.

Le visiteur qu'elle eut le plus de plaisir à voir arriva vers midi. Il lui apportait une énorme boîte de bonbons. C'était Paul. Marjorie le fit entrer et resta avec eux, pour la bienséance.

Paul se faisait beaucoup de souci, comme le prouvaient les petites rides qu'il avait autour des yeux et sa voix rauque.

« Tu ne peux pas savoir à quel point je me sens misérable. Si je n'avais pas eu la stupidité de partir si tôt, il n'aurait jamais pu t'approcher.

— Tu ne pouvais pas deviner ce qu'il projetait.

— J'étais complètement plongé dans ma mauvaise humeur imbécile, Barbara. Je ne me le pardonnerai jamais. Dieu soit loué, on a entendu tes cris. À part tes ecchymoses, tu n'as vraiment rien ?

— Non. Ça n'a pas été si terrible

— Ça a dû être horrible ! Terrifiant ! Qui aurait pu croire que Jack Gordon se révélerait être l'étrangleur ? Je le prenais pour un typique gentleman anglais. Cela paraît incroyable de la part de quelqu'un qui s'est conduit comme il l'a fait avec mon portefeuille. Franchement, cela me dépasse, Barbara.

— J'ai aussi du mal à comprendre.

— Mais pourquoi justement toi ? »

Marjorie ne put se contenir.

« Pour l'amour du Ciel ! s'écria-t-elle sur un ton mordant. D'où voulez-vous qu'elle connaisse la réponse à cette question ? »

Paul devint tout rouge.

« Ce que je veux dire, c'est que je ne vois pas pour quelle raison il s'en est pris à elle.

— Vous ne voyez pas ? s'exclama Marjorie. Vous avez peut-être perdu vos deux yeux ? »

Ce fut au tour de Barbara de rougir.

« Mère, vas-tu cesser de dire des choses embarrassantes ? Paul est venu ici avec les meilleures intentions du monde, il m'a apporté de merveilleux bonbons, et il faut que tu gâches tout en parlant à tort et à travers. »

Ce fut un tournant dans les relations entre Marjorie et sa fille. Pour la première fois, Marjorie reconnut qu'elle avait eu tort.

« Je suis désolée. Je n'aurais pas dû. Ce qui est arrivé hier soir me rend un peu trop nerveuse.

— Nous aussi, remarqua Paul. Avec tout ces événements, je suis sûr que tu as oublié ce qui doit avoir lieu ce soir, Barbara. Un bal costumé. Si tu te sens assez bien pour y aller, rien ne pourrait me faire plus plaisir que de te servir de cavalier.

— En effet, je n'y pensais plus. Oui, cela me fera le plus grand bien de me changer les idées. Je serai ta partenaire, avec joie.»

12

Walter quitta la cellule de Jack, sûr de retrouver son chemin. Il était convaincu qu'il saurait reconnaître par où Mr. Saxon l'avait fait passer pour descendre jusqu'ici. Sans comprendre exactement où il avait commis l'erreur, au bout de quelques minutes, il dut s'avouer qu'il était perdu. Il ne savait même plus où se trouvaient l'avant et l'arrière du bateau. Là où il attendait un escalier, il tombait sur une cloison. Pis encore, cette partie du navire paraissait inhabitée.

Il poussa une porte, espérant découvrir derrière un escalier conduisant au pont supérieur. Il trouva en effet un escalier en spirale, mais qui le fit descendre encore plus bas, dans une cale aussi grande qu'un entrepôt, remplie de boîtes et de caisses de nourriture.

Walter continua son chemin et se retrouva dans un deuxième compartiment. L'odeur d'huile était si forte qu'il crut avoir atteint la chambre des machines jusqu'à ce qu'il aperçoive devant lui une rangée de voitures, attachées au pont par des cordes, les roues solidement calées par des blocs de bois. Parmi elles se trouvait le nouveau modèle Lanchester. Walter aimait les voitures. Il avait toujours rêvé d'une Lanchester. Il essaya la portière: elle s'ouvrit. Il s'installa à la place du conducteur et posa ses mains sur le volant.

Avec le bourdonnement régulier des turbines du *Mauretania*, quelque part au-dessous de lui, on pouvait aisément s'imaginer que la voiture était en mouvement, roulant en trombe sur des routes de campagne. Il actionna l'avertisseur. C'était un magnifique véhicule, à l'intérieur comme à l'extérieur.

Quelqu'un ouvrit brusquement la portière et hurla, comme si Walter avait été sourd :

« Qu'est-ce que vous foutez là ? »

Walter examina l'individu. Il était vêtu d'un bleu de mécanicien. D'un très vaste bleu de mécanicien, ouvert sur la poitrine car celle-ci était si large qu'il aurait été impossible de faire entrer les boutons dans les trous qui leur étaient destinés. Le vide était rempli par un foisonnement de poils noirs qui remontaient avec une étonnante exubérance jusqu'au sommet de la tête, ne laissant paraître qu'un nez et une paire de féroces yeux bruns pour indiquer qu'il s'agissait là d'un spécimen d'*homo sapiens*.

« Ah ! Vous avez donc entendu mon coup de corne. Très bien, dit Walter.

— Sortez de cette voiture ! » dit l'homme.

Walter obéit. Il avait beau mesurer plus d'un mètre quatre-vingts, il n'arrivait qu'à l'épaule du bleu de travail.

« Inspecteur principal Dew, de Scotland Yard, autrefois. »

Ceci ne paraissant pas produire le moindre effet, Walter ajouta :

« J'enquête. Sur ordre du commandant. Connaissez-vous le nom du propriétaire de ce véhicule ? »

L'homme secoua la tête.

« Les portières devraient être verrouillées, dit Walter. Oui, elles devraient l'être. »

Il essaya d'ouvrir la malle. Elle n'était pas fermée non plus.

« Je n'aime pas voir des objets de valeur mal protégés, dit-il en refermant violemment le couvercle du coffre. Je vais devoir le signaler. Quel est le chemin le plus court pour remonter sur le pont ? »

L'homme lui montra du doigt une porte. Walter fit un signe de tête et s'en alla sans qu'ils aient échangé une autre parole.

13

À midi, lorsque le sifflet du navire fit trembler les ponts supérieurs, il ne restait plus que des places debout dans le fumoir, et encore, pas beaucoup. L'annonce du nombre de milles, couverts dans les vingt-quatre heures écoulées, provoquait chaque jour une grande excitation — due non pas tant à la fierté qu'inspirait les performances du *Mauretania* qu'aux résultats de l'*auction pool.* L'attente des passagers avait été comblée la veille, après le dîner, lorsque les enchères pour les vingt nombres avaient atteint plusieurs milliers de dollars, aiguillonnées par un président de belle prestance et les stewards du fumoir qui touchaient dix pour cent des gains.

John Finch avait acquis un nombre très recherché, situé dans la moyenne, soit 540 milles. Il lui avait coûté presque autant de dollars.

« Je fais une folie par traversée, dit-il à Alma qui était venue par curiosité. Je n'ai encore jamais gagné mais jusqu'ici je n'avais jamais eu le courage de payer très cher pour avoir vraiment un bon nombre. Le lobe de mon oreille droite me démange horriblement, c'est un excellent présage. »

Alma jeta un regard à ladite oreille. Elle était incontestablement plus rose que l'autre.

« C'est peut-être à cause de votre promenade matinale sur le pont. Cette oreille-là est plus exposée au vent. Pourquoi n'essayez-vous pas de marcher dans le sens de l'aiguille d'une montre, pour changer ? »

John se mit à rire.

« Parce que, dans ce cas, je n'aurais plus d'oreille pour mesurer mes chances. Ma chère Lydia, je n'ai jamais rencontré quelqu'un d'aussi grave que vous, et c'est très amusant ! Que j'aie perdu ou gagné, je vais vider une bouteille de champagne avec vous ce soir et je verrai bien si j'arrive à vous faire rire.

— Je n'ai pas l'habitude de boire, dit Alma, dubitative.

— Il ne vous en faudra pas beaucoup, alors », repartit John avec un clin d'œil, puis il changea brusquement de sujet : « j'ai entendu dire que l'assassin était toujours en liberté.

— Je croyais qu'ils avaient arrêté un homme qui a agressé une jeune Américaine hier soir.

— En effet, mais c'était une erreur. L'inspecteur Dew a passé la matinée à l'interroger et maintenant il l'a relâché. En définitive, ce n'était pas lui l'étrangleur. J'espère que Dew sait ce qu'il fait.

— Moi aussi », répondit Alma.

Elle le souhaitait du fond du cœur mais sans trop y croire. Avec horreur, elle soupçonnait Walter d'avoir remis en liberté un meurtrier à cause d'un sens un peu bizarre du *fair play*. Que ferait-il si c'était elle qui était attaquée cette nuit ?

Le président de l'*auction pool* heurtait la table en acajou de son marteau. Quelque chose d'assez proche du silence s'abattit sur le fumoir. On croisa les doigts, on envoya des prières vers le ciel. Les coopératives de parieurs, rassemblées par petits groupes, récapitulaient une dernière fois en chuchotant les nombres qu'ils détenaient. Les propriétaires individuels, comme John, connaissaient les leurs par cœur.

« Mesdames et messieurs, l'officier de quart vient juste dc me faire parvenir ce papier qui porte le nombre de milles que le *Mauretania* a parcouru depuis hier midi. Je crois savoir que vous attendez cette information avec impatience.

— Allez-y déjà ! cria quelqu'un du fond de la salle.

— Cinq cent cinquante ! » cria quelqu'un d'autre.

Un chahut monstre s'ensuivit, chacun s'étant mis à lancer un chiffre différent.

Le président frappa sur la table pour rétablir le silence. Il jeta encore un coup d'œil au papier qu'il tenait dans la main.

« Le nombre gagnant est cinq cent quarante...

— Nom de Dieu, c'est le mien ! s'écria John.

— ... six, dit le président. Cinq cent quarante six.

— Oh ! non ! s'écria Alma, déçue. Je suis désolée, John. »

Elle lui prit la main et la serra dans les siennes.

« Ma foi, déclara John, philosophe, il semble que vous ayez eu raison à propos du vent sur mes oreilles,

— Pas obligatoirement, remarqua Alma.

— Que voulez-vous dire ?

— Il reste encore le prix du meilleur déguisement, non ? »

14

Après le déjeuner, la mer se fit, sinon grosse, du moins très agitée. Le mouvement de roulis et de tangage allait s'accentuant. On vit les membres de l'équipage tendre des cordes aux endroits où il n'y avait pas de bastingage. On annula les compétitions sportives prévues pour les enfants sur le pont, et on les remplaça par la projection de courts métrages de Chaplin au salon. L'écran était si peu stable que les images aboutissaient sur le mur.

Le mauvais temps n'eut pas d'effet sur le bal costumé, mis à part le fait que quelques passagers se retirèrent dans leurs cabines avec le regret d'avoir ne serait-ce que touché au repas et à la boisson. Des lanternes de couleur s'allumèrent dans la salle à manger et tout le monde convint que leur balancement ajoutait encore à la gaieté du moment. Les lustres, au contraire, restaient immobiles, leurs pièces de cristal ayant été si habilement agencées qu'elles défiaient, par leur immuable rigidité, n'importe quel mouvement du bateau.

Livy et Marjorie arrivèrent déguisés en Antoine et Cléopâtre, ce qui donnait à Marjorie l'occasion de porter des sandales et des anneaux aux chevilles. Et elle avait mis du vernis sur les ongles de ses doigts de pied. Livy s'était drapé dans un couvre-lit et portait des chaussures de tennis. Il n'avait pas exactement la silhouette d'un Antoine mais, pour Marjorie, il était prêt à tous les sacrifices. Il avait roulé son pantalon au-dessus de ses genoux, de façon à pouvoir revenir en 1921 dès que l'occasion s'en présenterait.

Ils étaient à peine assis, non loin de la piste de danse, lorsque Paul et Barbara les rejoignirent, déguisés en pèlerins. Muni de sa fausse barbe, fabriquée avec des bouts de corde, Paul expliqua qu'ils espéraient que les juges feraient le rapprochement entre leur présente traversée et celle du *Mayflower*.

« Sans aucun doute, dit Livy. D'ailleurs, si la mer devient plus forte cette nuit, je proposerai qu'on se réunisse en prières. »

Barbara, encore pâle après son effrayante aventure, faisait un pèlerin très convaincant avec sa longue jupe marron, son tablier blanc, sa jaquette boutonnée jusqu'au cou, son col blanc et le foulard qui cachait ses cheveux.

« Tu te sens mieux, ma chérie ? demanda Marjorie.

— Ça va très bien, maman.

— L'inspecteur Dew a parlé à Barbara, intervint Paul. Il semble qu'il y ait eu un malentendu. Jack Gordon ne lui voulait aucun mal.

— Je sais, dit Marjorie, sceptique.

— Il voulait seulement me parler, précisa Barbara.

— Et tu crois ça ?

— Ça doit être vrai, mère. L'inspecteur l'a relâché.

— Oui, c'est un scandale. Les marques sur ton cou, elles sont toujours là, elles.

— Mère, ce n'est pas lui l'étrangleur. Il voulait me parler de Katherine, la femme qui a été tuée. C'était sa femme.

— Je suis au courant. Des tricheurs professionnels, et c'était vous deux les deux gogos qu'ils visaient. Y as-tu pensé ? Gordon est un sale individu. Il ne devrait pas être en liberté.

— Ils n'ont finalement rien fait, dit Paul. Je suppose que l'inspecteur a estimé qu'il perdrait son temps à retenir Jack Gordon prisonnier.

— Vous pourrez le lui demander vous-même, remarqua Livy. On dirait qu'il vient par ici. »

Walter n'était pas déguisé. Il portait son costume sombre habituel et sa cravate rayée. Il paraissait plus déplacé que les gens en tenues excentriques. Il marchait légèrement courbé et, apparemment, conscient de l'être. Peut-être s'inclina-t-il de manière un peu différente devant les Cordell, mais il aurait été difficile de l'affirmer. Il leur demanda la permission de se joindre à eux quelques instants.

« Certainement, inspecteur, répondit Livy. Ma femme était justement en train de parler de vous.

— Livy ! grommela Marjorie entre ses dents.

— Elle pensait que vous remporteriez le prix de déguisement, poursuivit gaiement Livy, étant donné que vous avez sans doute plus que tout le monde, ici, l'habitude des masques. »

Walter eut un vague sourire.

« Je vois...

— Je pensais que c'était peut-être vous ce Sherlock Holmes, là-bas au bras de cette blonde, avec une pipe et une casquette. Mais cela aurait été trop flagrant, j'imagine.

— J'ai juste fait un saut parce que je voudrais dire encore un mot à votre belle-fille, expliqua Walter. Comment vous sentez-vous maintenant, Miss... euh...

— Beaucoup mieux, merci.

— J'ai oublié de vous demander quelque chose. Quand vous avez fini de boire votre café avec Miss Masters, ou Mrs. Gordon, samedi soir, est-elle allée directement se coucher?

— Comment pourrait-elle le savoir? intervint Paul.

— Elle allait au lit, c'est ce qu'elle m'a dit en tout cas, répondit Barbara.

— Vous n'avez pas fait un bout de chemin avec elle?

— Non.

— Nous sommes revenus ici, danser encore un peu précisa Paul. Hé! En voilà une grosse, cette fois!»

Le bateau venait de faire une grande embardée qui avait fait glisser les verres de l'autre côté de la table. Barbara les rattrapa à temps.

«O.K.», dit Livy en s'emparant d'une carafe. Il y a un remède à cela. Il versa de l'eau un peu partout sur la nappe, puis disposa les verres sur les taches d'humidité:

«Vu?

— Livy a beaucoup voyagé, remarqua fièrement Marjorie. Mon Dieu! Qu'est-ce que c'est que ça?»

Tout le monde se retourna pour voir ce qui l'avait frappée. C'était une silhouette recouverte d'un drap blanc qui venait de déboucher de l'escalier.

«Si c'est censé représenter un fantôme, je trouve que c'est de très mauvais goût, déclara Marjorie. Vraiment! Les gens pourraient se conduire avec un peu plus d'égards après ce qui s'est passé samedi. C'est horrible!

— Je ne crois pas que cela soit censé être un fantôme, dit Barbara. Regardez le sommet est pointu et il a des espèces de boîtes en carton qui sortent de chaque côté. Le pauvre, il a du mal à tenir debout avec un pareil roulis! ajouta-t-elle en riant.

— En tout cas, c'est très impressionnant, remarqua Paul. Il a au moins deux mètres cinquante de haut. À votre avis, pourquoi le bas est-il peint en bleu?

— C'est la mer, répondit Livy. Il est déguisé en iceberg.

— Oh! Mon Dieu! s'écria Marjorie, scandalisée. C'est encore pire. En voilà une chose à faire par une nuit pareille! Ça me donne la chair de poule.

— Il s'amuse, mère, et c'est tout, dit Barbara.

— Il s'amuse! Je n'appelle pas ça s'amuser. Que crois-tu que Livy ressent en voyant cet iceberg? Pour quelqu'un qui était sur le *Titanic*, ce n'est pas un sujet de plaisanterie, n'est-ce pas mon chéri?»

Livy lui jeta un regard bizarre:

«Je n'ai jamais été sur le *Titanic*, Marje, mais sur le *Lusitania*.

— C'et la même chose, répondit Marjorie.

— Pas vraiment. Nous avons été touchés par une torpille, pas par un iceberg.

— Et la mer était parfaitement calme, ajouta Walter d'une manière inattendue. Je n'avais jamais vu une mer aussi tranquille.

— Vous? dit Livy. Vous étiez sur le *Lusitania*?

— Oui. Avec mon, euh...» Walter s'interrompit comme s'il avait eu une absence passagère. Il était devenu tout pâle.

«... avec mon père.

— C'est étrange, dit Paul. J'ai lu un article sur vous, l'année dernière, dans le *Saturday Evening Post*. On n'y faisait pas allusion.

— Cela ne s'est jamais su, répondit Walter. Je portais un autre nom à l'époque. »

À l'autre bout de la salle, Alma guidait John Finch vers une table libre. Il progressait difficilement sous son drap, et avec les boîtes attachées à sa tête et à sa poitrine.

« Est-ce que j'attire vraiment l'attention ? demanda-t-il, en s'asseyant avec précaution sur une chaise.

— Ah ! Certainement ! Tout le monde vous regarde. Vous êtes bien là-dessous ? »

Un rire étouffé lui parvint.

« Je dois dire que j'ai horriblement soif.

— Mais si je vous apporte un verre, comment vous débrouillerez-vous pour le boire ? »

Un autre rire retentit.

« Ne vous faites pas de souci, ma chère. John Finch n'est pas aussi bête que vous croyez. J'ai un flacon de cognac là-dessous.

— J'espère que vous arriverez à marcher droit pendant le défilé. Le bateau tangue de plus en plus.

— Je serai ferme comme un roc. »

Mais au moment où un roulement de tambour annonça le départ du défilé, personne n'aurait été capable de rester debout très longtemps. Le navire se soulevait et retombait avec la régularité d'un métronome, heureusement assez lentement, mais avec une amplitude de plus en plus grande. Par bravade, les participants au bal poussaient des "houps !" en chœur quand leur estomac leur indiquait que le bateau avait atteint un sommet et s'apprêtait à replonger. Les plus fragiles s'étaient retirés, laissant des sièges vides qui glissaient vers le centre de la pièce quand ils n'étaient pas calés derrière une table.

Cependant, le défilé s'était mis en route aux

accents d'une marche militaire, serpentant entre les tables qui offraient un appui à portée de main en cas de nécessité. Il y avait presque une centaine d'intrépides concurrents — des pirates marchant bras dessus, bras dessous avec des ballerines, des chevaliers, des sorcières, deux chevaux, une autruche qui s'aidaient les uns les autres en riant à garder leur équilibre, encouragés par les esprits moins téméraires qui constituaient le public. Quelques glissades et collisions sans gravité ajoutèrent encore à la drôlerie et, cahin-caha, le défilé put avoir lieu. Alma, en costume d'infirmière, suivait John les mains appuyées sur son dos, mais celui-ci n'avait pas eu tort d'être aussi sûr de lui. Il ne chancela pas une seule fois. Marjorie marchait plus loin, devant, tenant d'une main le bras de Livy et relevant de l'autre sa tunique égyptienne jusqu'à mi-mollet. Paul et Barbara les suivaient, main dans la main, échangeant des pressions qui n'avaient rien à voir avec les mouvements du bateau.

Le commandant Rostron aurait dû présider le jury mais personne ne protesta quand on annonça qu'il avait décidé de ne pas quitter la passerelle. Sur la tribune, à côté de l'orchestre, le commissaire du bord qui le remplaçait examinait les déguisements variés qui défilaient sous ses yeux. Lorsque la musique s'interrompit, chacun regagna sa table pour écouter les résultats.

La gagnante, pour les femmes, fut celle qui était venue habillée en Suzanne Lenglen, la championne de tennis. Le fait qu'elle ne ressemblât pas du tout à ladite championne n'avait pas paru gêner le jury. Elle avait une raquette, portait la même jupe, et, comme l'avait fait judicieusement remarquer Marjorie, elle avait dansé avec le grand Bill Tilden tous les soirs. La Cunard avait tout intérêt à contenter ses passagers les plus célèbres.

Charlie Chaplin remporta le prix masculin, surtout parce qu'il avait beaucoup amusé le public en sortant constamment de la file, chancelant avec le bateau et imitant assez bien le célèbre vagabond.

Le prix du costume le plus original fut remporté par l'autruche.

« Original ? Mon œil ! s'écria John sous son drap, tout en commençant à se débarrasser des boîtes en carton qui avaient constitué la structure de l'iceberg. Il a pris ça chez un costumier. Il n'y a aucun rapport entre une autruche et un voyage sur l'océan. La prochaine fois, je me déguiserai en albatros. Ah ! Mais je vous avais promis une bouteille de champagne ! Vous voulez bien attendre pour me permettre d'aller endosser quelque chose qui ne m'empêche pas de danser ?

— Bien sûr, mais je ne sais pas si je pourrai boire du champagne, dit Alma en lançant un regard vers la table où Walter était assis avant le défilé. »

Il l'avait sûrement remarquée en compagnie de John et elle craignait sa réaction. C'était un dilemme. Elle osait à peine s'avouer que ses sentiments envers lui avaient changé depuis qu'il était devenu un meurtrier, qu'il lui faisait peur et qu'elle ne se sentait en sécurité qu'avec John. Mais si Walter la voyait avec lui, cela pouvait la mettre dans une situation encore plus dangereuse.

Elle constata avec soulagement que Walter n'était plus là.

15

Il avait emprunté un ciré et, sur la demande de l'officier de sécurité, était monté sur le pont. Un membre de l'équipage avait signalé Jack Gordon à tribord, près de la chaloupe numéro 5. Lorsqu'il avait été remis en liberté, Gordon s'était engagé à rester dans sa cabine toute la journée. On craignait que sa présence dans un lieu public n'inquiète les passagers. Et voilà que ce diable d'homme n'avait pas tenu parole. On ne l'avait pas trouvé dans sa cabine.

Walter le maudit lorsqu'une rafale de vent rabattit sur son visage ce qui semblait être de la grêle mais qui, en réalité, était des embruns arrachés à la crête des plus grosses vagues. Il se rappela que Mr. Saxon lui avait conseillé de se tenir au bastingage. Il l'empoigna et commença à avancer, les yeux fixés sur l'horizon qui s'éleva bien au-dessus de la passerelle de commandement pour plonger ensuite et disparaître sous la proue du navire. Le vent soufflant du nord-ouest, le ciel était aux trois-quarts dégagé. Par intermittence, des lambeaux de nuage obscurcissaient la lune mais Walter distingua bientôt une silhouette, vêtue d'un ciré, agrippée au bastingage sous un canot de sauvetage. Jack Gordon paraissait entièrement absorbé par le spectacle des flots déchaînés.

Walter s'approcha de lui et lui toucha le bras. Il dut crier pour se faire entendre.

« Vous aviez promis de rester dans votre cabine. »

Jack le regarda sans rien dire.

« Vous aviez donné votre parole, hurla Walter. »

Jack haussa les épaules.

« Y a pas de quoi en faire une histoire ! Il n'y a personne ici.

— Vous ne pouvez pas faire ça.

— Laissez-moi tranquille. Retournez danser.

— Vous allez venir avec moi et rentrer dans votre cabine.

— Non. »

Walter n'avait visiblement pas l'habitude de faire face à ce genre de défi. Il se fit plus conciliant.

— Ce n'est pas l'endroit rêvé, par une nuit pareille. »

Jack se contenta de fixer la mer.

« Pourquoi êtes-vous venu ici ? cria Walter.

— Je me sens plus en sécurité. »

Walter se mit à rire.

« C'est vrai. Je préfère être ici qu'enfermé dans ma cabine.

— Pourquoi ?

— C'est plus sûr d'être près d'une chaloupe.

— Vous avez déjà dû voir un nombre record de tempêtes, pourtant.

— Je ne m'y suis jamais fait ! hurla Jack. Laissez-moi seul, nom d'un chien ! »

Il était clair que rien hormis la force ne le ferait descendre. L'homme était vraiment terrifié.

Walter, une main sur le bastingage, allait rebrousser chemin lorsqu'il se sentit soudain poussé en arrière avec une force étonnante, comme si quelqu'un l'avait frappé brutalement à la poitrine. Il s'écroula sur Jack qu'il faillit renverser dans sa chute.

« Qu'est-ce qui se passe ? » demanda celui-ci.

Walter répondit par un gémissement. Il paraissait complètement étourdi.

« Ça va, inspecteur ?

— Mon épaule... J'ai mal... »

Il avait la main sur son épaule gauche, et n'essayait pas de se relever. Jack s'accroupit près de lui.

« Laissez-moi voir. Vous avez dû vous la démettre en tombant. Laissez-moi vous aider. Accrochez-vous là... »

Il essaya de le soutenir mais Walter était trop lourd, difficile à mouvoir. Jack réussit cependant à l'asseoir.

« Que s'est-il passé ? »

Walter gémit de nouveau.

« Je crois que je vais m'évanouir.

— Est-ce que vous me jouez un tour de votre façon ? »

Ce n'était pas le cas. Walter devint tout mou dans ses bras.

« Va te faire pendre ! »

Il se leva pour aller chercher de l'aide. Il y avait de la lumière devant la porte de l'escalier qui conduisait au bureau du commissaire du bord. Comme il tendait la main pour l'ouvrir, Jack s'aperçut que ses doigts étaient tachés de sang.

16

Lorsque Alma ouvrit les yeux, un rayon de soleil éclairait le plafond de sa cabine. Il pénétrait par le hublot avec une intensité aveuglante. Elle avait mal à la tête. En se retournant vers la cloison, elle aperçut la bouteille de champagne vide et deux verres sur sa table de chevet. Elle referma les yeux avec force comme pour chasser cette image et enfouit son visage dans l'oreiller. Mais elle n'ignorait pas que lorsqu'elle ouvrirait de nouveau les yeux la bouteille et les verres seraient toujours là. Éparpillés sur le sol se trouveraient le rappel inéluctable de ce qui s'était passé après minuit: restes d'un déguisement, une cape de velours, une coiffe blanche confectionnée avec un torchon, un chemisier blanc avec une croix rouge en papier épinglée sur le devant, une jupe grise, des bas noirs en fil d'Écosse et des bottines à lacets. Elle ne pouvait échapper à l'évidence qu'elle avait commis l'acte que même les plus romantiques et les plus passionnées de ses héroïnes remettaient au jour de la bénédiction et de la légalisation de leur amour. Elle avait admis un membre du sexe opposé dans sa chambre et dans son lit. Elle avait manqué à sa parole envers Ethel M. Dell. Et envers Dieu. Et envers Walter.

Walter... Ce qu'elle avait fait était impardonnable. Elle avait promis de se donner à lui et s'était donnée à John.

Pis encore. Elle savait qu'elle aimait John et que ce qu'elle avait éprouvé pour Walter se réduisait à... quel était ce mot si éloquent et qui revenait si souvent dans *The Way of an Eagle*? ... une toquade! Tout ce qu'elle avait pu éprouver pour Walter s'était à jamais enfui, supplanté par son immense amour pour John, cet homme si doux, irrésistible, qui l'avait prise dans ses bras et lui avait dit qu'elle était la plus ravissante créature de Dieu. Walter n'avait jamais employé des mots pareils. Il ne lui avait jamais soufflé à l'oreille que ses yeux l'enflammaient, que sa peau était plus douce et plus blanche que la porcelaine la plus pure.

L'acte sexuel n'avait pas été le supplice qu'elle imaginait et attendait. Le désagrément initial avait été largement compensé ensuite par des sensations agréables et surprenantes. Elle n'avait rien dit à John de son inexpérience mais il l'avait compris, s'en était réjoui et il l'avait tendrement aidée à passer de la souffrance à la joie pure.

Cependant, elle se sentait incontestablement des devoirs envers Walter. Il l'avait écoutée, suivie, ils avaient comploté ensemble. Il se trouvait à cause d'elle en situation dangereuse. Il avait tué Lydia. Il ne l'aurait pas fait sans ses encouragements. Sans elle, il serait encore en Angleterre et Lydia serait en vie, voguant vers l'Amérique. Elle devait fidélité à Walter, même si c'était John qu'elle aimait.

Elle pleurait dans son oreiller quand on frappa à la porte. Le steward! Il apportait le thé.

« Un instant, s'il vous plaît. »

Elle sauta hors du lit, cacha la bouteille et les

verres dans la penderie et fit suivre le même chemin à son tas de vêtements. Elle s'empara d'un déshabillé de Lydia, le jeta sur ses épaules, claqua la porte de la penderie et se remit au lit.

« Vous pouvez entrer !

— Madame ! C'est votre anniversaire ? »

C'était un très jeune steward — il devait avoir moins de vingt ans — efficace et amical sans trop de familiarité.

« Non, pas du tout. Pourquoi me demandez-vous ça ?

— Il y a une carte pour vous, madame. »

Il posa le plateau sur la table de nuit. Une enveloppe carrée qui manifestement contenait une carte de vœux, était posée contre le pot de lait.

« Vous avez pu dormir malgré tout ?

— Je vous demande pardon ?

— La tempête, madame. Il y a des passagers qui n'ont pas fermé l'œil de la nuit. Il n'y aura pas foule au petit déjeuner.

— Vous avez sans doute raison.

— Si c'était seulement le temps qui les empêchait de se montrer, il n'y aurait pas de quoi s'inquiéter, madame.

— Que voulez-vous dire ?

— Un autre passager a trinqué, hier soir. L'inspecteur Dew, de Scotland Yard.

— Non ! Que s'est-il passé ?

— On lui a tiré dessus, madame. Sur le pont.

— Oh ! Mon Dieu ! Et il est... ?

— Je ne sais pas, madame. On nous a recommandé de tenir notre langue. Ce sera tout ?

— Oui. »

Tremblante, Alma retomba sur son oreiller. Walter attaqué ? Mort ? C'était impensable.

Elle resta plus d'une minute en état de choc. Qui pouvait vouloir tuer Walter et pourquoi? Elle avait très peur. Mais il fallait qu'elle se lève, il fallait qu'elle sache exactement ce qui s'était passé.

Distraitement, elle prit l'enveloppe qui se trouvait sur le plateau et l'ouvrit. Elle contenait une carte dessinée à la main, représentant des cœurs percés par une même flèche. Le message était fait de deux lignes, tirées d'une vieille chanson :

Parce que Dieu vous a faite mienne,
Et que je suis vôtre
J.

« Oh ! John, John, John... » dit Alma à voix haute.

Elle ne but pas son thé. Elle ne prit pas son bain. Elle s'habilla, alla directement à la cabine de Walter et frappa à la porte.

Une infirmière, authentique celle-là, lui ouvrit et la regarda de haut.

« Oui ?

— J'ai entendu dire qu'on avait tiré sur l'inspecteur.

— C'est exact.

— Je suis une amie, une amie personnelle. Dites-moi, s'il vous plaît, est-il sérieusement blessé ?

— Ce n'est pas à moi de le dire.

— Je vous en prie... est-il en danger ? »

Sa voix trahissait une réelle inquiétude et pourtant, une partie indépendante de son cerveau envisageait en même temps la mort de Walter qui l'aurait délivrée de ses obligations envers lui. Elle serait libre d'épouser John...

« Il n'est pas en danger », répondit l'infirmière.

Une voix qui n'était pas celle de Walter, lui parvint de la cabine.

« Qui est-ce ?

— Comment vous appelez-vous ? » demanda l'infirmière.

Alma hésita. Sans connaître le niveau de conscience de Walter, elle n'osait pas répondre Lydia. On avait dû lui donner de la morphine. Apprendre que Lydia était à sa porte pouvait lui causer un choc et provoquer une réaction désastreuse.

« Si vous ne me donnez pas votre nom, comment puis-je lui transmettre un message ?

— Il n'y a pas de message », dit Alma.

Elle tourna les talons et courut presque jusqu'à l'extrémité du couloir.

L'infirmière haussa les épaules, ferma la porte et rejoignit l'officier de sécurité au chevet de Walter. Mr. Saxon triomphait. Son exubérance prouvait assez que le triste état de Walter ne l'affectait guère. Il était aussi fier que s'il avait lui-même tiré sur lui.

« Remettez-vous tranquillement, déclara-t-il. Vous êtes débarrassé de vos responsabilités maintenant, inspecteur. Il fait un temps magnifique et vous avez le droit d'en profiter.

— Que voulez-vous dire ? demanda Walter, prêt à engager la controverse.

— Tout simplement que vous n'aurez plus rien à faire dès que vous m'aurez donné votre déposition. Gordon est en état d'arrestation. Il n'a pas encore avoué mais il ne tardera pas.

— Gordon ? Jack Gordon ? »

Mr. Saxon sourit.

« Si vous n'aviez pas commencé par relâcher ce type, vous ne seriez pas en train de soigner votre épaule. Comment est-elle ? »

Walter essaya de relever la tête. Avec une grimace, il la laissa retomber sur l'oreiller.

« Douloureuse, apparemment, dit Mr. Saxon.

— Jack Gordon ne m'a pas tiré dessus », riposta Walter.

Mr. Saxon se tourna vers l'infirmière.

« Qu'est-ce que le docteur lui a donné ?

— Je lui tournais le dos. La balle m'a frappé de face.

— Vos souvenirs ne doivent pas être très nets, répondit Mr. Saxon.

— Je me rappelle tout très clairement. Je lui ai tourné le dos et j'ai été frappé de face. Je suis tombé sur lui. C'est quelqu'un d'autre qui a tiré.

— J'en doute.

— Que s'est-il passé après ?

— Gordon vous a traîné jusqu'à l'escalier et a appelé à l'aide. Ce n'est pas un imbécile, inspecteur.

— Vous l'avez fouillé ? Portait-il une arme ?

— Il a dû la jeter par-dessus bord.

— Il est innocent. Où est-il ? Je veux lui parler, dit Walter en se redressant sur son bras valide.

— Je crains que ça ne soit pas possible, dit l'infirmière. Vous devez rester au lit toute la journée. Vous avez entendu les ordres du docteur, monsieur.

— Il m'a dit que la blessure était superficielle.

— Il vous a donné quelque chose pour calmer la douleur. Vous tiendrez mal sur vos jambes.

— Que Gordon vienne ici, alors !

— Il est en état d'arrestation, répéta Saxon.

— Parfait. Vous devez savoir où le trouver, alors. »

17

Alma mit longtemps à trouver John. Il n'était ni sur sa chaise longue, ni sur le pont-promenade à faire son petit tour habituel ni au fumoir buvant son double whisky. Elle le trouva enfin sur la plage arrière du navire. Il était appuyé au bastingage, l'œil sur le sillage du bateau. Il se retourna et lui prit la main.

« Demain, New York, dit-il.

— N'ayez pas l'air si triste, dit Alma. Vous allez me rendre mélancolique moi aussi.

— Qu'allez-vous faire en Amérique ? Du théâtre ?

— Non. Le théâtre, c'est fini. Je ne sais pas très bien ce qui va se passer.

— Quelqu'un vous attend, j'imagine.

— Non, pas vraiment.

— Mais vous ne serez pas seule en Amérique ?

— J'espère que non.

— Il y a un autre homme, n'est-ce pas ? »

Alma regardait bouillonner la mer sous le fouet des hélices.

« Je crois que vous connaissez déjà la réponse à cette question, John. Lorsque vous m'avez quitté, hier soir, après le défilé, vous avez dit que vous alliez vous changer ?

— Ma foi, oui, ma chérie. C'est exactement ce que j'ai fait.

— Vous n'êtes pas monté sur le pont ? »

John fronça les sourcils.

« Non. Pourquoi l'aurais-je fait ? Vous ne croyez tout de même pas que j'ai quelque chose à voir avec ce qui est arrivé à l'inspecteur Dew ? Pourquoi diable... Mon Dieu ! Il n'est pas votre ami, non ? s'écria-t-il en ouvrant de grands yeux.

— Ne me demandez rien d'autre, s'il vous plaît. Je ne pensais qu'à vous.

— Ça jette plutôt un froid sur mes projets. J'allais vous proposer de faire de moi un homme honnête... Je ne suis pas aussi vieux que j'en ai l'air. »

Alma rougit.

« Je ne vous trouve pas vieux.

— C'est à cause de la vie que j'ai menée. Je ne me suis jamais beaucoup occupé de moi-même, dit-il en riant. Je sais bien qu'un vendeur de voitures ce n'est pas la même chose qu'un fonctionnaire ou un agent de change, mais c'est une profession qui offre des possibilités.

— C'est une proposition de mariage ? » demanda Alma en souriant.

John l'embrassa doucement sur la joue.

« C'en est une, Lydia. »

Ce prénom... Alma ferma les yeux. Comment pouvait-elle épouser John alors qu'il ne connaissait même pas son vrai nom ?

« Qu'y a-t-il ? demanda John.

— Je ne peux pas... répondit-elle, la bouche sèche, je ne peux pas vous donner une réponse maintenant. Je voudrais dire oui, mais... je dois d'abord parler à quelqu'un. Oh ! John ! »

Elle appuya la tête contre son épaule et se mit à pleurer.

18

Walter était assis dans son lit lorsque Mr. Saxon revint avec Jack Gordon. L'infirmière était partie. Jack était visiblement plein de rancune envers l'officier de sécurité qui lui montrait du doigt une chaise.

« Il n'est pas nécessaire que vous restiez, Mr. Saxon, dit Walter. La fouille des cabines, à la recherche de l'arme, a dû commencer.

— Il est indispensable que je reste, répondit Mr. Saxon avec l'air de celui qui en sait beaucoup plus long qu'il ne veut en dire.

— Mr. Gordon ne va pas m'agresser. »

Saxon poussa un grand et éloquent soupir.

« Si vous y tenez, reprit Walter, vous pouvez prendre en note ce que nous dirons. »

Il sortit son carnet de sous son oreiller et le lui tendit.

« J'ai le mien, répondit Mr. Saxon avec hauteur.

— Comme vous voudrez, dit Walter qui se tourna vers Jack : Mr. Gordon, je tiens à vous remercier d'avoir pris soin de moi hier soir. D'après ce que j'ai entendu, on ne vous en a pas montré beaucoup de reconnaissance. Avez-vous noté ça, Mr. Saxon, ou vais-je trop vite ? »

Saxon ne leva pas les yeux de son carnet.

« J'espérais trouver de l'aide, poursuivit Walter, et vous me semblez être l'homme le plus apte à me l'apporter.

— Je vous ai dit tout ce que je savais, riposta Jack, peu convaincu.

— Tout ce que je vous ai demandé, rectifia Walter. Questions et réponses ne donnent pas toujours les renseignements cherchés. Nous voulons tous les deux retrouver l'assassin de votre femme. Le temps nous est compté. Demain, lorsque nous serons arrivés à quai, les chances de l'arrêter seront pratiquement nulles. J'ai pensé que si nous y réfléchissions ensemble, il nous viendrait peut-être quelques idées nouvelles. Si nous commencions par passer en revue les faits que nous connaissons? Vous avez réservé deux places pour vous et votre femme sur le *Mauretania* avec l'intention de soutirer aux cartes beaucoup d'argent à l'Américain, Paul Westerfield.

— Je vous l'ai déjà dit.

— Bien sûr, répondit Walter qui poursuivit comme s'il ne remarquait pas l'agacement de Jack. Ce qui m'intéresse, c'est de savoir pourquoi vous avez choisi cette traversée plutôt qu'une autre et ce passager en particulier. Je me demande si cela a un rapport avec le mystère.

— Je ne pense pas. Nous avons choisi le *Mauretania* parce que nous n'y avions jamais travaillé auparavant. Ni le commandant, ni le commissaire du bord ne nous connaissaient.

— C'était votre premier voyage sur ce bateau. Je comprends.

— Et Westerfield était la cible rêvée. Fils de millionnaire, sociable, diplômé de mathématiques. Je ne sais pas ce que vous avez derrière la tête, inspecteur, mais je peux vous garantir que Paul Westerfield ne nous soupçonnait pas. La fille et lui étaient deux parfaits pigeons. »

Mr. Saxon grinçait des dents. Jack poursuivit.

« Je suppose que vous allez me demander si je ne vois personne d'autre qui aurait pu nous en vouloir.

— J'avais la question sur le bout de la langue.

— Inspecteur, depuis dimanche j'arpente le navire à la recherche d'un visage qui me serait familier. Je suis absolument certain qu'il ne se trouve ni homme ni femme à bord avec qui j'aurais déjà joué aux cartes. Si vous voulez mon avis, Kate a été tuée par un maniaque qui aurait bien pu étrangler n'importe quelle autre femme.

— Le même maniaque qui m'a tiré dessus ? »

C'était une simple question mais Jack le prit comme une critique de sa théorie.

« Je n'y avais pas pensé. Est-ce normal qu'un étrangleur de femmes se mette aussi à tirer ? » — Comme Walter ne répondait pas, il poursuivit : « Comment assimiler ce crime à l'autre ? Celui qui a tiré avait choisi sa victime, n'est-ce pas ? Toute la question est de savoir pourquoi.

— J'y ai réfléchi, dit Walter. Je ne vois qu'une explication : il a pensé que j'approchais de trop près la vérité.

— Pardon ? » fit Jack avec une grimace d'incrédulité.

Walter regarda Saxon. Celui-ci ne paraissait pas plus convaincu.

« Enfin, il devait bien avoir une raison pour me tirer dessus ! »

Après un instant de silence, Jack reprit :

« Je ne voudrais pas vous vexer, mais je ne pense pas que vous étiez la cible. Je crois que c'est moi qui étais visé.

— Vous ? »

Walter ouvrit de grands yeux, légèrement déçu. Jack hocha la tête.

« Je ne sais pas si vous vous en souvenez, inspecteur. Vous m'avez tourné le dos et vous avez été touché à l'épaule.

— J'en sais quelque chose, dit Walter en posant la main sur sa blessure.

— Si vous n'aviez pas bougé, c'est moi que la balle aurait atteint. Et vous êtes tombé sur moi.

— Oh !

— C'est plus logique, non ? D'abord Kate, ensuite moi. Quelqu'un veut me tuer. »

Walter réfléchit.

« Si c'est vraiment le cas, Mr. Saxon vous a probablement sauvé la vie en vous mettant sous clef. »

Le froncement de sourcils de Saxon indiqua assez qu'il se serait volontiers passé de cet honneur. Jack continua, devançant Walter.

« Je pense que vous allez dire qu'en tout cas ce n'est pas l'œuvre d'un maniaque. Je suis forcé d'admettre que vous avez raison. Ce doit être une personne qui nous en veut à Kate et à moi. Mais qui ?

— Oui, qui ? »

Jack se frotta le menton.

Walter jouait avec les pompons de son couvre-lit.

Mr. Saxon poussa un soupir d'exaspération.

Jack fit claquer ses doigts.

« Paul Westerfield ! Tout converge vers lui. J'ai dû me tromper sur lui. Il doit être plus malin que je ne l'avais supposé. Qu'en pensez-vous, inspecteur ? Croyez-vous qu'il ait pu deviner que nous voulions le rouler ?

— Vous êtes meilleur juge, répondit Walter,

passé maître dans l'art de ne pas se compromettre.

— Mais, tout de même, un meurtre est une réaction excessive, poursuivit Jack. Il faudrait qu'il soit totalement déséquilibré pour en arriver là. Il n'a rien dit sur le moment, mais il nourrissait peut-être sa rancune... Il donne l'impression d'être sain d'esprit mais il y a quelque chose chez lui... Inspecteur, je crois que vous devriez enquêter sur Paul Westerfield. Vous pourriez essayer de savoir où il se trouvait hier soir, lorsqu'on vous a tiré dessus.

— Nous y voilà, dit Walter, satisfait. J'étais certain que je pouvais compter sur votre aide.

— Vous me faites confiance?

— Je ferai exactement comme vous dites.

— Est-ce que je suis libre de m'en aller?

— Nous n'avons aucune raison de vous retenir. Qu'en pensez-vous, Mr. Saxon?»

L'officier de sécurité émit un grognement qui pouvait signifier n'importe quoi, mais qui ne paraissait pas particulièrement magnanime.

«En ce cas... dit Jack

— Encore autre chose, dit Walter.

— Oui?

— Pourriez-vous demander au docteur qu'il vienne me voir? Je crois que je suis en mesure de me lever.»

19

C'était le plus beau jour de la vie de Marjorie Livingstone Cordell ou, du moins, le plus beau jour depuis qu'elle avait épousé Livy. Barbara lui avait annoncé après le petit déjeuner que Paul l'avait demandée en mariage. La veille, au point culminant de cette horrible tempête, ces deux jeunes gens avaient trouvé un coin tranquille sur le bateau et décidé de passer ensemble le reste de leur vie. Cela avait été très romantique. Ils étaient encore vêtus de leurs costumes de pèlerins. Marjorie ne pouvait pas imaginer plus charmant et plus approprié.

Paul avait, comme il convient, dit à Barbara qu'il allait demander la permission de ses parents. Il y avait eu un certain flottement concernant la personne à laquelle il devait s'adresser, Livy n'étant pas son père naturel, mais Marjorie avait décidé que c'était sans importance. Livy pourrait répondre pour eux deux car c'était une formalité plus facile à régler entre hommes.

« Ils vont se sentir très importants, avait dit Marjorie. Les pauvres chéris, c'est la seule occasion de l'être qui leur sera donnée. »

Il avait été convenu que Livy se rendrait au fumoir à midi et que Paul apparaîtrait une minute plus tard. Ils mettraient les choses au point et iraient ensuite rejoindre les dames pour déjeuner. Livy commanderait une bouteille de champagne.

Tous les détails de ce merveilleux plan de bataille avaient été conçus par la mère et la fille. Lorsque Marjorie en parla à Livy, elle fut surprise par sa réaction. Il n'était pas enthousiaste.

« J'aimerais mieux que tu t'en charges, si cela ne t'ennuie pas. Toutes ces formalités me sont assez étrangères. Le garçon peut s'adresser à toi.

— De quoi as-tu peur ? demanda Marjorie. Mon Dieu ! Paul a des raisons d'être nerveux, mais pas toi.

— Vraiment, Marje. Je préfère rester ici, dans la cabine, à lire un livre. »

Marjorie en fut toute secouée.

« Comment peux-tu dire une chose pareille, Livy ? Le jour où nous nous sommes mariés, tu as accepté de traiter Barbara comme ta propre fille. Et maintenant qu'elle a pris la plus grande décision de sa vie, tu ne veux pas en entendre parler. Comment lui expliquer ça ? Mets ton costume, un col et une cravate et occupons-nous de ces deux jeunes gens plutôt que de nous-mêmes. »

Livy se garda bien de poursuivre la discussion. Il ferma son livre et commença à se changer. Il venait à peine d'enfiler son costume sombre lorsqu'on frappa à la porte.

« Tu es convenable ? lui demanda Marjorie en allant ouvrir.

— C'est une question de point de vue, grommela Livy. Moi, je ne me sens pas du tout convenable. »

Marjorie ouvrit la porte.

« Oh ! Pardonnez-moi. J'attendais quelqu'un d'autre. Livy, c'est l'inspecteur Dew !

— Je ne vous dérange pas? demanda Walter.

— Non, dit Livy. Nous avons rendez-vous mais nous pouvons vous accorder quelques minutes. Voulez-vous entrer?

— Vous n'avez pas très bonne mine, inspecteur, remarqua Marjorie. Nous avons entendu parler du coup de feu de la nuit dernière. C'est terrible. Où avez-vous été touché?

— À l'épaule, madame.

— Que pouvons-nous faire pour vous? demanda Livy.

— J'espère que vous pourrez m'aider. C'est au sujet de ce jeune homme qui était à votre table hier soir.

— Paul? intervint Marjorie. De quoi s'agit-il?

— Je ne sais pas. J'attends justement de vous que vous me le disiez.

— Qu'entendez-vous par là? Il ne lui est rien arrivé, j'espère? Mon mari doit le retrouver en bas dans quelques minutes. Paul veut lui demander la main de notre fille.

— Chérie! intervint Livy. Si tu laissais parler l'inspecteur?»

Walter se râcla la gorge.

«C'est confidentiel, strictement confidentiel. Depuis combien de temps connaissez-vous Mr. Westerfield?

— Nous l'avons rencontré à Paris il y a deux semaines, répondit Livy. Barbara le connaît mieux. Ils ont fait leurs études ensemble.

— Barbara a une cabine au bout du couloir, intervint Marjorie.

— Il le sait, Marje.

— Oui, bien sûr...

— Ma question est la suivante: n'avez-vous

rien remarqué d'étrange dans son comportement ?

— Qu'entendez-vous par étrange ? demanda Livy.

— Bizarre, inhabituel, fantasque.

— Vous pensez que c'est une sorte de cinglé ?

— Oh ! Mon Dieu ! s'écria Marjorie. Il est sur le point de se fiancer à ma fille !

— Vraiment ? fit Walter. Je dois me tromper, alors. Excusez-moi. »

Il se dirigea vers la porte.

« Un instant, dit Livy. Si vous avez quelque chose contre ce garçon, nous tenons à le savoir.

— Évidemment, renchérit Marjorie.

— Presque rien, répondit Walter, essayant de les rassurer. En fait, vous pouvez le débarrasser de tous soupçons en me disant où il se trouvait hier soir, après le défilé.

— Il était dans le défilé, répondit Marjorie. Vous ne vous en souvenez pas ? Paul et Barbara sont venus déguisés en pèlerins.

— Chérie ! il a dit *après* le défilé, intervint Livy.

— Après ? Eh bien, ils sont partis ensemble et il a demandé Barbara en mariage.

— Nous n'avons que la parole de Barbara pour le prouver, remarqua Livy.

— Oh !

— Qu'avez-vous d'autre à reprocher à ce garçon ? demanda Livy à Walter.

— Rien de précis. C'est probablement une coïncidence qu'il ait joué aux cartes avec la jeune femme qui a été assassinée, le soir même de sa mort.

— Ma fille Barbara aussi, remarqua Marjorie

au bord des larmes. Vous ne pensez pas qu'elle ait quelque chose à y voir, non?

— Calme-toi, Marje, dit Livy. Écoutez, inspecteur, j'étais dans le fumoir, samedi soir. J'ai parlé à Paul. Il commandait du café pour cette femme et pour Barbara qui s'occupait d'elle. Est-ce là l'attitude de gens qui s'apprêtent à commettre un meurtre? Je pense que vous faites erreur. Sans vouloir vous manquer de respect, bien sûr, ajouta-t-il en lui posant la main sur l'épaule. »

Walter poussa un cri de douleur.

« Oh! là! là! J'avais oublié, dit Livy en retirant vivement sa main. Désolé, inspecteur. Voulez-vous vous asseoir?

— Non, ça ira. J'étais sur le point de m'en aller. »

Marjorie vint vers lui, tremblant d'émotion.

« Vous ne pouvez pas partir comme ça. Vous ne nous avez toujours pas dit pourquoi vous pensiez que Paul est étrange.

— Oublie ça, Marje, murmura Livy.

— Comment l'oublier alors que tu es sur le point de donner ma fille unique à un fou? s'écria Marjorie en sanglotant.

— C'est moi le coupable, maintenant? s'exclama Livy, incrédule.

— Tu te moques pas mal de Barbara, déclara Marjorie, passant de l'angoisse aux imprécations. Et tu te moques pas mal de moi aussi! Il n'y en a que pour toi, toi, Livy Cordell! J'aurais dû m'en apercevoir depuis longtemps. Tu ne sais que parler du bon vieux temps et faire de l'ironie stupide à mes dépens. Eh bien, j'en ai assez!

— Tu crois peut-être que j'y trouve du plaisir? rétorqua Livy.

— Il faut que je parte, dit Walter.

— Non! s'écria Marjorie en l'attrapant par le

bras, le bon heureusement. Je veux que vous me disiez la vérité, inspecteur. J'ai passé quatre ans de ma vie avec un fumiste et je ne veux pas que ma fille gâche la sienne aussi.

— Tu m'as traité de fumiste? demanda Livy.

— Tu préfères peut-être que je te traite d'escroc à la petite semaine qui a laissé tout tomber pour prendre au piège du mariage une femme innocente et vivre à ses crochets?

— Si c'est ce que tu penses de notre mariage, oublions-le!

— C'est bien mon intention. Ne te fais pas de souci à ce sujet. »

Cette sortie lui avait fait du bien. Elle avait triomphé de son désespoir. Elle se tourna vers Walter et le fit presque reculer du doigt.

« Maintenant, à vous. Répondez franchement, inspecteur. Quelle preuve avez-vous que Paul Westerfield soit fou?

— Aucune, répondit Walter, la main sur la poignée de la porte. Ce n'était qu'une hypothèse. Je voulais la tester sur quelqu'un qui le connaissait bien.

— Vous dites?

— Vous feriez mieux de sortir d'ici, inspecteur », dit Livy.

Il ouvrit la porte et le poussa dehors.

La porte refermée, Marjorie trouva les mots qui lui avaient provisoirement fait défaut.

« Tu as entendu ça? C'était une hypothèse... Paul n'a rien d'anormal. C'est bien ce qu'il a expliqué?

— Quelque chose de ce genre.

— Pourquoi ne l'a-t-il pas précisé tout de suite? Pour qui nous prend-il?

— Après ce que tu viens de dire, il n'a plus

besoin de se le demander. Il le sait, répliqua sèchement Livy.

— Mon chéri, je n'en pensais pas un mot! s'écria Marjorie, les yeux remplis de larmes. Qu'est-ce qui m'a pris? Comment ai-je pu être aussi méchante?»

Elle lui ouvrit les bras mais il resta planté où il était.

«Va te laver la figure, dit-il. Tu es dans un état!

— Tu es fâché contre moi? Je ne peux pas te donner tort, Livy.

— Je vais aller trouver ce garçon.

— Oh! Mon Dieu, oui! Il doit t'attendre au fumoir. Tu ne vas pas lui raconter tout ça?

— Je n'ouvre pas tout le temps ma grande gueule comme une certaine personne que je connais.»

Marjorie renifla.

«Je l'ai bien mérité... Livy, comment pourrons-nous boire du champagne avec ces deux jeunes amoureux après ce qui s'est passé? Ça va être affreux. Ils vont nous regarder et penser que c'est comme ça qu'ils deviendront. Tu ne veux pas m'embrasser et faire la paix avant?»

Livy secoua la tête.

«Regardons les choses en face, Marje. Tout est fini entre nous. Je le fais pour Barbara, pas pour toi. À tout à l'heure.»

Il sortit. Marjorie ferma les yeux et se mit à gémir.

20

La dernière manifestation sur le *Mauretania* était traditionnellement le spectacle de variétés. Il avait lieu au grand salon et presque tous les passagers de première classe y assistaient. Le commandant Rostron avait une place réservée au milieu du premier rang. L'orchestre du navire l'accompagna jusqu'à son fauteuil, aux accents d'un refrain tiré de *HMS Pinafore*:

Ils poussèrent trois "hourra" et puis un autre encore
Pour le hardi commandant du "Pinafore".

L'atmosphère de gaieté qui régnait devait beaucoup au soulagement qu'éprouvaient les passagers à l'idée que c'était leur dernière nuit en mer et que personne d'autre n'avait été étranglé. Si l'on était déçu de voir que l'inspecteur Dew n'avait arrêté personne, on s'accordait pour penser que, grâce à sa présence, on avait évité de plus grandes catastrophes. On s'était même interrogé, au sein du comité du spectacle, sur la possibilité d'inclure au lever de rideau un autre refrain emprunté à Gilbert et Sullivan:

Lorsqu'on appelle la police à faire son travail,
Le sort du policier n'inspire rien qui vaille.

Mais, par respect pour la victime de l'étrangleur, on avait jugé préférable d'éviter toute allusion à Walter.

Toute la seconde partie du spectacle était consacrée au Signor Martinelli. Avant qu'il apparaisse, le commandant Rostron s'adressa au public. Il exprima le vœu que la traversée ait été agréable en dépit du malheureux incident survenu au début. Il rendit hommage à l'inspecteur Dew qui n'avait pas ménagé ses efforts dans sa conduite de l'enquête, garantissant ainsi la sécurité des passagers et de l'équipage. On applaudit et Walter remercia par un petit salut. On ne parla pas de sa blessure à l'épaule.

À la fin du spectacle, Paul Westerfield fit remarquer à Barbara :

« Je n'ai pas vu tes parents, ce soir.

— Non. Je ne leur ai pas parlé depuis le déjeuner.

— Tu n'avais pas besoin de me le dire, remarqua Paul en lui serrant la main. Je ne t'ai quittée que vingt minutes en tout et pour tout. »

Barbara lui sourit.

« Ils sont peut-être fatigués. Ils semblaient un peu tendus au déjeuner.

— Ils sont tristes de perdre leur adorable fille.

— Je ne pense pas qu'ils voient les choses comme ça. »

Le fumoir ne tarda pas à être rempli de sa clientèle habituelle et de gens prenant un dernier verre avec les amis qu'ils s'étaient faits pendant la traversée. Les conversations tournaient autour de New York, de la quarantaine et de la douane. Les malles n'étaient pas encore bouclées, mais il était difficile de quitter une atmosphère aussi cordiale pour une tâche aussi déprimante.

Les passagers soupçonnaient toujours Jack Gordon. Celui-ci restait près de Walter.

« Vous avez parlé aux Cordell? demanda-t-il en tendant un whisky-soda à Walter.

— Oui, malheureusement, répondit Walter qui mit Jack au courant des fiançailles de Barbara et de Paul. Ils n'ont pas apprécié notre théorie du dérangement mental. Je regrette d'en avoir parlé. Je pense que le jeune Westerfield est innocent.

— J'en suis convaincu », dit Jack.

Walter leva les sourcils.

« Pendant que vous vous entreteniez avec les parents, expliqua Jack, j'ai parlé à Paul et Barbara. Je leur ai demandé où ils étaient hier soir lorsqu'on vous a tiré dessus. Il la demandait en mariage dans la bibliothèque. Un steward a allumé et les a vus en train de s'embrasser. Ils portaient leurs déguisements de pèlerins. Il a éteint et les a laissés là. J'ai vérifié. Ils ont un alibi.

— Dommage que je ne l'aie pas su avant d'aller voir les parents.

— Quand on fait un travail comme le vôtre, on ne peut pas tenir compte des sentiments d'autrui, inspecteur.

— Oui, sans doute.

— Vous ne m'avez pas épargné lorsque vous me considériez comme suspect.

— Je ne savais pas que vous étiez le mari de la victime. Votre comportement était louche.

— Vous voulez parler de ma visite à la morgue?

— Oui, mais après réflexion je vous admire de l'avoir fait.

— Pourquoi?

— Parce que vous avez réussi à trouver l'endroit. J'y suis descendu, moi aussi. C'est un véritable labyrinthe. Je me suis perdu en revenant de votre cellule. Je me demande comment vous avez pu dénicher l'endroit sans aide. Vous m'avez bien dit que c'était votre premier voyage sur le *Mauretania* ?

— Il n'y a là aucun mystère, répondit Jack. Le *Mauretania* a un frère jumeau.

— Vous voulez parler du *Lusitania* ?

— Oui. Ils ont été lancés la même année. Leurs plans étaient pratiquement identiques.

— Et vous avez voyagé sur le *Lusitania* ?

— J'ai servi sur ce bateau, inspecteur. Je m'appelais Jack Hamilton, à l'époque. J'étais steward. Je m'occupais des cabines de première classe. C'est ainsi que j'ai appris à trouver mon chemin dans la partie inférieure du navire. Deux ans passés à courir à droite et à gauche apprendraient les raccourcis à n'importe qui, croyez-moi. C'était un travail sacrément dur, dit-il avec un sourire satisfait. J'observais les passagers de première classe, étendus sur leurs chaises longues et je me creusais la tête pour trouver le moyen de me joindre à eux. C'est alors qu'un autre steward m'a parlé des tricheurs professionnels qui opéraient au fumoir. Je les ai regardés faire et j'ai compris que le travail me convenait. Maintenant, vous connaissez l'histoire de ma vie, acheva-t-il en haussant les épaules.

— Elle est très intéressante, remarqua Walter. J'imagine que vous aviez cessé de travailler pour la Cunard quand le *Lusitania* a été torpillé ?

— Non. J'étais à bord, et Kate également. Katherine Barton, stewardess. Nous avons eu de la chance de nous en tirer. Nous avons été parmi les derniers à quitter le navire. Nous sommes restés dans l'eau près d'une heure.

— C'était plus sûr, dit Walter en poussant un

soupir. Beaucoup de passagers sont morts dans la ruée vers les chaloupes. »

Jack regarda Walter fixement.

« Vous étiez sur le *Lusitania* ?

— Oui... avec mon père. En première classe. Chacun a son histoire, j'imagine. Mon père avait une jambe dans le plâtre. Nous avons été les derniers à quitter la salle à manger et j'ai toujours pensé que ça nous avait sauvé la vie. La plupart des chaloupes de sauvetage ont été réduites en pièces. Nous avons attendu sur le pont jusqu'à ce que l'eau nous atteigne et nous nous sommes laissés aller à la dérive juste avant la fin.

— Kate et moi nous avons presque coulé avec le bateau, reprit Jack. Après qu'il ait été touché par la torpille, on nous a donné l'ordre de vérifier qu'il ne restait plus personne dans les cabines du pont B. Les passagers étaient bien tous partis, mais Katherine a surpris un voleur en train de vider un coffret à bijoux. Ce salaud lui a envoyé le coffret à la figure et l'a assommée. Puis il a claqué la porte de la cabine laissant Katherine mourir à l'intérieur. Il m'a croisé dans le couloir sans un mot. Je suis revenu sur mes pas pour voir pourquoi Katherine ne m'avait pas rejoint, et je l'ai trouvée perdant son sang, inconsciente. Je ne sais comment, j'ai réussi à la porter jusque sur le pont. Voilà mon histoire à moi, inspecteur. Ce qu'elle a de bien c'est que, six semaines plus tard, Katherine m'épousait.

« Vous n'avez jamais su ce qu'était devenu le voleur ?

— Non. Je ne sais même pas s'il a survécu. Je ne le reconnaîtrais pas si je le rencontrais. J'ai à peine aperçu son visage. C'était un petit homme râblé, vêtu d'un costume sombre. J'étais au bord de la panique. J'en ai encore des cauchemars : le bateau qui gîtait d'une manière incroyable, Kate inconsciente dans mes bras, et la terreur qu'à tout moment l'eau ne nous submerge.

— Voilà pourquoi vous n'avez pas supporté de rester en bas, hier soir, pendant la tempête. »

Jack hocha la tête.

« Je ne suis pas de ces gens qui ont juré de ne jamais remettre les pieds sur un navire, sinon je n'aurais pas choisi ce genre d'existence. Mais je veux être sûr que la prochaine fois, s'il y en a une, je ne serai pas coincé dans le fond du bateau.

— C'est compréhensible. Cela a dû être terrible. Vous m'avez dit que vous ne saviez pas à quoi ressemblait le voleur. Votre femme l'avait peut-être mieux vu ?

— Certainement, inspecteur. Elle prétendait pouvoir reconnaître ce salaud si jamais il croisait de nouveau son chemin.

— Vraiment ? C'est intéressant.

— Pourquoi ?

— S'il se trouvait sur ce bateau, il aurait eu une bonne raison de la tuer.

— Mon Dieu ! Vous avez raison...

— Je n'irai pas jusque-là, dit Walter comme s'il regrettait d'avoir fait état de cette possibilité. C'est une simple hypothèse.

— C'est la seule qui soit plausible, repartit Jack, visiblement convaincu. Il est monté à bord à Southampton et il a eu le choc de sa vie en apercevant Kate. Il pensait sans doute qu'elle avait coulé avec le *Lusitania*. Or, il savait qu'il ne pourrait pas passer cinq jours sur ce même navire sans qu'elle le voie. Il a donc décidé de la tuer. Partant de l'idée qu'elle voyageait seule, il a pensé qu'en jetant son corps à la mer personne n'établirait de relation entre lui et cette disparition. C'était un voleur, il n'a pas dû avoir de peine à s'introduire dans sa cabine. Il l'a étranglée et l'a jetée par le hublot. Mais ensuite, tout a mal tourné.

— Le corps a été repêché.

— C'est la première chose. La deuxième, c'est qu'il y avait à bord un célèbre détective de Scotland Yard — vous en l'occurrence. La troisième, c'est moi, le mari de Kate. Il ignorait qu'elle était mariée jusqu'à ce que la rumeur lui en parvienne et qu'il me voie en train de vous parler. Il m'a peut-être reconnu. Quoi qu'il en soit, il a acquis la conviction que je vous raconterais ce qui s'était passé sur le *Lusitania* et que vous — qui aviez arrêté Crippen — ne seriez pas long à l'appréhender. À situation désespérée, remède désespéré.

— Il a tiré sur moi, remarqua Walter.

— Sur vous ou sur moi, peu importe.

— Je ne suis pas d'accord, déclara sèchement Walter.

— Je veux dire que, de son point de vue, le résultat aurait été le même, riposta Jack légèrement agacé. De toute façon, je n'aurais plus été en mesure de vous parler du *Lusitania*. Mais il a raté son coup. Vous connaissez les faits maintenant, inspecteur. Qu'avez-vous l'intention de faire ? »

Walter regarda son whisky-soda comme s'il espérait y trouver la réponse.

« Mes bagages. »

Jack resta bouche bée.

« Mais il faut que nous le trouvions ! s'exclama-t-il enfin. Il a tué ma femme. Il a failli vous tuer...

— Oui. Mais je doute qu'il tente encore quelque chose. Et il ne peut pas se sauver. Je m'occuperai de lui demain matin.

— Vous savez qui il est ? demanda Jack d'une voix étouffée.

— Je crois, répondit Walter, avec un sourire plein de modestie.

— Allez-vous me le dire ?

— Non, ce n'est pas souhaitable. Mais merci pour votre aide. »

21

Alma se regarda dans le miroir et attrapa son rouge à joues. Elle était livide. Elle redoutait ce qui allait venir. Elle attendait Walter. Elle avait glissé un message sous sa porte lui demandant de passer la voir. Elle allait lui dire qu'elle s'était trompée. Elle ne l'aimait pas. Il n'avait été pour elle qu'une toquade.

Si elle avait pu, elle aurait essayé de récupérer son message. Elle avait peur de lui. Elle n'aurait jamais dû avoir l'idée de lui faire cette révélation ici, dans la cabine où Lydia était morte. Seule la force de son amour pour John la retenait de s'enfuir. Elle préférait mourir plutôt que de perdre une chance de l'épouser.

Mais elle se sentait coupable et ce sentiment la rongeait. Elle avait passé et repassé dans sa tête tous les événements qui avaient lié sa destinée à celle de Walter et elle parvenait toujours à la même conclusion : si Walter ne l'avait pas rencontrée, l'idée de tuer sa femme ne lui serait jamais venue. Il serait quelque part en Angleterre, essayant d'exercer sa profession de dentiste. Il n'était pas et n'avait jamais été ce personnage séduisant issu de son imagination. Il était respectable et digne de confiance mais terne, terne, terne... Il n'y avait aucune vie en lui. Il lui apparaissait maintenant avec évidence qu'elle n'avait pas été ensorcelée par Walter mais par une idée. Elle était tombée amoureuse de la perspective de s'enfuir avec un homme qui avait assassiné sa femme et tout abandonné — travail, foyer, patrie — pour vivre avec elle le restant de son existence. Et maintenant, elle ne voulait plus de lui. Il était ennuyeux à mourir.

Elle avait lu quelque part que presque tous les meurtriers étaient des individus ternes et pitoyables. Elle ne l'avait pas cru. Ethel Le Neve ne l'avait pas cru non plus, sans doute. Mais que ce serait-il passé si Crippen n'avait pas été arrêté? Si elle avait passé le reste de sa vie avec lui?

Le meurtre n'avait pas auréolé Walter de prestige. La seule différence, c'est que maintenant, il était dangereux. Ennuyeux et dangereux.

On frappa à la porte. Alma sursauta. Elle était folle de peur. Elle reprit sa respiration et alla ouvrir.

Il lui apparut, le message à la main, le sourcil interrogateur.

Alma essaya de sourire. Elle s'effaça pour le laisser entrer et ferma la porte.

« Walter, nous étions convenus de ne pas nous rencontrer à moins d'une raison impérieuse.

— Et cette raison existe? »

Elle hocha la tête.

« Asseyez-vous, s'il vous plaît. Il fallait que je vous parle avant demain. Je ne sais pas par où commencer. Vous avez eu à subir tellement plus d'épreuves que prévu! »

Walter haussa les épaules.

« Cela n'a pas été si terrible. Cela m'a occupé l'esprit.

— Mais on vous a tiré dessus. Souffrez-vous toujours?

— Souffrir, c'est beaucoup dire. Parlons plutôt d'une gêne.

— Je me reproche ce qui s'est passé, continua Alma. J'ai eu plus de temps que vous pour réfléchir.

— Vous vous reprochez quoi?

— Tout. La mort de Lydia.

— Nous l'avons décidée ensemble.

— Si vous ne m'aviez pas rencontrée, vous n'y auriez jamais songé. Vous ne seriez jamais monté à bord de ce bateau, vous n'auriez jamais fait ce que vous avez fait dans cette misérable cabine, vous n'auriez jamais été obligé de vous faire passer pour un policier. »

Walter eut l'air surpris.

« Cela n'a pas été une épreuve. J'y ai même trouvé d'immenses satisfactions.

— Des satisfactions?

— Je n'ai jamais été aussi bien traité. J'ai d'abord cru que ce serait difficile, mais pas du tout. Je n'ai pas eu besoin de poser des questions pertinentes ou de chercher des indices cachés. Le métier de détective consiste simplement à faire parler les gens. Je sais écouter. Avec Lydia, j'ai été à bonne école. Donc, si vous les laissez parler, ils vous racontent tout et vous attribuent, ensuite, le mérite d'avoir découvert la vérité. »

Alma pensa l'avoir compris.

« Oui, il a fallu que vous soyez très habile pour les duper.

— Les duper? répéta Walter, choqué.

— Pour leur faire croire que vous saviez ce que vous faisiez, que vous alliez résoudre le mystère.

— Ma chère, je l'ai résolu. Je sais qui a commis le meurtre et pour quel motif. C'est ce que je m'efforce de vous dire. Je suis un très bon détective.

— Walter, c'est impossible! »

Il s'appuya contre le dossier de sa chaise et croisa les bras.

« Vous verrez. »

Alma se demanda s'il n'avait pas perdu la tête. Il avait changé d'identité. Il se prenait pour le célèbre détective. Il croyait avoir résolu le mystère.

Était-il concevable qu'il soit victime de cette illusion au point de se dénoncer lui-même comme étant le meurtrier de Lydia ? Et de dénoncer Alma, sa complice ? Serait-ce là l'ultime exploit du faux inspecteur Dew ?

Alma se mit à parler du ton pressant et convaincu d'un condamné à mort plaidant pour sa vie.

« Écoutez-moi, Walter, je vous en prie. Je n'ai pas le droit de vous le dire maintenant. J'en ai honte mais il le faut. »

Elle s'accroupit près de lui et, lui prenant la main, le regarda droit dans les yeux.

« J'ai changé. Au temps où je fréquentais votre cabinet, je vous idolâtrais. Je n'avais jamais été en rapport avec un homme aussi sûr de lui, aussi fort, aussi beau. Je dois vous dire que je n'avais aucune expérience. Les seuls hommes que je connaissais, mis à part ma famille, étaient des héros de romans, du genre de ceux que l'on trouve dans les bibliothèques de prêt. Vous m'étiez apparu comme l'une de ces créatures de rêve, avec vos manières raffinées et votre nom à consonance étrangère. Et comme eux, vous sembliez inaccessible.

— Mais nous avons surmonté ça, dit Walter avec un sourire indulgent.

— Oui, reprit Alma, la gorge serrée. Je pensais avoir trouvé le chemin du bonheur éternel. J'étais tout à fait égoïste. Je croyais vous aimer et rien, pas même votre femme légitime, n'avait le droit de se mettre en travers de notre route. C'était devenu une obsession. Tous mes rêves de petite fille, toutes mes frustrations, tous les phantasmes dont je ne m'étais jamais débarrassée, s'étaient concentrés sur vous. J'ai vingt-huit ans, Walter, je suis presque une vieille fille, et je me suis conduite comme une écolière.

— Vous n'avez pas à en avoir honte, dit Walter.

— Si... parce que je vous ai trompé comme je me suis trompée moi-même. Ces quelques jours en mer m'ont faire revenir à la raison. Comment vous le dire sans vous blesser ?

— Vous ne m'aimez pas ? » demanda tranquillement Walter.

Alma baissa les yeux.

« Vous ne voulez pas vivre avec moi en Amérique ? »

Elle inclina la tête.

« Il y a quelqu'un d'autre ?

— Oui. »

Elle se mit à sangloter. Il lui caressa les cheveux.

« Merci de me l'avoir dit. Pour être honnête, c'est plutôt un soulagement. Voyez-vous, je me sentais coupable envers vous. J'ai profité de vos sentiments pour moi. Seul, je n'aurais jamais trouvé le courage de faire ce que j'ai fait. Je ne l'ai affronté que grâce à votre aide. Et, comme à vous, cette aventure m'a beaucoup appris. Je peux me débrouiller seul maintenant. »

Il était calme et maître de lui. Il pensait ce qu'il disait. Elle lui déposa un léger baiser sur la joue.

« Ce qui s'est passé dans cette cabine sera notre secret, dit-elle. Je l'emporterai dans la tombe. »

Walter la remercia et se leva.

« Il y a des malles qui appartiennent à Lydia dans la cale. Lorsque nous serons arrivés en Amérique, voulez-vous les prendre ? Si elles n'étaient pas réclamées, on pourrait se poser des questions.

— Bien sûr, je les prendrai. »

Comme il atteignait la porte, elle ajouta impulsivement :

« C'est un crime parfait.

— Presque. Bonne chance avec Mr. Finch. »

Et Alma se retrouva seule.

22

Mercredi matin, le jour où le *Mauretania* devait arriver à New York, il n'était pas encore sept heures qu'une réunion se tenait aux quartiers du commandant. Walter y avait été convoqué par un steward. Dans cette même pièce où on lui avait demandé pour la première fois d'enquêter sur le meurtre, outre le commandant, il trouva Mr. Saxon, Paul Westerfield, Barbara et Marjorie Livingstone Cordell, le visage couvert de larmes. Le commandant lui indiqua une chaise du geste et Walter s'assit en face de Saxon. Celui-ci lui jeta un regard plein dc mépris.

« Je serai bref, inspecteur, dit le commandant Rostron. Un autre passager a disparu. Le mari de cette dame, Mr. Livingstone Cordell, n'a pas été vu depuis hier après-midi. Il n'est pas rentré dans sa cabine la nuit dernière. Mrs. Cordell a donné l'alerte à trois heures du matin et des recherches ont été entreprises par l'officier de sécurité et ses hommes. Ils savent fouiller un bateau. Ils connaissent tous les endroits où peuvent se cacher des passagers clandestins. Après plus de trois heures de recherches, ils n'avaient pas trouvé trace de Mr. Cordell. Pour des raisons évidentes, j'ai décidé que vous deviez maintenant en être averti. »

Walter hocha la tête, d'un air solennel.

« Il est mort, gémit Marjorie. Livy est mort. J'en suis sûre.

— Tu n'as aucune raison de dire une chose pareille, mère, déclara Barbara tranquillement. Il est probablement en train de jouer aux cartes dans une autre cabine. On perd la notion du temps quand on gagne. Il va arriver pour le petit déjeuner sans comprendre la raison de tout cet affolement.

— Personne ne s'affole, intervint Mr. Saxon sur un ton agressif. »

Paul s'éclaircit la gorge.

« Je pense que nous devrions mettre l'inspecteur Dew au courant », dit-il, puis, se tournant vers Walter : « hier, j'ai demandé à Livy la main de Barbara. Il m'a paru un peu distrait mais il m'a donné son consentement et nous avons déjeuné tous ensemble très agréablement, avec du champagne pour fêter l'événement.

— Il a beaucoup bu ? demanda Mr. Saxon.

— Pas que je me souvienne. Un verre ou deux, peut-être. Il est resté assez silencieux, mais c'est son habitude. Lorsqu'il ouvre la bouche, c'est généralement pour lancer une remarque spirituelle. Mais je dois reconnaître qu'il n'était pas très en forme.

— Il n'arrêtait pas de regarder autour de lui comme si quelque chose l'inquiétait », remarqua Barbara.

Marjorie renifla.

« Je ferais aussi bien de tout vous dire parce que l'inspecteur me le soutirera de toute façon. Avant le déjeuner — juste après votre visite, inspecteur — nous avons eu notre première dispute depuis notre mariage. Nous avons connu trois ans de bonheur parfait et il a fallu que cela arrive le jour où ces deux jeunes gens auraient dû nous rendre si heureux. Cela a été horrible d'avoir à faire semblant d'être gai pendant tout le repas, alors que nous venions de nous déchirer. »

Barbara lui tendit la main.

« Je n'en savais rien, mère. À propos de quoi ?

— De rien, ma chérie. À cause de bêtises que j'avais dites devant l'inspecteur. J'étais très énervée.

— Pourquoi ?

— Ne me le demande pas maintenant. C'est sans importance, n'est-ce pas, inspecteur ? »

Marjorie jeta un regard suppliant à Walter. Celui-ci l'approuva du chef.

Le commandant Rostron sentit qu'il y avait là quelque chose de significatif. Il décida d'insister.

« C'est vrai, inspecteur ? Vous avez interrogé Mr. et Mrs. Livingstone Cordell hier ?

— En effet, commandant. »

Tout le monde attendait la suite, mais Walter s'arrêta là.

Le commandant ne se découragea pas.

« Cette visite était-elle en relation avec votre enquête sur la mort de Katherine Masters ?

— Je n'irais pas jusqu'à l'affirmer. »

Marjorie ferma les yeux comme si elle adressait une prière au Ciel.

« Mais vous deviez bien avoir une raison pour aller les voir, inspecteur ? reprit le commandant.

— Oui, évidemment.

— Le coup de feu, lâcha Mr. Saxon. Vous les avez vus au sujet du coup de feu.

— C'est cela, s'empressa de dire Walter. Le revolver. Je cherchais le revolver. »

Marjorie rouvrit les yeux.

« Oui, c'était à ce propos. À propos du revolver de Livy.

— Votre mari a un revolver? demanda le commandant.

— Mère, qu'est-ce que tu dis? s'exclama Barbara, choquée.

— Oh! Mon Dieu! marmonna Marjorie.

— Et vous en aviez le soupçon, inspecteur? demanda le commandant.

— Plus ou moins, répondit tranquillement Walter.

— Je ne vois pas pourquoi, remarqua Mr. Saxon.

— L'expérience, lui assena Walter.

— Mais vous ne le lui avez pas pris?

— Inutile, répondit Walter. Il n'était pas là.

— Je suppose qu'il l'a jeté à la mer, déclara Marjorie. Il est toujours si prudent! Mon pauvre Livy! Il a fait tant d'efforts pour enterrer son passé et il a fallu que ce soit moi qui le trahisse! »

Elle enfouit son visage dans ses mains. Barbara se leva pour la réconforter.

« Vous ne nous aviez pas dit que vous le soupçonniez, remarqua Mr. Saxon sur un ton de reproche.

— Ce n'est pas à vous de savoir comment l'inspecteur doit conduire son enquête, intervint le commandant. Il devait avoir ses raisons pour agir ainsi. »

Il se tourna vers Walter, l'air interrogateur.

« J'en avais plusieurs, répondit celui-ci.

— Pourriez-vous être assez aimable pour nous expliquer de quoi vous parlez? » intervint Paul.

Walter secoua la tête.

« Je ne voudrais pas affliger ces dames.

— Très bien, déclara Marjorie en se tamponnant les yeux avec son mouchoir. Vous avez le droit de savoir, Paul. Je vous dirai tout moi-même. Hier, l'inspecteur est venu nous voir, Livy et moi. Comme vous savez, il nous surveillait de près depuis quelque temps et cela commençait à nous porter sur les nerfs. C'est un grand détective, Paul, il sait exactement à quel moment intervenir. Très intelligemment, il a suggéré quelque chose de tout à fait bizarre qui m'a plongée dans une véritable panique. C'était faux, bien sûr, et peu importe maintenant ce que c'était mais ça nous a ébranlés tous deux. Nous avons commencé à nous envoyer à la tête des choses que nous étions décidés à taire. J'ai traité Livy d'escroc à la petite semaine. C'était la chose à ne pas dire, mais je ne le savais pas alors.

— Mère, c'est absurde! s'écria Barbara. Est-ce que tu es en train de nous dire que Livy est un escroc?

— Il l'était avant notre mariage, ma chérie. C'était un voleur. Il pouvait ouvrir n'importe quelle porte sans problème. Il voyageait sur les paquebots et dérobait l'argent que les voyageurs laissaient dans leurs cabines. Juste de quoi vivre confortablement. Il en laissait toujours beaucoup derrière lui et la plupart des gens ne s'apercevaient de rien.

— Eh bien ça, c'est la meilleure! s'écria Paul avec un imperceptible sourire. Il m'a en effet raconté qu'il voyageait beaucoup pour son travail. Import-export...

— C'était son sens de l'humour, dit Marjorie. Inspecteur, voulez-vous leur parler du *Lusitania*?

— Comme vous voudrez», répondit Walter.

Il répéta le récit que lui avait fait Jack Gordon, mais, cette fois, avec Livy dans le rôle du voleur qui avait assommé Katherine et l'avait abandonnée dans sa cabine.

« J'ignorais tout de cette histoire jusqu'à hier après-midi, reprit Marjorie. Il m'a tout raconté. Comment il avait été frappé de stupeur lorsque, le premier soir de la traversée, il avait aperçu cette stewardess à bord du bateau. Il sortait de notre cabine quand il l'a vue venir à lui. Il avait toujours pensé qu'elle était morte sur le *Lusitania*, et elle était là, comme un spectre venu réclamer vengeance. Il est rentré et a claqué la porte. Mais il y a eu pire.

— Il l'a vue jouer aux cartes avec nous ? » suggéra Barbara.

Marjorie hocha la tête.

« En fait, d'après ce qu'il m'a dit, vous aviez fini de jouer, et elle était plongée dans une grande conversation avec toi, ma chérie. Il a demandé à Paul ce qui se passait.

— Je m'en souviens, dit celui-ci. Il a dû penser qu'elle racontait tout à Barbara ou était sur le point de le faire. Il m'a envoyé à leur table en me donnant pour consigne de les "faire taire", selon sa propre expression.

— Il est allé ensuite l'attendre dans sa cabine... »

Marjorie s'interrompit pour reprendre sa respiration.

« Il n'est pas nécessaire de continuer, Mrs. Cordell », lui dit gentiment le commandant.

Il s'était ainsi fait l'interprète de tous. Un silence de quelques secondes s'ensuivit. Livy serrant dans ses mains la gorge de Katherine était un tableau qui n'avait pas besoin de description. L'image était si vivante que Barbara s'écria soudain :

« Non, Livy ! Non, non ! »

Paul s'approcha d'elle et la prit dans ses bras.

« Avez-vous encore besoin de nous ? demanda-t-il au commandant. Je voudrais emmener ces dames.

— Je comprends, mais nous ne savons toujours pas ce qu'est devenu Mr. Cordell. Si vous pouvez supporter de rester encore un peu avec nous, je suis sûr que l'inspecteur Dew aimerait entendre de la bouche même de Mrs. Cordell ce que son mari lui a dit avant de disparaître.

— Ce serait très utile », confirma Walter.

Marjorie hésita.

« C'était assez personnel...

— Cela peut nous aider à le retrouver, dit le commandant avec douceur.

— Je ne pense pas, répondit tristement Marjorie, mais je vais le faire quand même. Après avoir achevé le récit de tout ce qui s'était passé jusqu'au moment où il avait tiré sur l'inspecteur puis avait jeté son arme par-dessus bord, il m'a dit qu'il était désolé pour moi, pour Barbara et pour Paul, qu'il regrettait de ne pas m'avoir raconté plus tôt ce qui s'était passé sur le *Lusitania* mais qu'il avait pensé que c'était une histoire entre lui et sa conscience. Ensuite il m'a embrassée et, sur le point de sortir, il s'est retourné pour me dire quelque chose qui m'a fait comprendre que je ne le reverrais plus.

— Quoi donc », Mrs. Cordell ?

Une larme coula le long de la joue de Marjorie.

« Cela ne vous dira rien... Qu'il espérait que ce qu'on disait au sujet du passé qui vous revient en un éclair était vrai car il voulait revoir une dernière fois ces chevilles sublimes aperçues dans l'ascenseur du *Baltimore*. Et là-dessus, il m'a quittée. »

Le commandant baissa les yeux et les releva aussitôt.

« Je vois. Cela me semble assez concluant. Merci, madame. Vous avez été très courageuse. »

Il fit un signe de tête à Paul qui se leva et fit sortir avec lui Marjorie et Barbara.

« Il semble qu'il se soit jeté à l'eau, monsieur, dit Saxon. Peut-on arrêter les recherches ? »

Le commandant se tourna vers Walter d'un air interrogateur.

« A-t-on fouillé les cabines ? » demanda ce dernier.

L'officier de sécurité lui lança un regard noir.

« Bien sûr que non. Les passagers dormaient. Vous ne pouvez pas faire ça au milieu de la nuit.

— Mais vous pouvez le faire le jour, intervint le commandant. L'inspecteur a raison, nous devons poursuivre les recherches. Voulez-vous vous en charger, Mr. Saxon ? »

La porte refermée, le commandant déclara :

« C'est un homme assez efficace mais vous voyez pourquoi il ne fera jamais un bon détective. Je dois remonter sur la passerelle, inspecteur. Nous devons être en vue du phare d'Ambrose et le pilote ne va pas tarder à monter à bord. J'aimerais vous voir, si c'est possible, après que nous serons à quai.

— Certainement », répondit Walter.

Le pont était déjà encombré de malles. Walter se fraya un chemin au milieu d'elles et l'Amérique lui apparut, une bande d'un bleu plus soutenu au-dessus de la mer. Il sourit.

Le navire s'arrêta pour permettre au bateau-pilote d'accoster. Les passagers se massèrent derrière les bastingages pour voir la minuscule silhouette du pilote grimper l'échelle de Jacob. La sirène du bateau retentit. Il reprenait sa route.

Il y eut un nouvel arrêt au large de Staten Island, un endroit connu sous le nom de Quarantaine. Des agents du service de l'immigration montèrent à bord, ainsi que des journalistes.

Un adjoint du commissaire du bord vint demander à Walter s'il voulait rencontrer les représentants de la presse. Il refusa. Il déclara qu'il lui était tout à fait impossible de se livrer à un commentaire quel qu'il soit et il annonça qu'il retournait dans sa cabine boucler ses bagages. Mais au moment même où il faisait demi-tour, un éclair jaillit devant lui. L'agence Keystone avait sa photo de l'inspecteur Dew.

Manhattan se refléta sur l'eau. Le *Mauretania* annonça son arrivée par un mugissement de sa sirène. Les passagers qui faisaient la traversée pour la première fois étaient très excités de reconnaître le Woolworth Building ou d'autres gratte-ciel célèbres. La statue de la Liberté, plus proche, les dominait tous. On donnait les derniers pourboires aux stewards et les gens qui avaient partagé la même table ou avaient joué ensemble aux cartes se faisaient leurs adieux. Des équipes de marins retiraient les panneaux des écoutilles et commençaient à installer les palans et autres appareils de levage. Tandis que le navire se dirigeait doucement vers le quai 88, il donna pour la dernière fois un coup de sifflet.

Alma serrait le bras de John qui lui expliquait les formalités du débarquement. Des porteurs transporteraient les bagages sur le quai à divers endroits marqués par une lettre de l'alphabet. Étant donné que le point *B*, pour Baranov, se trouverait à quelque soixante-dix mètres du point *F*, ils allaient être obligés de se séparer.

« Mais ne vous inquiétez pas, ma chérie. Il vous suffira d'identifier vos bagages et de les montrer un par un à l'inspecteur des douanes. Lorsque ce sera fini, attendez-moi. Il faudra que je veille au déchargement de la Lanchester mais ce ne sera pas long, du moins je l'espère. Et ensuite, je prévois un bon déjeuner au Waldorf ! »

L'heure qui suivit permit à Alma de découvrir à John un défaut : il était beaucoup trop optimiste. Ils avaient franchi la passerelle et attendaient près de leurs lettres mais, à l'exception des malles, on n'avait encore apporté aucun bagage. Quant à la Lanchester, elle n'avait pas encore été hissée de la cale. Mais Alma jouissait pleinement du spectacle : le grincement des poulies et des treuils, le vrombissement des génératrices, les cris des équipes de travail, tout la distrayait.

« Vous attendez toujours ? »

Elle se retourna et se trouva face à Walter.

« J'ai pensé que je pourrais peut-être vous aider. »

Elle lui en fut reconnaissante. Il l'avait toujours traitée avec gentillesse.

« Tout n'est pas arrivé, dit-elle. Il manque les malles de Lydia.

— Il y en a trois. Elles sont là-bas ! »

Elle ne les avait pas remarquées. Elles étaient à quelques mètres de la lettre *B*. Walter appela un porteur et les fit déposer à côté des bagages qu'Alma avait descendus elle-même. Il trouva ensuite un douanier, et tandis que celui-ci procédait au contrôle d'usage, ils aperçurent, à l'extrémité du bateau, la Lanchester que l'on hissait de la cale numéro 2. Elle paraissait très fragile suspendue au-dessus du quai, mais on la fit descendre sans encombre et John était là pour veiller à ce qu'on la détache sans endommager sa carrosserie étincelante.

« Venez, dit Walter. Prenons les petits bagages.

— Et les vôtres ?

— Ils peuvent attendre un peu. Je dois remonter à bord pour voir le commandant. »

Il prit une valise et accompagna Alma, se frayant un chemin à travers les innombrables tas de bagages, jusqu'à l'endroit où on déchargeait les automobiles. John était en train de vérifier que la carrosserie de la sienne n'avait pas été éraflée. Il aperçut Alma et vint au-devant d'eux.

« C'est très aimable à vous, inspecteur.

— Je vous en prie, répondit Walter. Je mets la valise dans le coffre ?

— Attendez, il faut que je l'ouvre, mon vieux, dit John en cherchant les clefs dans sa poche.

— Inutile. Je crois qu'il est ouvert, dit Walter en soulevant le couvercle.

— Mais qu'est-ce que... diable ! » s'exclama John, stupéfait.

À l'intérieur du coffre, à demi caché par une couverture, se trouvait Livy Cordell. Celui-ci s'assit et cligna des yeux, ébloui par le soleil.

« Je me doutais bien que ce serait vous, inspecteur », fit-il résigné.

Mais Walter regardait Alma. Et il aurait été difficile de dire si son sourire exprimait la satisfaction ou la surprise.

23

« Je ne saurais trop vous remercier, inspecteur, dit le commandant Rostron. C'est une enquête triomphale. Qui surpasse même l'affaire Crippen, à mon avis. Le monde entier en entendra parler.

— Merci, dit Walter, mais je ne tiens pas à ce qu'on fasse du bruit autour de moi. »

Le commandant sourit.

« Je doute que nous puissions l'empêcher. La presse new-yorkaise vous attend. Elle vous réserve un accueil princier, et vous le méritez.

— Mais je n'en veux pas, commandant, fit Walter en tripotant nerveusement son col de chemise. Je veux qu'on me laisse seul. N'y a-t-il aucun moyen de l'éviter ?

— Eh bien... vous n'êtes pas obligé de descendre à terre. »

Walter écarquilla les yeux.

« Je parle sérieusement. Vous pouvez rester dans votre cabine si vous le désirez.

— Je ne peux pas l'occuper très longtemps sinon le bateau va me ramener en Angleterre.

— Ah ! oui... J'allais justement en venir là.

— Où ça ? demanda Walter, pris de panique.

— Un autre whisky ? Je crains fort d'avoir à vous prier de rentrer avec moi demain.

— Quoi ?

— Laissez-moi vous expliquer. Je sais que vous n'êtes pas un policier... »

Walter avala une gorgée de whisky.

« ... Je veux dire, depuis que vous êtes à la retraite. Évidemment, cela représente pour vous un terrible dérangement, mais que puis-je vous suggérer d'autre ? Cordell doit être ramené en Angleterre pour y être jugé, et comme c'est vous qui avez établi sa culpabilité...

— Mais il est américain. Il ne peut pas être jugé ici ?

— Vous avez oublié la loi ? demanda le commandant avec un sourire. Il a commis son crime sur un navire britannique, en haute mer. Il doit être rapatrié. Évidemment, je demanderai à la police de monter à bord à Southampton et de l'emmener. Vous ne serez pas obligé de vous exhiber de nouveau. Mais nous aurons besoin de vous pour témoigner devant la cour. À proprement parler, il ne peut pas y avoir de procès Cordell sans votre concours.

— Mais j'ai déjà pris des dispositions.

— Vous serez généreusement dédommagé. »

Walter fixa le commandant en silence.

« Vous n'aurez pas longtemps à attendre, reprit celui-ci, essayant toujours d'adoucir le choc. C'est un aller et retour. Nous repartons demain. Vous serez merveilleusement bien accueilli par la police », ajouta-t-il en lui posant la main sur l'épaule.

SIXIÈME PARTIE

L'immigrant

1

À minuit, le lendemain, le *Mauretania* était remorqué jusqu'au chenal de North River et tourné de nouveau face à l'océan. Pour cette traversée vers l'est, les voyageurs étaient moins nombreux. La période des vacances touchait à sa fin en Europe. La liste des passagers se composait surtout d'hommes d'affaires. En seconde classe, figurait le nom de *Mr. Walter Brown.*

Walter se faisait servir ses repas dans sa cabine. Il ne prenait de l'exercice qu'aux heures où le pont était vide. Il était célèbre maintenant. L'histoire fascinante de l'inspecteur principal Dew démasquant l'Étrangleur du *Mauretania* avait fait les gros titres des journaux new-yorkais. Sa photo avait paru en première page de tous les journaux de la ville.

Sur ordre du commandant, d'infinies précautions avaient été prises pour mettre Walter à l'abri de la curiosité des passagers et d'une éventuelle intrusion de la presse. À l'exception des stewards, son seul visiteur était le médecin qui venait chaque jour s'occuper de son épaule. Walter l'en remerciait vivement tout en lui avouant avoir mauvaise conscience de prendre son temps alors qu'apparemment sa blessure était guérie.

« Elle est certainement en bonne voie, lui

répondait le docteur, mais il faut éviter tout risque d'infection. Il faut que vous soyez tout à fait rétabli lorsque nous arriverons à Southampton. Vous ne voudriez quand même pas avoir une épaule endolorie quand les reporters se jetteront sur vous. »

Si Walter nourrissait encore des doutes sur la réception qui l'attendait en Angleterre, ils furent enterrés sous la masse des télégrammes que lui transmettait le radio du bord. Ce n'était que félicitations, invitations et offres alléchantes d'interviews exclusives de la part des journaux de Fleet Street.

Le samedi, le docteur lui demanda :

« Vous avez entendu ça ? Le *Daily Sketch* a trouvé un individu, à Worthing, qui prétend que vous n'êtes pas du tout l'inspecteur Dew. C'est lui qui aurait soi-disant arrêté Crippen ! Qu'est-ce que les gens ne feraient pas pour qu'on parle d'eux dans les journaux ! »

Le même soir, Walter reçut une visite rassurante du commandant.

« Vous êtes bien installé, j'espère ? Personne ne vient vous importuner ?

— Très bien et tout à fait tranquille, je vous remercie, commandant.

— Parfait. Je pense que vous êtes au courant de l'agitation qui règne à terre ?

— Un peu.

— Plutôt intimidant, j'imagine. Eh bien, inspecteur, il y a au moins quelqu'un qui est conscient de votre situation fâcheuse. J'ai reçu ce télégramme émanant du bureau du procureur. »

Walter en prit connaissance :

"Veuillez informer inspecteur Dew dispositions prises pour éviter harcèlement de la presse au débarquement Cherbourg."

« Ils sont pleins d'égards pour moi, remarqua Walter.

— Bon sang ! C'est bien la moindre des choses étant donné les ennuis que l'on vous cause, répliqua le commandant. Je pense que nous atteindrons Cherbourg mardi matin. Je suppose qu'ils vous enverront un de leurs hommes. »

Le reste de la traversée se passa sans incident et parut donc se traîner en longueur. Le lundi soir, Walter se trouvait sur le pont lorsque le phare de Bishop Rock apparut à l'horizon. Peu après minuit, il aperçut à bâbord les lumières de la côte sud de l'Angleterre. Il alla se coucher.

Le lendemain matin, il pleuvait. Cherbourg était à peine visible de la digue où les passagers étaient transférés du paquebot au bateau à moteur qui devait les conduire dans le port intérieur. Walter releva le col de son pardessus et se tint à distance de tout ce qui ressemblait à un journaliste. Tout espoir qu'il aurait pu entretenir de disparaître dans la foule grouillante du port fut aussitôt réduit à néant. Un individu en uniforme s'approcha de lui au moment où il mettait pied à terre et lui adressa la parole avec un fort accent anglais.

« Pardonnez-moi, monsieur. Je pense que je ne me trompe pas et que vous vous appelez bien Walter Baranov. »

Walter sentit que ses traits se figeaient, mais il ne nia pas. Il inclina la tête.

« Très heureux de vous avoir trouvé », dit l'homme.

Il ne portait pas un uniforme de la police. Il avait la casquette à visière, la tunique boutonnée jusqu'au cou et les guêtres d'un chauffeur.

« Vous voulez bien me suivre ? Nous devons passer par la douane. On s'occupe de vos bagages. »

Walter le suivit jusqu'à la douane, où ils furent admis à passer immédiatement. Dehors, après avoir traversé une cour pavée, ils trouvèrent une limousine noire.

« Où m'emmenez-vous ? » demanda Walter.

Le chauffeur lui ouvrit la portière arrière.

« Voulez-vous bien monter, monsieur ? »

Une femme était déjà assise à l'intérieur.

« Walter, mon chéri... ou dois-je t'appeler inspecteur ? »

C'était Lydia.

2

« Le télégramme était habile, tu ne trouves pas ? demanda-t-elle alors qu'ils étaient installés tous les deux à la terrasse d'un bar-restaurant de Caen. J'avais même pris la peine de me renseigner sur le nom du procureur au cas où on me poserait des questions. Mais ils l'ont accepté comme des agneaux. J'ai l'impression que je t'ai donné un coup, mon chéri, ajouta-t-elle en riant.

— Oui, reconnut-il, encore tout pâle. Comment as-tu découvert que je me faisais passer pour Dew ?

— J'ai vu ta photo dans le journal. J'en ai eu un choc. La première fois, c'était dans le *Daily Mail*. J'ai cru que mes jambes allaient me lâcher en voyant là mon adorable mari. Puis j'ai lu sous le nom : inspecteur Dew. Ma foi, me suis-je dit, puisqu'il paraît que chacun a son double, celui-ci doit être le sien. Mais, quelques jours plus tard, les journaux annonçaient que quelqu'un d'autre prétendait être le vrai Walter Dew, et ils se demandaient qui, dans ce cas, était le mystérieux homme de la photographie. J'ai compris alors que c'était toi et je me suis dit, Dieu du Ciel, qu'est-ce qu'il a encore manigancé ? De toute évidence, tu allais te trouver dans une situation affreuse lorsque le bateau arriverait à Southampton. Les journalistes sont des oiseaux de proie, mon chéri, et ne parlons pas de la police. Alors j'ai envoyé mon petit télégramme. Et maintenant, ils ne sauront jamais qui est cet homme mystérieux.

— J'espère que non. Je te suis très reconnaissant, Lydia. »

Elle lui serra la main.

« C'était le moins que je pouvais faire, mon chéri, après que tu te sois montré si galant.

— Galant ? »

Lydia eut un petit rire étouffé.

« Toujours le même, toujours aussi modeste ! Qu'est-ce qui peut bien être plus galant et plus romantique qu'un mari qui vous fait ses adieux et qui se débrouille ensuite pour vous rejoindre sur l'océan parce qu'il ne peut pas supporter de vivre sans vous ? C'était à la fois très touchant et très tragique puisque je ne me trouvais pas sur le bateau. »

Walter fronça les sourcils.

« Mais tu y étais. Je t'ai vue monter à bord. Et tes affaires étaient dans la cabine. Je t'ai attendue pendant des heures. »

Lydia lui pinça la joue entre le pouce et l'index.

« Tu es incorrigible. Je me demande ce que tu avais en tête, dit-elle en soupirant. Et dire que j'ai raté tout ça... Voilà ce qui s'est passé, mon chéri. Je me suis d'abord installée dans ma cabine, comme tu l'as remarqué, et j'ai défait mes bagages. Le navire a commencé à se mouvoir. Je me suis souvenu de ton conseil à propos du mal de mer et ne suis pas allée déjeuner. Je suis restée assise sur mon lit, à lire le journal que je venais d'acheter.

— Je l'ai trouvé sur le lit.

— Tu l'as lu, Walter ? Moi oui, et j'ai eu un choc terrible ! En première page on annonçait que Charlie Chaplin était sur le point d'arriver en Angleterre! Il était sur l'*Olympic*, à deux jours de Southampton. Et moi j'allais traverser l'océan dans l'autre sens! Quelle panique! J'étais en larmes. J'ai couru sur le pont pour voir quelle distance nous avions déjà parcourue. Des milles! Que faire? Il fallait que je quitte ce navire ou ma chance de faire du cinéma était réduite à néant. Comment crois-tu que je me suis débrouillée?»

Walter secoua la tête.

«Tu n'es pas descendue à Cherbourg. Une jeune femme l'a fait, mais c'était la seule.

— Non, chéri, ton ingénieuse Lydia était déjà partie. J'ai pris le bateau-pilote. Il nous a accosté alors que je cherchais désespérément une solution. Je suis simplement montée à bord avec quelques autres personnes qui avaient oublié de descendre lorsque le signal avait retenti à Southampton. Je n'ai même pas eu le temps de récupérer mes bagages.

— Je sais.»

Lydia lui serra de nouveau la main.

«Mon pauvre Walter! Tu as dû être fou d'inquiétude. Tu as pensé que j'étais tombée pardessus bord? Tu as donné l'alarme, ou quoi?»

Walter lui dit la vérité.

«Je me suis assis et je t'ai attendue. J'étais convaincu que tu étais sur le bateau puisque tes affaires s'y trouvaient.»

Lydia ouvrit de grands yeux.

«Je sais ce que tu as pensé! Tu as cru que j'étais en compagnie, quelque part, sur le bateau. Oh! Walter! Pour quel genre de femme me prends-tu?»

Il éluda la question et répondit:

«À minuit, je suis retourné dans ma cabine, en seconde classe.

— Où tu t'étais fait inscrire sous le nom de l'inspecteur Dew?

— De Mr. Dew. Ce sont les autres qui ont décidé que j'étais l'inspecteur.»

Lydia éclata de rire.

«Et tu as été trop poli pour les contredire... Walter, tu es adorable. Pourquoi as-tu adopté un autre nom?

— Je voulais te faire une surprise.»

Le visage de Lydia s'éclaira.

«Quelle merveilleuse idée! Chéri, je suis comblée. Tu sais, je ne peux rien imaginer de plus romanesque — et du diable si je n'ai pas été assez stupide pour tout gâcher. Et tout ça pour rien!

— Pourquoi? Tu n'as pas vu Chaplin?

— Oh! Je suis allée au Ritz où il était descendu et, finalement, on m'a laissé entrer.

— Il se souvenait de toi?

— Bien sûr. Comme s'il m'avait vue la veille.

— Est-ce qu'il t'a proposé de te donner un rôle? demanda Walter avec enthousiasme.»

Lydia poussa un soupir.

«C'est là le problème. Il m'aurait emmenée sans hésiter à Hollywood s'il n'y avait pas eu la question de mes yeux.

— Tes yeux? Qu'est-ce qu'ils ont, tes yeux, qui ne va pas?

— Leur couleur. Il se trouve que les yeux bruns paraissent noirs et que ça gâche le film.

— Je n'avais jamais entendu parler de ça.

— Moi non plus mais c'est un fait. Tu ne vas pas me dire qu'il l'a inventé pour l'occasion, non?»

Walter se tapota le menton, comme s'il était plongé dans ses propres pensées.

«Et puis, qu'importe maintenant? déclara

Lydia en versant dans les verres le reste de la bouteille de vin. Cette aventure m'aura appris quelque chose, mon chéri. Je suis mariée à un homme qui m'apprécie et je veux le garder près de moi pour toujours.

— Qu'allons-nous faire? demanda Walter.

— Très évidemment, nous ne pouvons pas revenir en Angleterre avant que tout ce tapage n'ait cessé. Nous pourrions aller à Paris — je n'ai plus rien à me mettre — et faire le tour de France en automobile.

— Et après?

— Je ne sais pas, chéri. Tu as une idée?»

Walter eut une inspiration subite.

«Que dirais-tu d'une croisière?»

Dans Le Livre de Poche

Mystères 88

n° 6502

sous la direction de Jacques Baudou

Les dernières nouvelles du crime

Après *Mystères 86* et *Mystères 87*, voici **Mystères 88**, avec 24 nouvelles toutes inédites de Max Allan Collins, Didier Daeninckx, Ed D. Hoch, Clark Howard, P.D. James, Hervé Jaouen, Arthur Lyons, Shizuko Natsuki, etc.

Un festival de grandes frappes à la française, d'escrocs à l'américaine, de psychopathes à l'anglaise, de natures très mortes à l'italienne et de chinoiseries à la japonaise...

Et si vous voulez tout savoir sur l'actualité du polar, les chroniques du roman, du cinéma, de la télévision et des interviews d'auteurs.

Également au catalogue du Livre de Poche policier, des œuvres de :

Bachellerie, Borniche, Agatha Christie, Jean-François Coatmeur, Peter Dickinson, Conan Doyle, Exbrayat, David Goodis, William Irish, P.D. James, Maurice Leblanc, Alexis Lecaye, Elmore Leonard, Gaston Leroux, Peter Lovesey, Gregory

Mcdonald, McGivern, Margaret Millar, Ruth Rendell, René Réouven, Pierre Siniac, Stanislas-André Steeman, Jim Thompson, June Thomson, Andrew Vachss, Roy Vickers...

et la série **« Alfred Hitchcock présente ».**

Composition réalisée par COMPOFAC - PARIS

IMPRIMÉ EN FRANCE PAR BRODARD ET TAUPIN
Usine de La Flèche (Sarthe).
LIBRAIRIE GÉNÉRALE FRANÇAISE - 6, rue Pierre-Sarrazin - 75006 Paris.

ISBN : 2 - 253 - 04780 - 5 30/6547/1